이야기를 만드는 작업은
즐겁지만 어려웠습니다.
저는 참 약한 사람이었지만
그래도 괜찮았습니다.
우리 팀은 서로를 도왔습니다.
서툰 제 첫걸음을 지켜봐주셔서
감사합니다.

2019. 02.
이 신 화 드림

스토브리그

이신화 대본집

스토브리그 1

1판 1쇄 발행 2020. 2. 28.
1판 5쇄 발행 2023. 12. 26.

지은이 이신화

발행인 고세규
편집 김민경 디자인 지은혜 마케팅 김새로미 홍보 반재서

발행처 김영사
등록 1979년 5월 17일(제406-2003-036호)
주소 경기도 파주시 문발로 197(문발동) 우편번호 10881
전화 마케팅부 031)955-3100, 편집부 031)955-3200 ‖ 팩스 031)955-3111

값은 뒤표지에 있습니다.
ISBN 978-89-349-0018-4 04810
      978-89-349-0017-7 (세트)

홈페이지 www.gimmyoung.com 블로그 blog.naver.com/gybook
인스타그램 instagram.com/gimmyoung 이메일 bestbook@gimmyoung.com

좋은 독자가 좋은 책을 만듭니다.
김영사는 독자 여러분의 의견에 항상 귀 기울이고 있습니다.

이신화 대본집

스토브 리그

1

STOVE LEAGUE

김영사

드라마 대본이란 참 이상한 글입니다. 소설에 비해서 굉장히 딱딱한 형식을 유지하면서도 그 안에 스토리는 있습니다. 저는 '이야기꾼'이 현재도, 앞으로도 평생 안고 갈 꿈입니다. 이야기를 표현할 여러 가지 형태 중에서 드라마 대본으로 제 공부를 집중하기로 결심을 하고 나서 생각했습니다. 드라마 대본 쓰기란 예술의 영역이 아닌 설계의 영역이란 것을 말이죠. 제 스스로 예술을 한다고 생각하면 그 무게에 짓눌려 아무것도 할 수 없을지도 모릅니다. 취미로 밴드 활동을 시작했을 때도 '작가가 이래도 되나?'라는 고리타분한 생각이 들었을 정도로 전 꽉 막힌 부분이 있는 사람입니다. 하지만 이제는 세상 사람들 틈에 섞여 그 안에서 일어나는 일들을 모아 설계도를 펼쳐 그려나가는 일을 한다고 생각하니 숨이 쉬어지네요.

설계도에 불과한 이 책을 읽어주시는 여러분께서는 아마도 〈스토브리그〉라는 드라마를 재미있게 보셨기 때문이겠죠. 많은 배우들의 열연, 훌륭한 연출력과 음악이 가미되어 빛이 날 수 있었던 드라마에 비하면 제 대본은 꼭꼭 씹어도 단맛은커녕 부족함만 드러날 것 같습니다. 그런데 이렇게 얘기하면서 무슨 낯으로 대본집을 낸 거냐고 물으신다면 저도 할 말이 있습니다. 다음에도 제가 대본집이라는 용기를 낼 수 있을지는 모르겠습니다만, 저는 드라마를 재미있게 보신 분들에게 대본집을 제공하는 것 또한 또다른 콘텐츠를 제공하는 것이라고 생각했습니다. 오로지 딱딱한 형식의 글만으로 이루어진 이 책을 읽어주시는 여러분께 마치 구석진 골목에서 거친 통곡물 빵을 파는 주인처럼 그저 감사한 기분입니다. 부족한 대본으로 인하여 고생한 우리 연출팀과 배우분들이 얼마나 뛰어난 분들인지 자랑할 기회도 되겠지요.

대본집이기 때문에 드라마의 완성보다 대본 한 편을 완성하게끔 도와주신 스승님들께 깊은 감사를 표시하고 싶습니다. 여섯 줄의 콘셉트 이야기가 될 것 같다고 짚어주신 '스토브리그의 할아버지' 이은규 선생님, 〈아들과 딸〉로 제 유년기부터 스승님이셨던 박진숙 선생님, 평생 제 대본을 부끄러워하도록 만드신 정성주 선생님, 연출의 시선으로 제 글을 바라봐 주셨던 최종수 선생님, 드라마계가 아름답다는 걸 알려주신 윤경아 선생님, 스포츠 드라마 최초의 성공으로 길잡이가 되셨던 손영목 선생님, 인문학의 향기가 나는 수업을 들려주셨던 정성효 선생님, 단막극이 무엇인지 지금도 귀에 생생한 외침을 남기셨던 박지현 선생님, 드라마의 기본을 가장 매끄럽고 깊게 알려주신 김윤영 선생님. 선생님들 말씀 모두가 글을 쓰다 보면 들립니다. 그런데도 반영하지 못하는 제가 부끄러워집니다. 감사하고 죄송합니다.

그리고 힘든 시기에 글쓰기의 의미와 즐거움을 다시금 잊지 않게 해주신 김이진 작가님과 〈지식채널 e〉 제작진들. 덕분에 제가 떳떳하게 살려고 최대한 노력하고 있습니다.

이제는 형제 같고 남매 같은 우리 스터디 골다공증 멤버들(상화, 지현, 수정, 다정, 문상, 설화), 곧 내가 자랑하게 될 천재 전유리 작가, 이제 내가 응원을 해야 하는 천재2 이미림 작가, 든든하게 같은 길을 걸어가고 있는 창의인재 2기, 창작반 동기들, 김영윤 후배, 석호형, 민지누나, 민석이. 늦은 오후, 식당 눈치 보는 점심을 먹으며 새벽의 고민을 털어놓을 수 있는 다른 동료 작가들에게 깊은 감사드립니다.

그리고 가장 부끄러운 초고를 같이 봐주고, 살을 붙여주며 격려로 제가 고개를 들게 해준 김다운 피디님, 박세미 작가 모두 고맙습니다.

믿을 땐 믿어주면서 아름다운 채찍질에 망설임이 없었던 정동윤 감독님, 한태섭 감독님 그리고 조감독님들. 채찍을 맞지 않았다면 대본은 달릴 수 없었을 거라는 걸 알고 있습니다.

그리고 마지막으로 다시 한 번 드라마 〈스토브리그〉를 사랑해주신 분들에게 깊이 감사드립니다. 이렇게 대본집을 펼쳐 보면서 더 깊은 애정을 보여주신 여러분은 저에게 말도 안 되는 존재입니다. 드라마가 방송하는 기간이라도 우리 편이 늘어간다는 기분에 아무것도 무서울 것이 없었습니다.

감사합니다.

이신화 드림.

일러두기

1. 이 책의 편집은 이신화 작가의 드라마 대본 집필 방식을 최대한 따랐습니다.
2. 드라마 대사는 글말이 아닌 입말임을 감안하여, 한글맞춤법과 다른 부분이라 해도 그 표현을 살렸습니다.
3. 쉼표, 느낌표, 마침표 같은 구두점도 작가의 의도를 따랐습니다. 마침표가 없는 것 역시 작가의 의도입니다.
4. 이 책은 작가의 최종 대본으로, 방송되지 않은 부분이 포함되어 있습니다.

스토브리그 Stove League

야구가 끝난 비시즌 시기에 팀 전력 보강을 위해 선수 영입과 연봉 협상에 나서는 것을 지칭한다. 시즌이 끝난 후 팬들이 난롯가에 둘러앉아 선수들의 연봉 협상이나 트레이드 등에 관해 입씨름을 벌이는 데서 비롯된 말이다.

장르 & 형식

본격 땀내 직업물
70분물×16부작 미니시리즈

로그라인

팬들의 눈물마저 마른 꼴찌팀에 새로 부임한 단장이 남다른 시즌을 준비하는 뜨거운 겨울 이야기.

어떤 드라마인가

프로야구팀의 준비 기간을 다룬 드라마로서 회별로 팀이 가진 문제를 한 가지씩 해결해가며 강팀의 면모를 갖춰가는 시추에이션 형식의 드라마.

프로야구 판을 소재로 다루지만 화려하지 않고 역동적이지 않은 그라운드의 뒤편, 한숨 가득한 프런트들의 치열한 세계를 다룬 드라마.

————————{ Point }————————

야구 드라마다

프로야구 관중 800만 시대. 역동적인 그라운드, 진한 땀 냄새에 열광하는 프로야구 팬들의 취향을 저격하는 이야기.

야구 드라마 같은 오피스 드라마다

선수가 아닌 단장을 비롯한 프런트들의 이야기다. 프로 스포츠의 조연인 프런트를 좇아가는 이 드라마는 사실 그들이 단순 그림자가 아닌 겨울 시즌의 또 다른 주인공임을 보여준다.

직업물 같은 전쟁 드라마다

패배가 익숙하고 썩어 들어가고 있는 팀을 성장시키는 과정은 결코 아름답지 않다. 썩은 것을 도려내기 위해 악랄해지고, 진흙탕을 뒹구는 추악하고 치열한 싸움으로 이루어질 것이다. 오늘만 사는 듯 싸워나가는 주인공의 모습에 눈살이 찌푸려져도 '약자이면서도 관성에 저항하는 악귀'를 지켜보며 응원하게 되기를 바란다.

전쟁물 같은 휴먼 성장 드라마다

프로스포츠는 가혹하다. 꼴찌팀은 그들이 꼴찌라는 것을 전 국민이 알 수 있다. 그 팀의 소속이라는 이유만으로, 그 팀을 응원한다는 이유만으로, 어깨가 처지고 말수가 줄어드는 경험을 해봤는가. 처음부터 꼴찌였던, 벗어나려 발버둥을 쳐도 꼴찌였던 이들은 꼴찌에서 2등만 해도 웃을 수 있다. 불가피하게 어딘가 존재하는 꼴찌들이 기죽지 않는 판타지를 꿈꾸며 이 이야기를 쓴다.

'약해도 괜찮아. 노력을 시도했다면.'
이 한마디를 승수가 느끼는 순간 시청자들도
공감할 수 있는 드라마가 되길 바라며…

드림즈 프런트

STOVELEAGUE

단장

백승수

권경민   **고강선**

구단주 조카   사장

변치훈

홍보팀 팀장

임미선

마케팅팀 팀장

이세영

운영팀 팀장

고세혁

스카우트팀 팀장

유경택

전략분석팀 팀장

한재희

운영팀 팀원

장우석

스카우트팀 차장

양원섭

스카우트팀 팀원

인물 관계도

드림즈 코치진

윤성복
감독

이철민
수석코치

최용구
투수코치

민태성
타격코치

드림즈 선수

장진우
투수

임동규
타자

유민호
투수

서영주
포수

길창주
투수

강두기
투수

야구 관계자들

김종무
바이킹스 단장

오사훈
펠리컨스 단장

김영채
스포츠 아나운서

승수 주변인물

백영수
동생

유정인
전 아내

천흥만
전직 씨름선수

드림즈 프런트

백승수
단장

이세영
운영팀 팀장

권경민
구단주 조카

임미선
마케팅팀 팀장

고세혁
스카우트팀 팀장

고강선
사장

유경택
전력분석팀 팀장

장우석
스카우트팀 차장

한재희
운영팀 팀원

변치훈
홍보팀 팀장

양원섭
스카우트팀 팀원

세영 주변인물

정미숙
세영 엄마

그 외 인물

권일도
재송그룹 회장

─────{ 드림즈 프런트 }─────

● 백승수(신임 단장)

"약하면 저렇게 주위 사람들을 힘들게 하는 거야..."

'정은 안 가지만 일 잘하는 사람'
처음 보면 그렇게 보인다. 근데 조금 지켜보면...
'정말 더럽게 정이 안 가지만 더럽게도 일 잘하는 사람'

그는 강한 사람이다

씨름단, 하키팀, 핸드볼팀의 단장을 맡았고 그의 손을 거친 팀들은 늘 환골탈태의 과정을 거쳐 값진 우승을 거머쥐었다. 하지만 그가 맡은 모든 팀들은 비인기종목에 가난한 모기업을 둔 팀들로 우승 이후에 해체를 경험하게 된다. 그런 그에게 기회가 왔다. 대한민국 스포츠 판에서 가장 큰 돈이 오고 가는 곳. 프로야구에서 마침내 그를 찾게 된다. 그런데 하필 그를 찾는 팀은 경기장에서는 코치들끼리 멱살을 잡고, 지명을 받은 신인선수들이 지명을 거부하거나 눈물을 흘리고 변변한 투자 의욕도 없어 프로야구단의 질을 떨어뜨린다는 비난의 주인공, 만년 하위권을 벗어나지 못하는 '드림즈'였다.

생각해보면 그에게는 한 번도 쉬운 싸움이 없었다. 쉽지 않다고 해서 그 싸움을 피할 여유 같은 것이 주어진 적도 없었다. 눈앞의 불리한 상황을 운명처럼 받아들이고 늘 그 상황을 뒤집을 방법을 머리 싸매며 준비해왔다. 악귀처럼 악조건과 싸워나가는 그를 어떤 이는 경외하고 어떤 이는 두려워하고 피한다.

그는 약한 사람이다

웃음과 여유가 강자만의 특권이라면 그는 철저히 약한 사람이다. 단 한 번도 즐기면서 일해본 적이 없고 환희에 가득 차야 할 성공의 순간에 그는 한숨을 돌린다. 넘어져도 다시 일어설 수 있는 사람이 강자라면 그는 해당되지 않는다. 주어진 상황 앞에서 조금의 여유라도 부렸다면 그에게는 한 번의 실패가 기록됐을 것이고 한 번의 실패는 그를 주저앉혔을 것이다.

힘 있는 사람의 옆에서 그 힘을 빌릴 뻔뻔함도 없거니와 그들의 기분을 맞춰주거나 적당한 선에서 타협을 하는 유연함도 없다. 한 번 굽히면 편해지는 것을 알지만, 한 번 굽히면 평생 굽혀야 하는 것 또한 알고 있다. 도미노처럼 몰려온 자신의 불행한 과거가 부당함에 저항하지 못한 나약했던 본인의 온전한 책임이라고 믿기 때문에 그는 이 시대에는 잘 쓰이지 않는 '합리'라는 허름한 무기 하나를 손에 쥐고 있다.

이성을 마비시키는 말도 안 되는 목표 앞에서도 그것을 실행시키기 위해서 탄탄한 계획을 세워서 밀어붙이지만, 안 되는 것을 되게 하는 그 과정에서 어쩔 수 없이 남게 되는 잔해들이 있다. 그는 늘 그런 잔해들에 발목 잡히며 처절하게 싸워야만 했다. 그래서 그는 비상한 머리로 기억하고 다닐 뿐, 휴대폰에 그 누구의 번호도 저장하고 있지 않다. 자신의 곁에 있는 이들이 누군지 흔적조차 남기고 싶지 않은 강박을 가지고 있는 그는 주변의 모두를 지키고 싶으면서도, 누구에게도 의지하고 싶어 하진 않는 다른 의미의 이기주의자다. 수많은 사람들은 매회 수단 방법을 가리지 않고 싸워나가는 그에게 침을 뱉을지도 모른다. 하지만 자신 앞에 놓인 현재의 목표인 '강한' 드림즈를 향한 길이라면 그 침을 닦아내고 다시 자신의 일을 계속할 것이다. 자신이 언제 웃을 수 있을지, 그는 생각도 하지 않는다.

'강해야 한다'

이 말이 머릿속 세포마다 박혀있는 사람이다.

• 이세영(운영팀 팀장)

"너무 좋아하면 잘 안 보인대요. 그래서 드림즈가 어떻게 강해질 수 있을지 모르겠어요.
죽어라 하는데 하나도 안 보여요."

국내 프로야구단 가운데 유일한 여성 운영팀장이며 동시에 최연소 운영팀장이다. 고액 연봉자들을 고용할 수 없는 드림즈이기 때문에 가능한 성과이기도 하지만 드림즈에서 버틸 수 있는 운영팀장이 그녀뿐이기도 하다. 자신은 성공한 덕후라고 생각하지만 주변 사람들에게는 연차 대비, 업무량 대비 저임금의 희생자에 불과하다.

그녀는 점점 믿지 않는다

어떻게 하면 야구단 프런트가 될 수 있을지 몰라서 대학생 때부터 프로야구 기록원에 뛰어들어 전국을 돌아다녔다. 거기에서부터 쌓아온 그녀만의 노트는 수시로 펼쳐보는 보물이다. 면접장에 들고 온 한 상자를 가득 채운 노트 덕으로 드림즈에 몸담게 된 지도 어언 10년. 딱 한 번의 준우승을 제외하고는 단 한 번의 가을 야구도 없었다. 점점 취약해지는 모기업의 후원 그리고 드림즈 선수단에 퍼져가는 패배의식. 어떻게든 해보겠다고 달려들었던 전임 단장 밑에서 더 땀을 흘려봤다. 그렇게 하면 드림즈가 달라질 거라고 믿었기 때문이다. 하지만 그렇게 전임 단장마저 팀을 떠나게 되고 그녀는 의심하기 시작한다. '드림즈는 정말 답이 없는 팀인 걸까.'
그녀가 가장 두려운 것은 선수단만이 아닌 자신에게도 패배가 익숙해지는 것.

그녀는 그래도 믿는다

그녀가 사람들에게 말하지 않았던 드림즈를 사랑하는 가장 큰 이유는 지금은 없는 아버지와의 추억이 드림즈의 경기들에 모두 담겨있기 때문. 멋없는 소시민이었던 아버지와 함께 즐긴 취미는 오직 드림즈 경기 관람이었다. 그녀가 기억하는 드림즈의 모습은 7대 0으로 지는 경기를 7대 5까지 추격하다가, 지고서는 이내 분한 표정으로 경기장을 나가는 끈기의 야구다. 특별히 잘하는 것 없이 승부 근성만 강했던 드림즈에게 이기는 상대는 적어도 입에서 단내가 나게 만들었던 그때의 야구를 사랑하고 그리워한다.
열악한 모기업의 지원에도 다른 팀보다 가난한 티를 내지 않으려 애쓰고, 너무나 간절했던 드림즈의 재건이 아주 조금씩 그러나 분명히 눈에 띄는 성과를 거둬나가는 것을 바라보며 승수만이 가진 승부수를 이해한다. 그러나 처음으로 존경하는 남자라는 것을 깨닫게 된 후에도 그가 늘 옳은 것은 아니라는 자신의 주관을 잃지 않고, 냉철한 이성으로 앞만 보며 가는 승수가 넘지 못하는 문제를 해결해가며 서로에게 더욱 필요한 존재가 되어간다.

● **권경민(구단주의 조카이자 모기업 재송그룹 상무)**
"젊은 놈한테 왜 굽실거리는지 이해 못하는 사람들한테
 구단주 조카라고 하면 한방에 알아듣죠."

맨손으로 재계 20위 내의 재송그룹을 일군 큰아버지 권일도 회장과는 달리 평범 이하의 삶을 사는 서민인 아버지가 늘 한심스럽고 원망스러웠다. 오기로 놓지 않았던 펜이 명문대로 이끌었고 큰아버지의 부름을 받아서 초고속 승진의 젊은 임원이 그의 현 위치다. 구단의 운영보다는 다른 사업에 관심이 많은 큰아버지를 대신해 실질적인 구단주 노릇을 하고 있다. 다른 방면으로 충분히 자신의 능력을 보여주고 있었는데 수많은 계열사 중 가장 적은 규모의 돈을 굴리는 드림즈를 담당하게 되었다. 그는 사람들을 억누르기 위해 애쓰지 않는다. 그렇게 하지 않아도 이미 99.9%의 사람들이 자신의 발아래에 있음을 명확하게 인지하고 있기 때문이다.
무능한 자신의 아들에게 노른자위 계열사를 맡긴 큰아버지를 증오하는 대신 꼴찌를 벗어나지 못하는 드림즈를 향한 증오가 싹트게 되었다. 수년간 모든 팀의 아래에 있으면서도 변화하지 않는 드림즈가 서민으로 살아가는 자신의 아버지 같아서 불쾌하고 경멸스럽다. 드림즈를 자연스럽게 해체시키라는 큰아버지의 명령을 받고 즉각 반응하고 움직인 것도 그 때문이다. 가진 것도 없는 주제에 노력조차 하지 않는 저들을 짓밟게 된 것이 그에게 묘한 쾌감마저 안긴다. 그래서 그는 신임 단장 면접 지원자들 중 승수를 선택한다. 오랫동안 야구 판에서 왕성하게 활동하며 화려한 이력을 쌓아온 다른 지원자와 달리 씨름, 아이스하키, 핸드볼 단장이라는 다소 뜬금없는 이력을 가진 승수가 팀 해체를 위한 꼭두각시 역할로 제격이라 느꼈기 때문이다. 한 번도 거르지 않고 우승을 시킨 승수를 우승 청부사로 보지 않고 거쳐간 팀마다 해체가 된 '파괴신'의 면모에 더 주목했다. 비전문가 단장에 대한 직원 및 선수단의 반발과 그에 따른 조직의 와해는 예상했던 덤이다. 시키지도 않았는데 오자마자 팀의 간판격인 대형 선수 임동규를 내보낸다니, 승수를 알아본 스스로의 혜안이 새삼 경이롭기까지 하다. 하지만 이후 승수의 행보와 비시즌의 전개가 그의 예상과 다른 방향으로 향하고 있음을 알게 되었을 때 그가 받은 타격은 생각보다 컸다. 강하게 만들기 위해 노력했을 때는 한없이 무기력했던 팀이, 이제 반대로 해체시켜야 하는 상황이 되니 별안간 조금씩 강해진다. 그것도 내 손으로 뽑은 백승수라는 사람 때문에.

드림즈에 대한 증오와 분노는 이제 백승수 한 사람을 향하고 있다. 이제는 해체를 시키고 싶은 냉철한 이성보다는 승수를 짓밟고 싶은 뜨거운 분노의 감정이 앞선다. 애초에 큰아버지가 그에게 내린 미션이었던 드림즈의 해체는 이제 승수를 짓밟아야 하는 개인적인 복수가 된다. 어떤 압박을 하고 위협을 가해도 눈 하나 깜빡하지 않고 드림즈를 지키려드는 승수가 아무리 생각해도 너무 기분이 나쁘다.

• 한재희(세영을 따르는 운영팀 팀원)

"저한테도 이제 절박해졌어요. 일 잘하고 싶습니다."

전통 있는 가구업체 회장의 손자. 어릴 때부터 주어진 유복한 환경 덕분에 행복하단 생각은 해본 적 없었다. 그나마 다행히도 부모님이 주었던 가르침. '네가 운이 좋다는 걸 알고 남에게 베풀며 살아라.' 이 가르침을 귀에 못 박히도록 듣고 자라서 심하게 건방지진 못하다. 우연한 계기로 간만에 열정을 쏟아 입사한 이곳의 월급이 이렇게 적을 줄은 생각도 하지 못했다. 이렇게 적은 월급에 이렇게 많은 일을 시키는 곳이 있는 것도 몰랐다. '내가 이걸 왜 하고 있지' 싶다가도, 계속 옆에 있고 싶은 선배 때문에 몇 년을 구단에서 더 일하게 될 줄도 몰랐다. 이렇게 많은 에너지를 쏟게 될 줄은 정말 꿈에도 생각하지 못했다.

적당히 하면 된다

'할아버지한테 누가 되지 않게 적당히는 해라.' 이 가르침은 재희를 평균보다 조금 높은 대학으로 인도했다. 목적의식 없이 떠돌면서 가업을 물려받을 수 있을 거란 기대가 있었지만, 작은 아버지의 아들이 명문대 유학을 마치고 오히려 다른 기업에 취직한 것이 부모님에게 큰 자극이 되는 바람에 다른 곳의 취업을 알아봐야 했고, 그곳은 하필이면 드림즈였다. 1등의 삶을 바란 적은 없지만 매번 꼴찌라는 것이 화딱지가 난다. 그것도 내가 잘못한 것도 없는 것 같은데. 선수들이 그저 못하는 선수들일 뿐이고 구단이 돈을 안 쓰는데 어떻게 하란 건지.

하지만 적당히 할 수 없어진다

분명히 면접 예상 질문도 들었고 걱정 없이 통과할 거라고 들었던 면접에서 떨어진다. 합격시키면 절대 가만있지 않겠다고 하는 정신 나간 면접 도우미가 생각이 난다. 왜 그렇게까지 자신을 미워하는지 물어나보고 싶어 정식으로 야구 공부를 시작하고, 구단에서 원하는 업무 능력을 갖춰나가면서 알게 된다. 이런 과정들을 준비하지 않고 들어가려고 했던 자신이 미웠을 수밖에 없다는 걸.

다시 마주하게 된 입사시험에서는 날카로운 질문 공세를 받는다. 순간의 버벅거림도 없이 답변을 마친 재희는 자신을 '낙하산'이라고 부르는 이상한 여자와 일하게 됐을 땐 걱정이 되면서 한편 기대가 되기도 했다. 순수한 열정을 가지고 일하는 여자가 멋지다는 걸 세영을 통해서 처음 인지했다. 팀이 강해졌으면 좋겠다는 생각이 조금씩 들기 시작한 것도 경기를 질 때마다 늘어가는 세영의 한숨과 주름 때문이다. 할아버지를 통해서 구단에 투자를 받아서 선수 운영을 하면 좋겠지만 세영 선배에게 정신 나간 놈이란 소리를 들었다. 세영 선배가 그토록 고민하던 전력보강이 백승수라는 꼬장꼬장한 사람 한 명에 의해서 조금씩 이뤄지는 걸 보면서 커다란 충격을 받게 된다.

'내가 할 수 있는 일은 없는 걸까?' 처음으로 고민하게 되면서부터 취미로 일하냐는 말을 듣고 싶지가 않아진다. 취미로 한다면 이렇게 할 수 없다는 말을 들을 만큼 변하고 성장하려고 한다. 승수와 세영보다는 작은 일들을 맡아서 하게 된다. 그것 또한 야구단 운영의 일부이며 그것들이 일으킨 나비효과는 결정적인 순간에 드림즈의 위기를 막아준다. 자신의 위치에서 작은 일을 완벽하게 해내는 것이 얼마나 중요한지 재희를 통해서 우리는 알아가게 된다.

• 백영수(승수의 동생이자 전력 분석가)

"형이 언제 우는 거… 저도 보고 싶네요. 어떤 의미로든."

야구하던 통계쟁이. 한때 촉망받을 뻔한 고교야구 선수였으나, 체벌과 혹사로 인해 부상을 입는다. 그 부상에도 강행됐던 출전에서 하반신 마비라는 장애를 갖게 되고 선수의 꿈을 접게 된다. 한때는 힘든 시간을 보냈지만 이상하리만치 빨리 그 상처를 떨쳐내고 밝은 모습을 되찾았다. 자신이 깊은 방황을 할수록 승수와 가족들이 죽어가고 있다고 느꼈기 때문이다. 하지만, 형 승수는 그것을 알기에 영수의 빠른 회복이 오히려 씁쓸하다. 그는 이 악물고 공부한 덕에 놀라운 속도로 학습 성장을 보이며 명문 대학 통계학과를 졸업하게 되고 다친 이후 처음으로 형의 눈물을 본다. 형의 눈물이 보험계리사 시험을 보길 바라는 의미임을 알고 열심히 공부를 하려고도 해봤지만, 그의 컴퓨터 디스크를 채워나가는 통계와 숫자들은 야구에 관한 것들이다. '동생 바보'의 면모를 보이는 형에게는 모든 것을 털어놓는 동생이지만, 딱 한 가지 금기가 늘 마음 한구석에 그늘을 만든다. 형과 함께 야구이야기를 하고 싶다. 그리고 그보다 더 큰 바람은 다시 걸을 수 없어도 과거로부터 벗어나지 못하는 형을 웃게 하고 싶다. 그러려면 보험계리사가 되어야 할까 싶지만 자신도 행복하고 싶은 딜레마가 있다. 결국 그는 늘 미뤄뒀던 전쟁 같은 충돌을 거치고 난 후 자신에게 가장 어울리는 자리를 찾는다. 세이버메트릭스의 불모지였던 드림즈에 들어가서 야구에 익숙한 통계 전문가로서의 능력을 여지없이 발휘하며 승수에게 큰 힘이 된다.

● **고강선**(사장)
"우리 팀, 지금 잘 풀리고 있는 불길한 기분이 드네."

우리 곁에서 흔히 볼 수 있는 중년이었다. 주책맞은 농담을 던져서 눈을 흘기게도 만들고, 어떨 때는 권위보다 아저씨 같은 친근함에 농담 한마디 걸어보고 싶어지는. 큰 원망을 살 만한 인물도 아니고 기억에 남는 멋진 선배도 아닌 흔한 중년. 그런 그가 맞이한 2019년 스토브리그는 떨어지는 낙엽도 조심해야 한다는 정년퇴임을 앞둔 시기였다. 욕심도 없고 그냥 무사히 퇴임하고 싶었다. 퇴임 이후의 삶에 관심을 두던 중 본사로부터 회장의 조카가 내려왔다. 한참 어린놈에게 어떻게 허리를 굽힐까 걱정했지만 막상 만나본 경민의 카리스마에 저절로 허리가 굽혀져 마음이 편하다. 팀이 망하는 것은 그에게 크게 중요한 일이 아니다. 하지만 팀이 이렇게 흥하는 것은 그에게 좋지 않은 조짐이다. 승수의 광폭행보에 경민의 감정 조절 기능이 점점 고장이 잦아지는 것 같아 고민이 많아질 무렵, 그는 결심한다.

• 양원섭(스카우트팀 팀장이 되는 파란의 스카우트팀 팀원)

"1루 베이스를 한 번 밟아보고 가는 선수가 다음에 볼넷이라도 얻어요."

드림즈의 고세혁 팀장 체제 스카우트팀 팀원 중에 유일한 아웃사이더이다. 작년 신인드래프
트 때 1라운드 지명 선수를 두고 공개 석상에서 고세혁과 마찰을 빚은 후 관계가 쉬이 회
복되지 않고 있다. 자신의 별 볼 일 없었던 선수생활이 어디서 기인했는가를 돌아보다 그
때 만났으면 좋았을 거 같은 스카우터가 되려고 애쓴다. 원칙을 지키기 위해선 남들이 못
할 행동도 강행하는 과감성 그리고 부족한 선수들도 꾸준히 지켜보는 인내가 그가 가진
최대의 무기이고, 이 두 가지면 충분하다고 생각한다. 남는 시간에는 중학생, 대학생들의
경기를 찾아서 보면서 만든 노트에는 어지간한 선수들이 다양한 항목들로 분류돼있다.
혼자서 드림즈 10개년 계획을 세울 정도로 많은 선수들에 대해 멀리 내다보며 상상하는
일을 즐긴다.

• 고세혁(스카우트팀 팀장)

"내가 뽑은 내 새끼는 내가 책임져야지."

감독이 교체된다고 하면 차기 감독 후보에 늘 오른다. 그리고 단장이 교체된다고 해도 늘
사람들의 입에 오르내린다. 영구 결번이 될까 본인도, 팬들도 기대를 가진 적이 있을 정도
로 드림즈의 오랜 올드 스타로서 남다른 존재감을 과시한다. 하지만 본인은 늘 스카우트팀
팀장으로 유망주들을 보는 일이 자신의 천직이라고 사람 좋은 웃음을 지으며 손을 내젓는
다. 사람들은 존경의 눈길을 보내거나 속으로는 야망이 있겠지 하며 바라보지만 둘 다 틀
렸다. 고세혁은 스카우트팀의 일을 하면서 어린 선수들의 학부형을 만나는 일이 천직이라
고 생각하고 그를 통해 얻어지는 부수입에 행복을 느낀다. 집요하게 해먹기 위해서 고단수
가 된 늙은 여우로 승수에게는 두 번째 정리 대상이 된다. 하지만 그는 오랜 경력의 야구인
이다. 어떻게든 살아남았고, 모두가 그를 잊어갈 무렵 다른 위압감으로 승수의 앞에 선다.
자신의 풍요로운 현재와 안락한 미래를 빼앗은 승수를 그냥 넘어가줄 수 없는 것이다.

• 유경택(과묵한 전력분석팀 팀장)

불친절하고 경계가 많은 사람이다. 편협한 시선으로 우선 오해를 하고 사람을 바라본다. 그래서 그를 아끼는 사람도 없고 친한 사람도 없다. 그는 정도를 지키고 성실한 사람이다. 그래서 그를 경멸하거나 무시하는 사람도 없다. 처음 승수에게는 단점만 드러낸다. 승수가 친절하지 않고 야구인이 아니었단 이유로 은근한 무시를 드러낸다. 하지만 자신의 편견이 무너지고 나면 아니, 편견이 공고할 때에도 그는 자신의 역할에는 충실하다. 세이버메트릭스에 닫혀있던 전력분석팀에 영수를 받아들이고 한동안은 그럴듯한 영수의 말에 넘어가지 않으려 애쓰지만, 꼴찌 드림즈에게 변화를 주는 것이 영수에게 걷는 만큼의 의미라는 것을 느끼고 인정한다.

• 임미선(깐깐한 마케팅팀 팀장)

늘 가벼운 농담을 던지고 비꼬는 말투의 임미선은 진중해 보이지 않는다. 누구보다 빠른 퇴근을 사랑하고 일하는 동안에도 가벼운 가십거리 또한 놓치지 않는 모습이 호감형이라고 말하긴 어렵다. 늘 꼴찌만 하는 드림즈라고 해도 승부의 세계를 준비하는 이들은 늘 치열한데 성적과 직접적인 연관을 갖지 않는 부서인 마케팅팀의 수장인 임미선은 늘 여유를 가지고 이들을 관조하는 느낌마저 준다. 드림즈가 1위를 해도, 꼴찌를 해도 그냥 그 상황에 알맞은 마케팅을 하면 그만이라고 생각하는 그녀는 현재 승수에게는 그저 외면하고 싶은 팀원일 뿐이다. 하지만 승수는 모른다. 그녀의 마음에도 한때 불꽃이 있었다는 것을. 최선을 다해 맡았던 일들이 그녀 개인에게 너무나 짧은 만족감을 줬고, 그 경험이 결국 그 불꽃을 잡아먹었다는 것을. 그리고 그 불꽃이 다시 번지고 난 후에 중요한 플랜 한 조각이 채워지게 될 거라는 것도.

• 변치훈(유들유들한 성격의 홍보팀 팀장)

강한 사람에게 약하고, 약한 사람에게는 굳이 말 걸지 않는다. 홍보팀이 마케팅팀보다는 성적에 영향을 주는 부서라고 자부하지만 지금 현재의 성적에 책임질 마음은 없다. 홍보팀 팀장으론 역시 이런 성격이 좋겠다 싶은 유들유들한 성격으로 승수의 존재를 빠르게 인정하고 가장 먼저 낮은 자세로 임한다. 남들을 놀라게 할 만큼의 노력보다는 아무에게도 거

슬리지 않는 사람이 되길 바라며 적당히 일한다.

• 장우석(스카우트팀 차장)

고세혁의 오른팔로서 형님 리더십에 반해 많은 일들을 함께해왔지만 고세혁이 저지른 비리들은 눈치 채지 못했다. 어쩌면 수상쩍은 것들을 애써 외면했을지도 모른다. 고세혁의 비리가 승수에 의해서 낱낱이 밝혀지는 시간들이 자신을 너무 괴롭게 하자 승수에게 분노의 화살을 돌린다. 고세혁이 다시 구단을 찾아왔을 때 그를 외면하지 못한다. 고세혁 '형님'과 함께했던 시기가 인생 가장 빛나는 시기였기 때문이다.

================{ 드림즈 선수 }================

• 장진우(17번, 드림즈의 퇴물 투수)

"우리 적금 깨면... 만두가게 같은 거 차릴 수 있나?"

딱 한 해, 반짝반짝 빛났다. 19승. 그리고 드림즈는 그해에 준우승을 했다. 하지만 그 이후의 드림즈 성적은 최하위로 곤두박질쳤다. 그의 성적도 마찬가지로 하향곡선을 그려만 갔다. 이듬해에 팔꿈치 부상으로 7승 투수가 되고서는 방출을 걱정하는 선수가 됐다. 20승도 채우지 못한 19승 투수에 코리안 시리즈 7차전의 패전투수가 돼서 흘린 눈물은 아직도 채 흐르지 못하고 그에게 맺혀있다. 단 1승만 더 했어도 20승 투수였고, 단 1승만 더 했어도 우승팀이 될 수 있었다. 전성기조차 아쉬움으로 남은 그에게 시간은 얼마 남지 않았고 허영심을 버린 지도 오래다. 1이닝이라도 팀이 믿고 맡기는 투수가 되고 싶다. 하지만 지금 현재 가장 아쉬운 것은 스스로의 머릿속에 계속 남는 의문에 시원한 답을 하지 못하는 것이다. '정말 최선을 다했나? 장진우는 이거면 된 건가?' 그런 의문이 가득한 가운데 모든 선수의 동기부여라는 연봉 협상에서 벼랑 끝까지 떨어지고, 현실 도피로 이탈해버리고 싶어진다. 하지만 가장 깊은 내면의 소리는 '반짝' 하고 소리 소문 없이 사라진 장진우라는 투수가 있었다는 말로 자신의 야구 인생을 정리할 수 있다는 것이 가장 무섭다. 정치를 못 하고 꾸미는 말을 하지 못하는 촌스러운 사람이며, 후배들에게도 꼰대처럼 혼내는 일 외에는 말을 섞지 못하는 사람이다. 하지만 마지막 한 해라고 생각하니 꾸미는 말이나 후배들과 시시덕거리는 일이 그렇게 어렵지만은 않다. 그리고 그보다 더 큰 변화는 자신이 던져온 공과 다른 공을 던지게 된다는 것이다. 그 공은 결코 화려하지 않은 지저분한 공이었다. 그가 걸어온 인생인 것 같은 가장 장진우다운 공.

• 강두기(54번, 국가대표 1선발급 에이스 투수)

"드림즈에!! 내가 왔다!!!"

드림즈의 연고지에서 태어나서 1라운드 지명을 받고 입단했다. 생각보다 포텐은 쉽게 터지지 않았지만 그렇다고 후회할 만한 지명이라고 할 수도 없었다. 10승을 꾸준히 찍어주는 든든한 기둥이라고 할 수 있었다. 이때까지도 그는 만족했고 그렇게 꾸준함의 아이콘이고 싶었다. 하지만 늦은 순위로 입단해서 라이벌 의식을 갖고 있던 슈퍼스타 임동규와의 충돌은 그를 다른 팀으로 트레이드할 수밖에 없게 했다. 그렇게 드림즈를 떠나 정착한 바이킹스에서 이 악물고 던졌던 매서워진 공은 그를 국내 최고의 투수로 이끌었다. 묵직한 성격에 정직한 노력을 하는 모습은 후배들에게 존경과 두려움을 갖게 하며, 그의 복귀 하나로 드림즈는 다른 모든 구단의 주목을 받게 되고, 드림즈 모두를 쏘아보는 매의 눈으로 긴장감을 불어넣는다. 모든 야구인이 '우리 팀에 있었으면...' 하고 꿈꾸는 선수는 늘 강두기다.

• 임동규(10번, 골든글러브 6회 수상. 드림즈의 슈퍼스타)

"내가 보여줄게.
 한 지역에서 11년간 야구를 엄청나게 잘한 남자한테 어떤 힘이 있는지."

1순위로 지명을 받은 강두기를 바라보며 박수를 쳤다. 입단 동기들 가운데서는 거의 가장 마지막 순서로 입단했지만 우직하던 청년은 자신의 손이 방망이를 들 수 없을 때까지 휘둘렀다. 그리고 몇 년 뒤 리그는 이 청년의 이름을 기억했다. '드림즈는 임동규만 피하면 된다'

통산타율이 3할이 넘는 드림즈의 간판스타이며, 언론과 스킨십이 자연스럽고 구단 직원들과도 원활한 관계를 유지하며 굉장히 정치적이다. 하지만 사실 그는 우승 욕심도 없고 비운의 스타라는 이미지에 만족한다. 잠시 기쁜 우승보다는 한 팀의 역사로 남으며 유일한 드림즈의 영구결번 선수를 꿈꾼다. 자신과 맞지 않는 강두기를 내보내는 것을 시작으로 드림즈의 실질적 서열 1위로 군림한다. 하지만 그것을 알아차리고 자신을 트레이드시키려는 승수에게 치열하게 맞서고, 처절하게 패배한다. 그에게 속삭이는 승수의 한마디에 울분을 삼키고 떠나지만 다시 드림즈에 돌아온다. 승수가 우승을 향해 계획한 마지막 퍼즐 조각으로.

● **길창주**(98번, 귀화라는 승부수에도 불구하고 실패로 끝난 메이저리거)
"이기적으로 보였을 거고 이기적이었던 거 맞습니다.
 용서받는 건 아마 안 될 겁니다."

사람들은 길창주가 고등학교를 마친 뒤 남다른 재능으로 메이저리그에 진출할 때까지만 해도, 기대를 모으다 사라진 숱한 선수 중 하나일거라고 생각했다. 하지만 현지에서 한인들의 대접으로 식사를 할 때도 자신이 정해놓은 루틴대로 식당 구석에 가서 푸시업을 할 정도로 자신과의 약속을 철저하게 지키는 융통성 없는 인간이었기 때문에 묵직한 강속구를 무기로 메이저리그에서도 9승 투수로 기억에 남았다. 전성기의 나이에 역대 최고의 실적을 남긴 메이저리거가 될 거 같은 상황에서 병역의 의무는 그를 압박해왔다. 그리고 사랑하는 아내에게 생긴 심장종양. 심장을 구할 수 없는 한국보다 미국에서 이식수술을 기다리는 것이 최선의 선택이자 아내를 지킬 유일한 길이었다. 결국 그는 아주 중요한 결정을 내린다. 대한민국 국적을 포기하고 미국시민권을 획득하는 것. 처음에는 너무 안타깝다며 대신 군대를 가주고 싶다고 국가에게 기대하지 말고 귀화해서 자기 길 찾으라던 여론은 순식간에 반전됐다. 한국에 있는 가족들이 겁을 먹고 미국으로 이민을 갈 만큼 비난여론은 점점 거세졌다. 그리고 거짓말처럼 그의 성적은 곤두박질치기 시작한다. 완전히 밸런스를 잃어버린 그의 투구 폼은 그를 부상으로 쉽게 만들고 그간 얻어온 모든 것을 사라지게 했다. 이후에 돈을 벌 수 있는 모든 일을 마다않으며 생계를 유지하던 중 운명처럼 승수를 만나 검은머리 외국인 용병으로 고국의 땅을 밟는다. 그에게는 꿈 같은 일이었지만 이 사건은 승수를 최대 위기로 몰아넣기도 한다. 그 순간 길창주는 어렵게 입을 연다. 승수를 구하기 위해 그 어려운 한마디를 꺼낸다.

● 유민호(51번, 미완의 대기, 곧 슈퍼 신인을 꿈꾸는)

"근데 선배님... 오늘 제 공이 좀 좋지 않았나요?"

야구 바보, 그리고 실제로 좀 바보. 유망주를 뽑는 신인드래프트에서 드림즈에 선발되는 슈퍼 루키들은 자신의 미래를 걱정하며 눈물을 흘린다. 드림즈는 제대로 된 육성시스템을 갖추지도 못했고 부상선수들에 대해서 인내와 배려로 지켜봐주는 구단이 아니다. 하지만 유민호는 싱글벙글 웃었다. 드림즈가 좋아서가 아니라 계속 야구를 할 수 있다는 것이 좋았기 때문이다. 야구 만화를 유독 좋아해서 따라하다가 안 먹어도 될 욕을 먹기도 하지만 그것이 그의 성장 동력이 되었다. 160km 직구를 던지겠다는 야심을 가지고 치밀한 (?) 계획표를 세웠다. 러닝과 유연성 훈련을 거르지 않으며 자신이 만든 계획표에 있는 '쓰레기 줍기' 등 터무니없는 일들도 실천하려고 노력한다. 이 모든 계획표의 궁극적인 목표는 160km 직구를 던지는 것 같지만, 그 계획표의 목표 부분을 잡아 당겨보면 할머니에게 엘리베이터가 있는 아파트를 사주는 것이다. 부모의 든든한 지원은커녕 월 회비도 제대로 내지 못했던 그를 괴롭힌 학원 스포츠의 부당함을 강력한 동기부여로 이겨냈다. 하지만 그 과정에서 겪은 혹사로 인한 부상, 그것을 극복할 무렵에는 투수로서 가장 겪고 싶지 않은 '입스(YIPS)*'로 인해서 스트라이크를 던지지 못하는 상황을 맞이한다.

● 서영주(47번, 주전 포수)

드림즈의 주전 포수. 탁월한 공격력은 없지만 수비형 포수 가운데는 국내 1~2위를 다투는 핵심멤버. 기분 좋을 땐 화통하고 그렇지 않을 땐 거친 면모가 드러난다. 능구렁이 같은 부분도 있어서 가까이 하고 싶지 않은 인간형이면서 그 수가 얕아서 인간적으로 보일 때도 있다.

● 심한 쇼크나 심리적 요인으로 인해서 몸이 의도대로 움직이지 못하는 증상.

• 곽한영(30번, 주전 내야수)

특급도, 다른 팀에서 탐낼 만큼도 아니지만 드림즈에서는 든든한 내야수. 내야 전 포지션이 소화 가능해 정해진 포지션 없이 뛰는 유틸리티 플레이어다. 그렇다보니 주전 선수들 못지않게 경기에 자주 출장한다. 유한 성격 탓에 늘 손쉽게 계약서에 도장을 찍고 훈련에 집중한다. '착한 형'이라는 그의 별명은 이름보다 성격에서 기인한 것이 더 크지만, 이번 연봉 협상에서는 욕심을 내고 싶다.

―――――――――{ 드림즈 코칭스태프 }―――――――――

• 윤성복(마음속에 폭탄을 감춘 드림즈 감독)

"단장님이나 저나 야구로 소중한 것을 지키려고 하고 있죠."

대한민국에서 단 열 명만 현직으로 앉을 수 있는 자리인 야구 감독계의 공무원이자 모르는 사람 없는 백전노장. 하지만 명장이라고 인정하는 사람도 없는, 그냥 노장이다. 하위권 팀들로부터 러브콜을 받을 때마다 거절하지 않고 일했고 그게 벌써 다섯 번째다.

야구 인생의 마지막에 우승이라는 꽃을 피우고 싶다

난치병에 시달리는 아들의 병원비를 대려면 그가 할 수 있는 단 한 가지, 감독뿐이다. 온화한 성격의 덕장이라는 평가가 있지만 무능한 뒷방 늙은이 이미지 또한 함께한다. 그를 앞에 두고 코치진들이 파벌싸움을 벌이는 것이 그 증거다. 드림즈의 물갈이 대상 1호로 손꼽히지만 승수 덕분에 3년 계약을 통해서 서서히 자신의 위치를 회복해나간다. 적극적인 지휘를 통해서 그의 숨겨진 능력들이 서서히 발휘되고 승수와는 상호 간의 존중하는 모습으로 가장 이상적인 감독과 단장의 조합이라는 평가를 받게 된다.

그러나 반드시 드림즈에서 우승하지 않아도 된다

승수가 성복에 대해서 모르는 한 가지가 있다. 승수가 제안한 3년 재계약에 경민이 응한 것은 승수를 믿어서가 아니라 이미 성복과 경민이 충분한 교감을 가지고 있었다는 것이

다. 구단이 원하는 것은 무엇보다 지역 여론을 크게 악화시키지 않는 선에서 금전적 손실 없이 팀을 해체하는 것. 어떻게 해야 팀을 강하게 만들지를 아는 만큼 어떻게 해야 팀을 망칠 수 있는지 가장 정확하게 아는 성복이야말로 승수의 노력을 무산시킬 수 있는 가장 무시무시한 적이며 드림즈를 크게 약화시킬 수 있는 폭탄이었다. 모두가 그를 가장 든든한 조력자로 믿어 의심치 않을 때 드림즈를 최강으로 만들어야 하는 승수에게 사실상 '끝판왕'으로 다가오게 된다.

● 이철민 (수석코치)
"최용구 아니었으면"

투수는 던질 수 있는 공의 개수가 한정돼있다고 믿는다. 그렇기 때문에 많은 공을 던지면서 자신의 밸런스를 찾는 것보다는 공 하나를 던질 때 많은 생각을 하고 던져야 한다고 믿는다. 다소 신중하고 조용한 성격이며, 호전적인 성격의 타격코치를 천박하다고 생각하면서 성복을 잘 보필하는 이미지를 가지고 있다. 하지만 사실은 성복이 물러날 때라는 생각을 가지고 그의 퇴장을 기대한다. 최용구가 싹싹한 성격의 유민호를 아끼는 마음에 지도를 해줄 때 그때의 일이 재발되지 않을까 하는 걱정을 하고 바라보지만 사실 그도 알고 있다. 이제는 과거가 된 슈퍼루키를 은퇴로 이끈 부상은 최용구가 아닌 자신이 시작점이었다는 것을.

● 최용구 (투수코치)
"이철민 아니었으면"

투수는 공을 많이 던질수록 자신에게 맞는 투구 폼과 타이밍을 잡아가며 성장한다고 믿는 다소 구시대적 방식의 투수코치. 강한 성격 탓에 후배들에게 악명이 높기도 하지만 그의 섬세한 티칭은 가끔 큰 가르침을 주기도 한다. 이철민과는 한때, 드림즈의 원투펀치로 잘 나가며 우정을 나눴지만, 전성기를 만들었던 서로의 방식이 달랐고 각자의 방식을 너무나 믿고 강요하는 굳어버린 40대가 돼버렸다. 무엇보다 가장 아끼던 신인 투수를 망쳐버렸다는 죄책감에 이철민에게 애써 책임전가를 하려고 하지만 내심 자신의 방식이 문제였나 늘 되돌아보며 술을 마신다. 성복에게는 화통하게 감독을 그만두는 게 어떠냐고 물을 수 있는 성격으로, 자신과 정반대인 이철민을 답답한 성격이라고 생각한다.

● 민태성(타격코치. 최용구 라인)

"우리는 빠따 팀이지. 그건 누구나 다 알지"

팀의 타격이 투수력에 비해서는 안정적인 것을 늘 자부심으로 삼고 최용구가 없는 자리에 서는 그것을 내세운다. 임동규와 친한 척하면서 임동규를 키웠다고 말하고 다니지만 임동규 앞에서는 말하지 못한다. 수석코치를 보면 인사하지 않고 감독 앞에서도 거친 욕설을 잘 뱉는 무뢰한이다.

━━━━━━━━━━━━━━━━{ 야구 관계자들 }━━━━━━━━━━━━━━━━

● 김종무(신흥 강호 바이킹스 단장)

"우리 한 발만 더 가면 되는 거잖아. 근데 왜 자꾸 손해 보는 기분이 들지?"

특급 선수 출신으로, 코치 단계를 밟고 감독을 노릴 거라 예상했지만 본인은 몸으로 익힌 것을 바탕으로 프런트 일을 욕심냈다. 구단은 아쉬웠지만 스카우터로서 보여준 그의 능력 이 반가웠다. 바이킹스 선수 발굴에 큰 공헌을 세운 것을 인정받아 젊은 나이에 단장자리 까지 오른다. 장타력은 다소 부족했지만 귀신 같은 선구안을 자랑하던 그의 선수시절처럼 그는 팀에 장기적으로 도움이 될 선수들을 잘도 모아왔다. 야구를 정말 잘 아는 팬들 사이 에서는 최고의 단장으로 주목 받아왔고, 그의 시선은 마침내 절대 강자인 세이버스를 향한 다. 그런데 종무를 슬슬 구슬리는 승수와 대형 트레이드를 성사시킨 후에 그는 하루도 편 히 잠이 들지 못한다. 혹시나 보내준 선수들이 이전보다 더 좋은 성적을 거두진 않을까. 자꾸 옆에서 친구인 척하는 승수에게 당하는 기분이 든다.

• 오사훈(펠리컨즈 단장)

최강팀 세이버스를 넘어서지 못해서 성적은 2~3위에 머무는 펠리컨즈의 단장이지만 그를 향한 평가는 그 이상이다. 드림즈보다는 훨씬 풍요롭지만 세이버스나 바이킹스보다는 열악한 환경 속에서도 훌륭한 선수들을 매해 새로 배출해 나가면서 꾸준히 좋은 성적을 내며, 성공적 프런트 야구의 상징으로 펠리컨즈의 팬들 사이에서도 비난보다는 응원과 지지를 받는다. 우승 경험이 없다는 것이 콤플렉스지만 본능적인 감각은 승수에게 때때로 놀라운 변수가 되기도 한다. 승수가 제갈공명이라면 한 끗만 방심해도 목에 칼을 들이대는 사마의 같은 존재.

• 김영채(스포츠 아나운서)

소프트볼 선수 출신의 아나운서. 선수 활동 당시에도 미모로 많은 관심을 받았지만 여자로 태어나서 남자 야구선수들과 비등하게 겨루지 못함을 뒤늦게 인정하고 야구 주변의 일자리를 구하던 중에 스포츠 아나운서 자리를 차지했다. 직구 시속 110km를 던지는 여자 아나운서의 존재는 독보적인 인기를 누리게 했다. 하지만 미모와 특이한 이력으로 갖는 인기는 그녀를 만족시키지 못한다. 다음 시즌을 구상하는 시청자들을 위한 스토브리그 기간에 그녀는 아나운서이면서 취재에 적극적인 기자의 모습을 갖추려고 한다. 스포츠 언론에도 저널리즘이란 말을 느낄 수 있도록 하고 싶다는 욕심 많은 그녀는 드림즈의 민감한 문제에 뛰어들어 직간접적인 영향을 주면서 스토브리그를 달구는 일등공신이 된다.

==={ 그 외 주변 인물들 }===

• 유정인(승수의 전 부인)

"그만 미안해도 돼. 이제 정말 그래."

승수에게 있어 존경할 수 있는 여자였고 든든한 동지였으며, 좋은 아내였다. 하지만 승수는 좋은 남편이지 못했다. 그녀는 늘 어두웠던 승수에게 적극적으로 다가가 밀려나면서도 결혼생활의 한동안 행복을 느꼈다. 매우 더딘 속도였지만 그녀의 노력 때문인지 승수가 조금씩 밝아지는 것도 같았다. 하지만 그녀와 승수의 웃음을 앗아간 '그 날' 이후로 정인은 승수에 대한 미움보다는 자기 안의 어둠을 극복하지 못한 채 자신을 걱정하는 승수를 보고 그와 자신을 지킬 수 있는 유일한 방법은 이혼이라 인정하고 헤어짐을 선택한다. 정인의 가족들에게는 가슴을 칠 일이지만 승수를 걱정하는 마음이 앞서 원망의 마음도 없다. 정인은 어쩌면 알고도 그랬는지 모른다. 승수가 슬픔에 파묻혀 죽을지언정 자신과 나누지 않는 인간이라는 걸. 멀리서 지켜보고 마음을 다해 상처를 어루만져주는 사이를 꿈꾼다. 여전히 미안해하고 있는 승수가 더 이상 미안해하지 않을 때 돌아가고 싶다.

• 천홍만(전직 씨름선수, 승수에게는 램프의 지니 같은 존재)

한심한 성적에도 부끄러운 줄 모르던 씨름선수 시절, 승수를 만났다. 한주먹 감도 안되어 보이는 승수의 강단에 놀라면서 더 강한 힘으로 그를 꺾어보려고 노력했지만 결국 꺾인 것은 자신의 마음이었다. 한때 천재장사로 이름을 떨쳤지만 제대로 훈련 한 번 안 하고 재능에만 의존하다 몰락한 자신에게 동기부여를 해준 사람이 승수다. 결국 천하장사 자리를 차지해보고 은퇴를 하게 만들어준 승수를 위해서 밝은 곳에 한 발, 어두운 곳에 한 발을 걸친 채로 기다리고 있다.

• 정미숙(세영의 엄마)

일에 매달리는 세영에게 잔소리와 푸념을 일상처럼 늘어놓지만, 딱 거기에서 그치고 부담이 될까봐 응원의 말도 던지지 않는다. 뭔가를 꿈꾸는 젊은이들에게는 이상적인 부모. 각자 자기 밥값만 하면 된다고 생각하는 쿨한 성격이지만 내색하지 않는 딸 사랑은 어느 부모 못지않다.

• 권일도(야구단이 눈엣가시인 드림즈 모기업 재송그룹의 회장)

조카 경민에게는 존경과 경외의 대상. 지역을 기반으로 성장한 기업의 특성상 드림즈의 운영이 반드시 손해는 아니었다. 하지만 국내에서 20위 안에 드는 입지를 달성한 지금, 늘 적자에 신경 쓰이는 것은 영세한 계열사로 보일 뿐이다. 특히나 드림즈의 확고한 꼴찌 이미지는 구단에 대한 애정을 더욱 떨어뜨리게 한다. 경민이 친아들이었으면 좋았겠다 생각하지만 어쨌든, 친아들이 아니기 때문에 마음속의 선을 확실히 가지고 있다.

용어정리

플래시 컷 Flash cut
화면과 화면 사이에 들어가는 순간적인 장면. 극적인 인상이나 충격 효과를 주기 위해 삽입되는 매우 짧은 화면을 지칭한다.

플래시백Flashback
회상을 나타내는 장면. 지금 일어나고 있는 사건의 인과를 설명할 때 쓰이기도 하고, 인물의 성격을 설명하기 위해 쓰이기도 한다.

이펙트(E)
대사와 음악을 제외한 효과음(Effect)을 뜻하며, 보통 등장인물은 보이지 않고 소리만 나는 경우에 사용한다.

인서트Insert
화면의 특정 동작이나 상황을 강조하기 위해 삽입한 화면. 인서트 화면이 없어도 장면을 이해하는 데에는 별다른 지장이 없으나 인서트를 삽입함으로써 상황이 명확해지는 한편, 스토리가 강조된다. 인서트 화면으로는 대개 클로즈업을 사용한다.

몽타주 Montage
따로따로 편집된 장면들을 짧게 끊어서 붙인 화면.

"야구는 그럴 리 없죠.
꼴찌를 해도 다들 밥은 먹고 사니까."

"꼴찌를 해도 된다고 생각하고 일하진 않습니다."

STOVE
LEAGUE

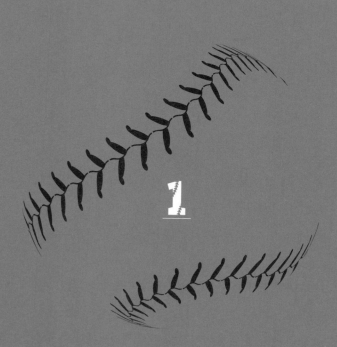

1

S#1   승 수 차 안 / 밤

운전 중인 승수.

잠시, 신호 대기 중에 라디오를 켜면 야구 중계가 들려온다.

해설   (소리)아마 김관식 투수는 임동규 선수를 의식하지 않을 수 없을 겁
니다.

캐스터   (소리)네, 이미 순위가 확정된 양 팀의 경기인데도 여전히 응원 열기는
뜨겁습니다.

S#2   드림즈 사무실 / 밤

사무실 가운데에는 중계화면 켜져 있고.

사무실 곳곳을 비춰보면

드림즈의 엠블럼 및 선수 사진, 각종 기념품 등이 쌓인

상자들로 드림즈의 구단 사무실임을 알 수 있고.

커피 마시면서 고세혁과 임미선이 대화를 나누고 있고.

뭔가 메모를 하면서 전화를 하는 변치훈.

컴퓨터 화면을 보며 작업 중인 유경택 등이 있는데.

중계되는 TV 화면을 혼자서 바라보는 세영.

그 위로 깔리는 캐스터.

캐스터	**(소리)순위가 확정된 양 팀의 상황은 상당히 다르죠.**
해설	**(소리)네, 천지 차이죠.**
캐스터	**(소리)올해도 정규 시즌 2위를 확정 짓고 코리안 시리즈를 정조준하고 있는 바이킹스. 그에 반해 4년 연속 최하위 성적이 확정된 드림즈.**

S#3   드림즈 야구장 타석 / 밤

요란한 응원가가 울려 퍼지고. 천천히 걸어 나오는 한 남자.

여유있는 걸음에, 방망이를 쥔 손의 손목을 돌리며

드림즈 유니폼을 입고 있는 임동규가 타석에 서는 순간.

어느 때보다도 큰 환호성이 울려 퍼지는 야구장.

캐스터	**(소리)이미 이 타석은 승패와는 무관합니다. 가을에 가장 무섭게 방망이를 휘두르는 이 선수의 타격을 그저 감상하시면 됩니다.**

S#4   드림즈 야구장 관중석 / 밤
경기를 즐기는 다양한 표정의 관중들.
조마조마해하며 지켜보는 관중,
야구는 보지 않고 치킨을 손으로 집어 먹으며 행복한 관중.

S#5   드림즈 야구장 주차장 / 밤
라디오 소리가 깔리며.

캐스터   (소리)임동규!!! (경탄) 이 남자의 방망이는 마지막 경기까지도 불이 꺼
지지 않네요.

멈춰 선 차량, 라디오를 끄며 내리는 승수.
야구장의 함성을 들으면서 구장을 올려다본다.
천천히 구장으로 들어가는 뒷모습.

S#6   TV 중계화면
임동규의 타격에서 홈런으로 넘어가는 다시보기 화면.
확신에 찬 주먹을 불끈 쥐는 임동규.

해설   (소리)드림즈는 임동규밖에 없다! 이런 말들을 하는데 말이죠. 뒤집어
서 이렇게 말씀 드릴 수 있습니다. 드림즈에는 임동규가 있다!!

S#7   드림즈 매점 / 밤

중계화면이 매점 주인의 휴대폰 화면으로 이어지면서.

매점 메뉴판을 바라보는 승수.

메뉴판에는 일반적 메뉴들과 함께 'Hot'이라는

영문이 붙은

'임동규 버거'가 눈에 띈다.

승수   임동...규 버거 주세요.

임동규 버거를 받아들고 경기장 입장하는 승수.

S#8   드림즈 야구장 일각 / 밤

걷는 승수.

캐스터   **(소리)임동규 선수가 분발하고는 있지만 드림즈의 다른 선수들, 각성
이 필요한 시기입니다.**

해설   **(소리)네, 야구는 절대로 혼자서 이길 수 있는 스포츠가 아니죠. 만년
최하위의 드림즈에게는 임동규를 도와줄 다른 선수들이 필요합니다.
말씀드린 순간 곽한영 플라이 아웃. 바이킹스 공격으로 넘어갑니다.**

S#9   드림즈 야구장 통로 + 야구장 관중석 / 밤

통로를 통해서 관중석에 입장하는 승수.

넓은 그라운드와 함께 탁 트인 관중석이 시야에 들어오고.

S#10   드림즈 야구장 마운드 위 / 밤

역동적인 와인드업을 하는 드림즈 투수 장진우.
그러나 타자의 등 뒤로 날아가는 공.
타자나 포수 마스크 쓴 서영주 둘 다 황당한 표정이고
장진우도 손이 미끄러졌다는 것을 전달하려
자신의 손끝과 타석을 번갈아 본다.

타자   야, 너 나 맞추라고 했지?
서영주   그런 거 아닌데. (한숨 쉬고) 죄송합니다.
타자   됐다, 내가 니네 팀한테 어떻게 화를 내냐. 불쌍해서.
서영주   (마스크 벗으며) 뭐라고요?
타자   인상 풀어, 인마. 꼴찌 하는 놈들은 예의도 몰라?

서영주, 끙 하다가 한숨 푹 쉬고 전광판 보면.

S#11   전광판 / 밤

드림즈 3 : 8 바이킹스 스코어가 눈에 띈다.

S#12   드림즈 더그아웃 / 밤

머리 희끗한 윤성복 감독이 정적으로 앉아 경기 보고 있는데.
성복의 눈앞에 펄럭거리는 종이.

최용구   이거 접어요? 네? 감독님. 경기 아직 안 끝났어요.

성복, 최용구 투수코치의 행동에 놀라고.
겸연쩍은 성복을 보고 주위에 코치들도 피식 웃고.

성복   (순박한) 어? 강현이 투입할까?
이철민   야, 감독님한테... 쯧

이철민 수석코치를 흘깃 보는 최용구 투수코치.
그리고 뒤쪽에 팔짱 낀 채 서있는 민태성 타격코치
피식 웃고.

이철민   감독님, 뭐라고 할 땐 뭐라고 하셔야죠.
민태성   (들으란 듯이) 아오, 감독님도 피곤하겠네.
이철민   야.
민태성   (한 번 보고 딴청)

S#13   드림즈 플레이 몽타주

공 하나를 받으러 데칼코마니처럼 서로 스치며 놓치는

중견수와 우익수.
평범한 땅볼을 캐치하자마자 던지려는데 공을 못 주운 유격수.
연속 포볼을 기록하고 한숨 쉬는 투수.

캐스터   (소리)오늘 경기 이기든 지든 꼴찌. 하지만 이렇게 무기력해선 안 됩니다.

응원봉을 격하게 내던지며 삐뚤어지는 어린이 관중.
3:10으로 벌어지는 스코어 인서트
글러브를 바닥에 딱지치기 하듯 내팽개치는 투수.
폭풍 헛스윙 삼진을 당하는 타자.

해설   (소리)선풍기보다 시원한 바람이 여기까지 전달이 되네요. 드림즈 팬
들의 마음도 싸늘해집니다.

3:12로 벌어지는 스코어 인서트
관중들, 하나둘씩 질렸다는 듯 자리를 뜨고.

S#14   드림즈 응원석 / 밤
마스코트 드림맨이 응원 동작 어설프게 따라하다가
이내 지쳐서 주저앉는다.

캐스터   (소리)(피식 웃으며) 응원하던 드림맨도 지쳤나 봅니다.

S#15   드림즈 사무실 / 밤

여전한 사무실 풍경 속에서
TV 중계 보던 세영이 벌떡 일어선다.

세영   저... 낙하산 저거... 뒤질라고. (직원들 쪽 향해서) 저 경기장 갑니다.
뛰어나가는 세영.

S#16   드림즈 응원석 / 밤

드림맨, 무거운 탈 때문에 휘청휘청하다가 탈 벗으면 재희다.
내려놓은 탈을 집어서 다시 머리에 뒤집어씌우는 손.
재희, 누군가 놀라서 돌아보면
세영이 눈을 부라리고 서있다.
재희, 얼른 일어나서 드림즈의 응원 동작들 따라해본다.

세영   내가 아는 낙하산들은 보통 그 오명을 벗어보려고 더욱더 성실하
게 뛰고 그러던데.

재희   아니, 근데 이건 제 본연의 업무도 아니고.

세영   드림맨이 아프대잖아.

재희   (쓸쓸한) 이렇게 땀 흘리면 뭐해요. 9점 차로 지고 있는데.

세영   (확, 그냥) 경기 끝났냐?

세영, 재희 째려보다가
빤히 쳐다보는 어린이 팬을 보고 어색하게 웃으며 손 흔들어주고

구호에 맞춰서 머리 위로 D자를 그리는 응원 열심히하고,

재희, 어설프게 따라하는데.

어느 순간 관중들 시선이 다른 곳을 향한 것을 인지하고.

관중 시선 따라가보면 코치들끼리 몸싸움하는 더그아웃 풍경이

전광판의 중계화면으로 보인다.

S#17   드림즈 더그아웃 / 밤

이철민, 민태성, 최용구 등 코치들 간에 서로 밀치는 모습.

선수들이 나서서 말리지만 코치들은 오히려 선수를 밀친다.

해설   **(소리)코치들 간에 무슨 일이 있는 거 같네요.**

캐스터   **(소리)팬들한테... 저런 모습... 글쎄요... 뭔가 문제가...**

해설   **(소리)총체적 난국입니다. 드림즈... 이건 아니죠.**

S#18   드림즈 응원석 / 밤

세영   미친...

세영, 뛰어나가고 사태를 더 늦게 파악한 재희도

드림맨 탈 벗고 따라서 뛴다.

선 채로 경기를 지켜보는 승수의 옆을 지나친다.

S#19　　드림즈 야구장 복도 / 밤
　　　　　복도를 열나게 뛰어가고 있는 세영의 표정 위로.

해설　　**(소리)최하위가 너무 익숙해진 드림즈를 목청껏 응원해주는 팬들을 생**
　　　　각하면 저래서는 안 되겠죠.

S#20　　드림즈 응원석 / 밤
　　　　　드림즈 유니폼을 입고 응원하던 어린아이, 엉엉 운다.

해설　　**(소리)이제는 팬들도 지친 표정입니다.**

　　　　　풀 죽은 팬들의 표정.
　　　　　땀 닦는 드림즈 응원단장의 얼굴에 지친 표정.
　　　　　승수는 그런 모습들을 하나하나 바라보던 중에
　　　　　걸려온 전화 받는다.

승수　　어, 이제 나가. 10분 정도?

S#21　　드림즈 더그아웃 / 밤
　　　　　코치들끼리 뒤엉키려는 것을 선수들이 뜯어말리는 가운데
　　　　　세영과 재희도 합류해서 뜯어말려 보려는데
　　　　　자꾸 힘이 약해서 밀려난다.

세영, 야구 배트 들어서 벽을 치면

그 소음에 모두 놀라 돌아보고.

세영   애들도 봅니다. 우리 진짜... 이것밖에 안 돼요? 시즌 마지막 경기

잖아요.

잠시 분위기 숙연해지고.

S#22   **전광판 인서트 / 밤**

경기 스코어

드림즈 3

바이킹스 14

S#23   **그라운드 앞 / 밤**

1루석 앞에 선 선수들의 단체 인사.

일부 선수들의 얼굴에는 웃음기가 있고 홀가분하다는 분위기.

그걸 보는 쓸쓸한 표정의 장진우.

그 모습을 조금 떨어져서 바라보는 세영과 재희.

세영의 표정에 쓸쓸한 감정이 스친다.

홀가분한 미소의 바이킹스 선수들과

고개 숙인 패배자의 모습으로 퇴장하는

드림즈 선수들의 대조적인 모습.

관중석 한구석에 서서 그들을 바라보는 승수,
담담한 표정으로 바라보다 돌아서는 뒷모습 위로.
타이틀.

S#24   드림즈 라커룸 / 밤

장진우가 젊은 선수들을 세워놓은 그림.
고참급은 조용히 짐을 챙기고 있다.

장진우   왜 웃었냐?

선수들   ...

장진우   우리가 우승했냐?

선수들   아닙니다.

장진우   가을 야구 하냐?

선수들   아닙니다.

장진우   아니면 최소한... 마지막 경기라도 우리가... 이겼냐?

젊은 선수들, 표정이 하나씩 구겨진다.

임동규   **(소리만)아무 때나 웃지 말라고 내가 했냐, 안 했냐.**

돌아보면 임동규, 빙긋 웃고 있다.
젊은 선수들 안도하듯 표정이 풀어진다.

임동규	이번 시즌도 수고한 건 아는데 투지가 있어야 내년에는 9등이라도 할 거 아냐. 누가 우리보고 우승하래냐? 안 그래?
선수들	(큰 소리로) 맞습니다!
임동규	진우 형도 니네 붙잡고 이러는 거 피곤해. 진우 형이 첫사랑만 성공했어도 니들만한 아들이 있어. 새끼들아.

젊은 선수들, 킥킥 웃고.
장진우, 얼굴 벌게지다가 멋쩍은 웃음으로 얼버무린다.

임동규	진우 형이 니네 다 잘되라고 이러는 거다. 오늘 술 먹을 사람 현관으로 다 집합. 알았냐?
선수들	예!
임동규	해산... (하려다가) 해도 되지? 형?
장진우	(마지못해) 어. 해산.

젊은 선수들, 우르르 몰려나간다.

임동규	형, 애들 앞에서 쪽팔리게 한 거 아니지?
장진우	쪽팔릴 게 있냐. 2승 투수가...
임동규	왜 그래, 또. 우리 팀이 몇 승이나 한다고. 2승이면 잘했지. (친근하게) 오늘 회식 올 거지?

임동규, 장진우 옆구리 찌르며.

S#25   국밥집 / 밤

다소 서민적 분위기의 국밥집 안.

TV 화면에서는 스포츠 뉴스가 방송 중.

들깨 부어서 야무지게 섞어 먹는 정인.

승수도 맞은편에서 휴대폰으로 국밥 사진 찍고.

정인, 그런 모습 익숙한 듯이 기다린다.

정인   근데 핸드볼 단장이 뜬금없이 웬 야구장?

승수   그냥... 뭐.

정인   아무튼 우승 축하해.

승수   고마워.

정인   대단하다.

승수   선수들이...

정인   (가로채며) 선수들이 잘했지?

승수   (피식)

정인   (같이 웃다가 생각난) 맞다, 유자청 만들었는데. 어머니 좋아하시잖
       아. 주말쯤에 좀 다녀올까 하는데...

승수   택배 보내. 너무 멀어.

정인   아침에 출발하면 저녁 전에 오는데 왜.

승수   무슨 일 있냐고 걱정하셔. 내가 가도 그래.

정인   ...

승수   (그 눈빛 인지하고) 잘 지낸다고 전화는 드려. 그것도 가끔이면 돼.

승수, 마저 국밥 먹는데

정인은 씁쓸하게 보다가 시선이 TV 화면에 고정된다.

'영진실업, 우승에도 불구하고 해체 결정'

승수, 정인 시선 따라서 TV 화면 보고

들켰다 싶은 한숨 쉬고.

정인   또... 얘기 안 했네. 팀 해체된 거.

승수   (조금 당황했지만) 얘기한다고 뭐 달라지나.

정인   다른 일은 구했어? 다른 핸드볼팀이나...

승수, 멍하니 TV를 보는지 허공을 보는지 모를 시선.

TV 화면에는 '꼴찌 드림즈, 코치 간에 멱살 추태' 자막과

자료 화면이 나가고.

승수   글쎄... 나 필요한 데가 또 있겠지.

S#26   **고깃집 / 밤**

'꼴찌 드림즈, 코치 간에 멱살 추태' 화면에서 채널 돌아가고.

슬쩍 단체 테이블 눈치보는 주인, 못 봤다 싶어 안심하고.

넓은 단체 테이블에 자리 잡은 드림즈 프런트.

일반적 회식보다 다소 가라앉은 분위기.

서기웅 단장, 고세혁 스카우트팀장, 변치훈 홍보팀장,

임미선 마케팅팀장, 유경택 전력분석팀장, 운영팀장인 세영과

재희 이하 직원들이

술잔에 술 채우고 있다.

고세혁   아이고, 올해도 수고들 하셨습니다. 내년에는 9등 합시다.

변치훈   맞어, 우리는 수고했지. 야구 우리가 하나. 선수들이 하지. 내가
          홍보할 거리가 없다. 진짜.

임미선   돈 없이 어떻게 야구를 잘해요. 다들 욕봤어요. 잔들 채우시고오.

기웅   여러분...

기웅의 말 아무도 못 듣고.

세영   아무리 그래도 지고도 웃는 건 아니지.

임미선   (세영 달래듯) 운영팀이 제일 수고 많았어. 먹어. 먹어.

세영   (조금 취기 올라서) 씨... 어떻게 10점 넘게 먹고 웃으면서 인사하냐
          고. 팬들한테.

기웅   드림즈가 올해 43승... 작년에는 46승 했습니다. 3승 줄었습니다.
          저는 이제...

다른 직원들 그제야 단장 목소리 들려서 보면.

직원들   예?

기웅   단장직을 사임합니다.

직원들, 눈이 둥그레졌다가.

임미선	왜요?
기웅	성적에 대한 책임을...
고세혁	단장님, 혼자서 그렇게 무거운 책임을 지지 마시고... 단장님 잘못이 아니지 않습니까?
기웅	그럼 누구 잘못인가요?
고세혁	... 뭐 감독도 있고...
변치훈	야구는 선수가 하는 거라니까요. 우리가 뭐 밥을 안 줬어요. 뭘 안 해줬어요.
유경택	(말없이 술잔 들이켜고)
임미선	요즘 누가 우리처럼 돈 안 쓰고 야구해요. 돈 안 쓰면 누가 해도 꼴찌죠.
세영	(약간 취기 올라/끄덕이며) 다 잘못했죠.
임미선	세영 씨, 내가 무슨 잘못 했는데? 난 솔직히 말해서 세이버스 거기 마케팅팀장보다 내가 꿀릴 거 하나도 없다고 생각해요. 걔는 그냥 우승팀에서 마케팅 하는 거고 난 이런 데서... 하는 거고.
고세혁	돈 많이 주면 잘 치는 선수, 잘 던지는 용병 누가 못 데려옵니까. 우리 그렇게 극단적으로 생각하고 행동하지 맙시다, 단장님.
기웅	어떻게든...

조용해지면...

기웅	조금씩만 더 욕심내면 됩니다. 여러분.
직원들	...
기웅	저, 갑니다. 한 잔씩들 더 하세요.

고세혁   아니, 거 뭐 이렇게 쓸쓸하게 또 끝을 내셔...

고개 푹 숙이고 있는 세영.

S#27   세영 집 / 밤
세영, 어둑한 거실에 뒤꿈치 들고 조심조심 걸어가는데.

미숙   그래야지. 꼴찌는 했어도 시즌은 끝났으니까 또 술은 처드셔줘
         야지.

놀라서 돌아보면 어둑한 거실의 소파 위에 누워있던 미숙이 몸을
일으킨다.

세영   (바닥에 주저앉으며) 꼴찌, 꼴찌 하지 좀 마아.
미숙   야, 니네 회사가 꼴찌라고 옆집 새댁도 알더라.
세영   (양말 한 손으로 힘겹게 벗으며) 자기들은 뭐 회사에서 1등인가... (한탄
         하듯) 어머니, 우리네 일이라는 게 그렇습니다.
미숙   등 떠밀었냐? 그놈의 회사 들어간다고 기록원이니 뭐니... 전국을
         떠돌아다니더니.
세영   (바닥 보고) 그만둘까...? 되지도 않는 일을...
미숙   퍽이나.

세영의 이마에 손가락 통기고는 방으로 들어가는 미숙.

세영   (중얼거리듯) 억지로 붙잡고 있는 거 같단 말야...

S#28   세영 방 / 밤
         야구용품이 가득 전시돼 있는 방.
         대부분이 드림즈 관련 상품들.
         세영, 책상 앞에 놓인 액자 및 사진들 본다.
         어린 세영과 세영 부가 드림즈 유니폼을 입고 찍은 사진들.

세영   알았어, 안 그만둬. (다시 다짐하듯) 안 그만둔다고...

S#29   승수 집 / 밤
         승수, 문 열고 들어가면 두 명 정도만 겨우 살 만한
         크기에 방 두 칸 있는 집.
         거실 소파에서 잠들어 있는 승수 동생 영수 보인다.
         누워 잠든 영수 옆에는 보험계리사 관련 문제집
         몇 개 놓여 있고.
         소파 옆에는 휠체어가 놓여 있다.
         승수, 방으로 들어갔다 금방 나와서 이불 덮어준다.

S#30   승수 집, 주방 / 밤
         익숙한 솜씨로 밀린 설거지를 하는 승수.

S#31   드림즈 야구장 외경 / 낮

S#32   드림즈 사무실 / 낮

세영이 사무실 들어오면 재희가 화들짝 놀라고.

세영   (자리 앉으며) 너 회사에서 예능 프로 그만 보라고 했지.

재희   (쫄리지만 당당한 척) 졸려서 잠깐 본 건데요.

사복 차림이라 그냥 노인처럼 보이는 성복이 들어온다.

세영   (황급히 일어서며) 감독님! 어쩐 일로...?

성복   혹시 소식이... 있습니까?

세영   (뭐지?/눈치 챈) 아뇨. 저희가 연락드릴게요.

성복   고마워요. 가볼게요.

세영   올 한해 고생 많으셨습니다.

성복, 끄덕이며 천천히 걸어 나가는데
세영의 눈에 측은하게 보는 빛이 어린다.

재희   희망 고문도 아니고 왜 통보를 안 하시지.

세영   감독을 새로 뽑을 단장을 먼저 뽑아야 되니까 늦춰지는 거지.

재희   벌써 기사로는 우리 팀 감독 후보도 떴어요.

세영   누가 온들 우리가... (스스로 입 막으며) 아냐, 비관에 빠지지 말자.

스스로 포기하지 말자.

재희   (작게) 그 마음의 소리가 정답인데... 아, 맞다. 사장님이 찾으셨어요.

세영   왜?

S#33   사장실 / 낮

세영과 고강선 사장 마주 앉아 있는데

강선이 혼자 바삐 서류 검토하는 중에.

세영   (조심스럽게) 새 단장님은 언제 오세요? 혹시 고세혁 팀장님이에요?

강선   고세혁이? 걔가 왜?

세영   프런트 중에 짬밥도 오래되셨고... 팬들도 다 아는 분이잖아요. 이
       번에는 고세혁이다. 맨날 다 그러는데.

강선   슬쩍 떠봤는데 싫대. 걔는 스카웃팀에서 원석 발굴하는 게 좋대.
       (서류 보며) 이제 면접 봐야지. 질문할 거 준비해.

세영   제가요? 결정된 거 아닌가요?

강선   후보는 압축이 되셨고. 니 의견도 들어봐야지.

세영   직속 상사 면접을 제가요?

강선   야, 맨날 니들 술 먹고서만 취한 척 할말 다 하는데 니들도 나도
       기억 못 하잖아. 그거 지겨워서 술자리에서 녹음을 해봤는데.

세영   저희 동의도 없이...!

강선   니들이 뭐라고 했게?

세영   욕했나요...? (아차 싶고) 조금 서운한 얘기 했죠? 뭔데요?

강선   비전문가 싫다며. 사장도 비전문가 주제에 단장을 회사에서 내리

꽂는 거 싫다고.

세영   사장님이 왜 비전문가예요. 사장님, 싸이클링히트°가 뭔지도 이제 아시잖아요.

강선   아, 됐고! ... (나지막하게) 나도 올해가 마지막이야. 니가 나보다 1년은 더 일하겠지. 최소한.

세영   (또 쩡해지고) 그러면 엄격하게... 저도 참여해보겠습니다.

강선   오늘부터 하나씩 만나보자고.

이때 노크 소리 들리고.

세영, 다소 놀란 표정으로 강선 보면.

강선   아니, 지금부터.

〈시간 경과〉

세영과 강선, 후보1 마주 앉아 있고.

후보1   이제 선수 출신이 단장하는 건 메이저에서는 추억입니다. 단장이 할 일이 야구와 무관한 게 얼마나 많습니까. 드림즈 같은 팀이 사실은 잠재력이 많은 팀이에요. 유망주들 얼마나 많습니까. 적재적소에 지원만 해줘도 가을 야구 다툴 만하거든요.

강선   그런가? 우리 팀도 장점이 있지?

후보1   드림즈 보면서 늘 느끼는 게... 한 번만... 딱 한 번만 알을 깨고 나

● 한 경기에서 홈런과 3루타, 2루타, 단타를 모두 치는 타격 기록.

오면 달라질 텐데...

흥미 있게 이야기 듣는 세영과 심드렁하게 바라보는 강선.

⟨시간 점프⟩

세영과 강선, 후보2가 앉아 있고.

후보2   프런트 야구라는 말이 있는데 이거 경계해야죠. 하지만 현장에만
        모든 걸 맡길 수는 없는 거거든요. 제가 감독 출신이라서가 아니
        라 현장에서 다들 하는 말들이...
강선   (끊으며) 현장하고 소통이 원활하겠네?
후보2   그건 그냥 자연스럽게 깔고 가는 겁니다. 그렇게 하려면 각자 역
        할을 잘해야 되는데 드림즈에는 그런 분업 야구가 아직 자리를
        잡지를 않았습니다.

세영, 고개 끄덕이며 경청하는...

⟨시간 점프⟩

세영과 강선이 마주 앉아서 단장들 이력서 확인하며

세영   (들뜬) 두 분 다 장점이 확실해서 너무 고민돼요. 기대도 되고요...
        (아차/눈 감고 합장하며) 아, 단장님 간 지 얼마나 됐다고. 죄송합니다.
강선   오바 좀 하지 마. 아직 안 끝났어.

노크 소리 들리면.

강선   들어와요. (세영에게만 들리게) 마지막.

문이 열리고 단정한 차림의 승수가 들어온다.
세영, 강선이 건네는 이력서를 살펴보고.

〈시간 점프〉

강선   핸드볼 단장 출신이신데 야구도 좋아하시나?

승수   그래도 룰 정도는 알고 있습니다.

강선   룰 정도는... (쓰게 웃고) 드림즈 경기는 좀 봤어요?

승수   봤죠. 드림즈 플레이는 인터넷에도 편집된 영상이 많습니다.

강선   (민망한) 그건 좀 악의적으로 편집한 거지. 작년 것도 올해 것처럼 편집돼 있고 그래요. 잘한 건 하나도 안 넣어.

승수   악의적인 편집은 계속 늘어나겠죠.

강선   그게 무슨 말...?

승수   한 10년 이상 꼴찌 할지도 모릅니다. 신생 팀이 생긴다고 해도.

강선   (당황한 웃음) 어, 이 사람... 이거. 훅 들어오네.

세영   (끼어들며) 왜 그렇게 생각하세요?

승수   내부에서 판단하기는 어떻습니까.

강선   저기요. 면접은 우리가 보고 있습니다.

승수   한두 가지가 아니라서요.

세영   (꾹 참고) 몇 개만 얘기해주시면 어떨까요.

승수   코치 간에 파벌 싸움은 말한다고 정리가 될 것도 아니고...

S#34   드림즈 훈련장 / 낮

이철민 수석코치가 투수의 투구 폼을 수정해주는 중에
투수의 유니폼을 잡아끌며 데려가는 최용구 투수코치.
이철민 수석코치가 가서 붙잡고 옥신각신하는 모습.
멀리서 보고서도 선뜻 다가가지 못하는 성복.

승수   **(소리)게다가 양쪽 파벌이 모두 무시하는 힘없는 감독.**

S#35   신인 드래프트 현장 (회상)

많은 선수와 학부형, 구단 관계자들 모인 분위기.

아나운서   올해도 각 팀의 스카웃팀들은 향후 10년간 팀의 미래가 될 선수
를 찾기 위해 정말 많은 땀을 흘렸는데요. 과연 어떤 선수들이 슈
퍼스타로 자리매김할지 저 또한 떨리는 마음으로 지켜볼 텐데요.
그럼, 가장 먼저 작년 시즌 최하위를 기록한 드림즈의 신인 첫 번
째 지명이 있겠습니다.

고세혁   저희 드림즈는...

어느 때보다 긴장하는 선수들 표정.

고세혁   진덕고의 윤정석 선수를 지명합니다.

표정이 일그러지는 지명 선수의 주위에

안도하는 표정의 다른 선수들.

아나운서   축하드립니다. 드림즈의 첫 번째 지명을 받은 진덕고의 투수 윤
         정석 선수는 다부진 체격의 좌완 투수로 중학교 때부터 많은 주
         목을 받은 선수죠. 밝은 성격의 윤정석 선수도 오늘만큼은 많이
         떨리는 것 같습니다. 얼굴에서 웃음기가 사라졌네요.

         10개 팀의 1라운드 지명 선수들 가운데
         유일하게 드림즈 유니폼 입은 선수만
         고개를 들지 못하는 단체 사진.

승수   (소리)어느새, 소속이 부끄러워져 버린 꼴찌의 이미지.

S#36   페이스북 화면
         윤정석 선수 페이스북 화면.
         상태 메시지에 적힌 '야구 한 거 후회한다...'
         그 밑에 달린 친구들의 댓글들
         '힘내...ㅜㅜ' 'ㅋㅋㅋㅋㅋㅋㅋㅋㅋ'
         '그냥 대학 가던가'
         등의 댓글.

S#37   드림즈 피칭 머신 연습장 / 낮

고장난 피칭 머신을 이리저리 만져보는 선수들.

대기하고 있던 타자가 김이 빠져서 주저앉아 있는데

그때 타자를 향해 날아오는 빠른 공.

혼비백산하며 주저앉아 피하는 타자.

분한김에 한숨 쉬고.

승수   **(소리)낙후된 시설 속에 떨어지는 의욕.**

세영   **(소리)검색 많이 해보셨네요?**

S#38   사장실 / 낮

세영, 이미 한껏 불쾌한 목소리를 내지만

승수는 아랑곳하지 않는 표정으로 보고.

강선   허허, 그렇게 형편없는 팀에서 일하고는 싶으셔?

승수   기분이 나쁠 수도 있다고는 생각했지만 문제를 파악하지 못한 사
         람으로 보이는 것보다는 낫다고 생각했는데요.

세영   (표정은 그렇지 않으면서) 그러엄요.

승수   (그 표정 보고) 제 생각이 틀렸나 싶네요.

세영   고생하셨습니다. 긴 면접.

강선   아니, 뭐 우리도 생각할 시간이 필요하고... 기분 나빠서는 아니
         에요.

강선의 먼저 배웅하려고 일어나는 모습을
파악한 승수도 일어선다.
승수, 나가고 바로 눈 마주치는 강선과 세영.
강선이 웃음 터지고 세영이 서류로 책상 약하게 내려친다.

세영   아, 진짜. 시간 낭비!

S#39   복도 / 낮
         복도를 걸어가는 승수.
         복도에 걸린 드림즈의 역사가 담긴 사진들.
         멈춰 서서 하나씩 보며 걸음을 천천히 뗀다.
         코리안 시리즈 4차전 승리 후 포효하는 장진우.
         지금보다 젊은 모습으로 방망이를 든
         매서운 눈빛의 고세혁.
         젊은 모습의 최용구와 이철민,
         합쳐서 35승을 거둔 기념사진.

S#40   복도 + 자판기 앞 / 낮
         세영, 아까의 면접을 복기라도 하듯이 중얼거린다.

세영   기가 막혀. 미친놈. 지가 야구를 알면 얼마나 안다고.

자판기에 동전 넣고 커피 기다리는 세영.

세영   어우, 재수 없어. 어우, 짜증 나.

하면서 고개 돌리면 종이컵 들고 자판기 옆에서
드림즈의 과거 사진들 보고 있던 승수.
세영, 놀라서 흠칫.
승수는 세영을 한번 흘끔 보고는
시선 돌려서 커피 마신다.

세영   저... 선생님.
승수   (보면)
세영   혹시 저희 팀의 장점은 없나요?
승수   더 심한 문제도 있죠.
세영   (울컥) 그건 또 뭡니까.
승수   드림즈가 더 강해지길 바라십니까.
세영   당연하죠.
승수   모두가 그렇게 생각할까요?
세영   (표정이 굳고) 그게 무슨 말이에요.
승수   그냥... 그런 말입니다.

승수, 마지막 한 모금 마신 종이컵을 버리고 걸어 나가고.
세영은 이맛살 찌푸리며 그 모습 본다.

S#41   카페 / 낮

마주 앉은 세영과 기웅.

기웅   왜 멀쩡한 사람들 얘기 안 하고 그 이상하단 사람 욕만 하구 그래.

세영   너무 이상한 사람이에요. 이력도 핸드볼 단장이었대요.

기웅   성적은?

세영   ... 우승이긴 한데 프로야구랑 다른 거잖아요.

기웅   세영아...

세영   네?...

기웅   망해도 새로 망하면 좋겠다. 똑같이 망하는 것보다.

세영   (괴로운 듯 머리를 감싸쥐며) 이런 말에 설득되지 말자... 아... 왜 그만
             두셔놓고 참견을 하세요!! 으유! 저한테 권한도 없어요. 어차피.

이때, 세영의 휴대폰 울리고 전화 받는다.

세영   어, 어. 알았어. 지금 갈게. (전화 끊고)

기웅   가봐야지. (일어서며)

세영   (세영도 일어서다가) 새 단장 뽑았대요. 누군지도 말 안 하고 와보면
             안다고... (하다가 멈칫/미안한)

기웅   (애써 웃어주며) 잘 됐구나.

세영   저한테는 최고의 단장님이셨어요.

서로 웃으며 악수하는 기웅과 세영.

S#42   드림즈 사무실 / 낮

세영, 천천히 걸어오는데
사무실 직원들 각자 자리에 서서
어딘가에 집중하는 모습들이 보이자
걸음 좀 빨리하는데.
점점 가까이 보이는 가운데에 선
강선과 승수가 세영의 눈에 보인다.

강선   비록 야구에 우리만큼 정통하다고 할 수는 없으나... 이미 다른 스
        포츠 종목들마다 우승을 시키면서. 어?

        승수를 소개하는 강선의 모습에
        상황이 파악된 세영.

세영   왓 더... 퍼...
강선   뭐?
세영   퍼... 퍼니 프렌즈...
강선   뭐라는 거야, 얘는. 백승수 단장입니다. (승수 보며) 여기는 운영팀
        장 이세영이. 알지? 얘가 우리 프로야구 최초의 여자 운영팀장이
        야. 그건 몰랐지?

        세영의 표정이 점점 얼어붙고.

재희   우와, 젊으시다. 운영팀 한재희라고 합니다.

강선   박수.

직원들, 어리둥절한 가운데 모두 박수 치는데.
강선은 무덤덤하게 소개한다.

강선   아까 어디까지 얘기했지? 새로 온 백 단장은 젊고... 또... 우승... 킬러?
승수   (담담하고 뻔뻔한) 청부사요.
강선   아, 우승 청부사입니다. 우승을 하기 위해 여기에 왔다! 뭐 그런
       거잖아. 그치?
승수   비슷한 겁니다. 핸드볼팀, 씨름단, 하키팀 우승시킨 적 있습니다.
       야구단은 잘은 모릅니다만 배워가면서 하겠습니다.

동요하는 직원들,
작게 속닥거리는 움직임이 보인다.

승수   오늘은 좀 둘러보고 회의는 당장 내일부텁니다. 일이 많이 밀린
       걸로 알고 있습니다.

슬쩍 나가려는 강선을 세영이 따질 게 있어
잡아보려는데
툭 뿌리치고 잽싸게 나가버리는 강선.

S#43   사장실 / 낮

강선이 사장실 문 열고 들어오는데
집요하게 그 뒤를 따라오는 세영.

세영   **(소리)사장님.**

강선   어, 왜?

세영   왜 하필...

강선   (머뭇거리다가) 니 의견도 반영하고 싶었는데 나보다 윗선에서 추
       천했어.

세영   윗선이요...?

경민   **(소리)네!**

세영   (깜짝 놀라서)

문 열리고 경민이 들어온다.
강선, 세영 둘 다 황급히 자리에서 일어서고.

경민   팀장님, 잘 지냈어요?

세영   (당황해서 어쩔 줄 모르고) 아, 네. 상무님은...

경민   좀 바빴어요. 야구팀은 늘 알아서 잘하니까 내가 좀 소홀했네.

강선   (세영에게 작게) 상무님 판단이야. 이력에 우승 이력만 있는 사람이
       또 있냐고.

경민   골든 커리어죠.

세영   ... 알겠습니다.

경민   우리 팀에 꼬옥 필요한 인재라고. 난 생각했어요.

세영	네에...
강선	(작게) 받아들여.

세영, 끄덕이며 끙 하는 표정.
이때 노크 후 승수가 들어온다.

경민	앉으세요. 앉으세요. (승수 보고) 단장님, 처음 뵙겠습니다. 권경민이라고 합니다.
강선	(다소 경직된) 아, 이분은 상무님이시고... 또...
경민	(피식) 구단주 조카입니다.
강선	(당황하면) 예, 그... 그니까... 조카분이시기도 하고.
승수	(뭐야... 싶어서 보면)
경민	아, 오해하지 마세요. 구단주 조카라고 뻐기려는 거 아니구요. 젊은 놈이 왜 저렇게 어깨에 힘주고 다니는지 이상하게 생각하니까요. 이렇게 얘기하면 다들 한방에 알아듣잖아요. 좀 파악되죠? 난 그냥 효율성 중시하는 사람이에요. 구단주 조카라는 거 잊어요, 그냥. (반전처럼) 구단주라고 생각하세요.
승수	(의식 않고 담담히) 백승수 단장입니다.

S#44   드림즈 훈련장 / 밤

여느 구단의 연습실과 비슷한 현장 환경.

세영	시설 정비는 하실 거 없습니다. 전임 단장님이 다 해놓으셨어요.

없는 형편에...

세영, 한 철조망을 가까이 다가가서 유심히 본다.
마음이 울컥한다.

세영   지원이 부족하니까. 직접... 보수공사도 하셨어요.
승수   알겠습니다. 훌륭한 분이셨군요. 전 식사하러 갈 건데.

세영의 감정선이 깨지고.
뭐 저런 게 다 있나 싶어 꼴사납게 쳐다보다 따라간다.

S#45   한식당 / 밤
소박한 분위기의 식당.
순두부찌개 같은 한식 먹고 있는 두 사람.
승수, 뜬금없이 휴대폰 꺼내서 순두부찌개 사진을 찍고.
세영은 '뭐지' 싶지만 못 본 척 한술 뜨고.

세영   핸드볼팀 우승하신 지 얼마나 되셨어요?
승수   올해요.
세영   핸드볼은 잘 아시겠어요.
승수   씨름도 잘 알고... 아이스하키도 잘 알고...
세영   씨름단에서 어떻게 아이스하키팀으로 가신 거예요?
승수   해체됐어요.

세영	아... 혹시 하키팀도...? 우승하지 않았어요?
승수	맞아요. 우승하고 해체.
세영	(민망) 아, 네...
승수	야구는 그럴 리 없죠. 꼴찌를 해도 다들 밥은 먹고사니까.
세영	(기분 상한) 꼴찌를 해도 된다고 생각하면서 일하진 않습니다.
승수	(슬쩍 보고) 네.
세영	그럼 혹시 이번 목표도 우승... 이신가요? 아니죠?

승수, 세영을 빤히 보다가
대답 없이 밥 먹는다.
세영은 뭐지 싶지만 밥 먹다가
승수 시선이 고정된 거 느끼고
그 시선 따라서 고개 돌리면
TV에서 우승의 기쁨을 나누는 세이버스가 보인다.

S#46   TV 화면 속 야구장 / 밤

샴페인 터뜨리고 폭죽과 꽃가루가 난무하는 축제 분위기 속.
관중들에게 인사하는 세이버스 선수들.

S#47   한식당 / 밤

넋을 놓고 보고 있는 세영.
세영을 흘끔 보고는 천천히 밥을 먹는 승수.

S#48   **승수 집, 거실 / 밤**
승수와 영수 옆에 맥주 캔 몇 개 널브러져 있고
같이 게임 하는 중.

영수   형.

승수   왜?

영수   실업자 된 거 왜 말 안 했어?

승수   ...

영수   말을 해주면 나도 알바도 하고 좋잖아.

승수   공부나 해. 계리사 되기 쉬운 줄 아나.

영수   (울컥하는) 공부를 하더라도!! (꾹 누르고) 나도 밥값은 해야지.

승수   다시 취직됐어.

영수   어디? (게임 화면 보면서) 아, 치사하게 이때 공격하냐.

승수   ... 드림즈.

영수   드림? (생각난) 아... 잘됐네.

승수   괜찮겠냐? 집도 가깝고... 야구팀이라 많이 주긴 하더라.

영수   참~나! 이미 다 결정해놓고 뭘 물어보신대?

승수   (진지한)

영수   뭔 상관이야. 당연히 괜찮지.

승수, 안도가 스치고 애써 요란하게 게임 하는
영수 옆에 앉아서
다른 게임 패드 잡는 승수.

S#49   드림즈 회의실 / 낮

각 팀 팀장들과 직원들 모인 가운데.

세영   사장님이 방출자 명단도 슬슬 준비하라고 하셔서요. 괴롭지만...

재희   아, 연중행사 중에 이게 제일 싫어요.

유경택   그래도 해야지. 리스트 업 준비하고 있습니다.

          근데 장진우... 어떻게 해요?

재희   전력이라고 보긴 힘들죠. 2승... 방어율도 6.78...

변치훈   미우나 고우나 프랜차이즈 아니에요. 우리 팀 최고참인데.

고세혁   프랜차이즈는 아니죠. 한 해 반짝하긴 했는데. 그때 우승 못한 거
          장진우가 마지막에 미끄러져서 그런 거 아닙니까.

세영   좀 고민해 봐요. 그래도 팬들은 언제 한번 부활하지 않을까 기대
          하는 사람들도 많고.

고세혁   밖에 나가보면 대학교에도 145 던지는 싱싱한 애들 많아요.

세영   장진우 선수, 지도자 과정도 어렵나요? 어렵겠죠?

임미선   성적이 좋아야 선수들이 따르지. 지보다 못 던졌던 투수코치가
          말하면 누가 들어요.

유경택   전력분석팀 인원 충원은 어떻게...

세영   아, 그 건은 새로 오신 단장님 참석하신 첫 회의 때 얘기할게요.
          각자 의견 정리해 와서 다음 회의 때 확정지어요. 단장님은 구상
          할 게 있어서 다음 회의부터는 꼭 참석하신다고 합니다.

S#50   자판기 앞 / 낮

세영, 커피 버튼 누르자마자 임동규가 보이고.

임동규, 멀리서 인사하며 다가온다.

세영   어쩐 일이세요.

임동규   아, 왜 누르셨어. 200원짜리 드시는구나. 내가 400원짜리 사줄라
         고 뛰어왔는데.

세영   돈도 많이 버시는 분이. 저기 저 앞에 4천 원짜리 사줘야죠.

임동규   (웃고) 우리 뉴 단장님 지금 계신가요?

세영   글쎄요.

임동규   감독님은 계속 가요? 그대로?

세영   음... 우리도 몰라요.

임동규   (넉살 좋게) 아니, 운영팀장님이 모르면 누가 알아요. 나 이 팀에서
         만 11년 뛰었는데 이 정도는 물어볼 수도 있는 거 아닌가? 나 임
         동균데.

세영   정말 모르고요~ 안다고 해도 역할 구분이 있는 거고요. 우리가 임
         동규 선수 슬럼프라고 훈련량을 늘려라. 그런 얘기 안 하잖아요.

임동규   (피식) 아, 그거야 제가 슬럼프라도 우리 팀에선 제일 잘 치니까.

세영   아유, 그럼요. 그럼요.

임동규, 사람 좋게 웃으며 돌아선다.

세영, 얄밉다는 듯이 눈 흘기고 돌아보면

장진우가 커피 내밀고 있다.

세영   깜짝이야. 여기 있는데... (손에 커피 잔 들어올리며)

장진우, 민망함에 얼른 자기 컵에다 내밀었던 커피를 붓는다.
넘칠락 말락 하는 커피.

세영   (어색하게 웃고) 근데 무슨...?
장진우   방출 선수 명단 언제 나오나요?
세영   글쎄요. 아직 회의 중이라.
장진우   제 얘기도 있죠?
세영   그건 말씀드리기가...
장진우   혹시 지도자 과정도 어렵나요?
세영   새로운 단장님이랑 얘기하고 나면 더 확실해질 거 같아요.
장진우   아, 네. 그럼...

세영, 목례하고 다시 휴대폰 보는데.

장진우   근데요. 저...
세영   네?
장진우   올해는 더 잘해보려고 몸 관리 일찍 들어갔습니다.
세영   화이팅.

장진우, 어색하게 웃고 간다.

S#51   드림즈 훈련장 / 밤

크게 와인드업하며 속구를 뿌리는 장진우.

후배들이 인사하며 들어가는데 손 인사하고 계속

큰 동작으로 공을 던지는 장진우.

잠깐 멈춰서 손을 보면 손톱이 갈라져서 피가 나고 있다.

S#52   드림즈 훈련장 다른 한 구석 / 밤

훈련장 정리하는데 배트 휘두르는 소리 들리고.

타격 연습장 쪽으로 몇 걸음 옮겨보면

임동규가 배트 휘두르고 있다.

장진우   야, 이씨. 얼마나 더 벌려고.

임동규   내가 홈런을 많이 쳐서 형, 승리 투수 시켜줘야지.

장진우   너 나만 나오면 삼진 겁나 당하면서.

임동규   이상하게 형 나오는 날에는 팔에 힘이 안 들어가.

장진우, 임동규 헤드락 걸며 장난치다가 풀어주면.

임동규   형.

장진우   (?)

임동규   나중에 은퇴식 같이하면 좋겠다. 나 그만할 때까지 은퇴하지 마.

장진우   (고맙고/쑥스러운) 뭐야, 갑자기. 넌 나보다 몇 년 더 뛰라고.

S#53   단장실 / 밤

승수, 책상 정리하는 중에 슬쩍 열린 문 사이로

얼굴 하나가 쑤욱 들어오는데 임동규다.

두리번거리다 승수랑 눈 마주치자

뻔뻔하게 웃으며

흙 묻은 운동복 차림으로 들어온다.

운동복 눈여겨보는 승수.

승수   열심히 하시네요.

임동규   네. 내년에는 더 좋은 성적 거둬야죠. (방망이 휘두르는 시늉)

승수   그러길 바랍니다.

임동규   우리 팀에 대해서 여러 가지 궁금하신 게 많을 거 같아서요.

승수   (?)

임동규   방출 선수 명단이 아직 안 나왔잖아요. 선수단에 대해서는 그래
         도 제가 설명 드리는 게 나을 거 같아서요.

승수   (자세 고쳐 앉으며) 그런가요?

임동규   방출 선수 명단이니까 주전급은 굳이 언급할 필요가 없을 거 같
         구요.

승수   ... 장진우 선수는요?

임동규   그 형, 열심히는 해요. 누구보다 열심히는 하고는 있는데...

승수   열심히는?

임동규   더 좋아지진 않을 겁니다. 구속도 떨어지고. 피홈런도 많아지긴
         했는데. 그래도 투수진에서는 군기 반장 역할은 해요.

승수   군기 반장이면 악습 같은 거 대물림하는 선배. 그런 겁니까.

| 임동규 | 꼭 그렇진 않구요. 아... 뭐라고 해야 하나. 애들이 어려워하긴 하죠. |

승수, 피식 웃으면

〈시간 경과〉

| 임동규 | 신인급에서는 민준이가 구속이 꾸준히 오르는데 투구 폼이 좋고 멘탈이 강해서 장기적으로 보시면... 이런 애들이 잘하거든요. 일단 부상 없이 위기관리 잘하고. 중견급에서는 이주호 같은 애도 안고 가야 돼요. 방망이 안 좋은 대신에 발이 빠른 편인데요. |

S#54   고급 술집 / 밤
최용구와 민태성, 문병도 수비코치를 비롯한
대여섯 명의 코치들이 술을 권하고 있다.

문병도	야구는 좀 안대요? 야구랑 상관도 없는 일 한 거 같던데.
최용구	모르면 모르는 대로 하겠지. 어차피 야구는 우리가 하는 건데.
민태성	오긴 온대?
최용구	어, 다 와서 연락 준대.
민태성	(혼잣말하듯) 여길 온다고? 이철민네도 자리 만든다고 했는데. 누가 실세인지는 아네, 이놈이.
문병도	알아서 기면 우리도 좋죠.
민태성	왜 오겠냐.
문병도	왜 오는데요?

민태성	(최용구 어깨 잡고/문병도 보며) 야, 차기 감독이 여기 있는데 지가 안 와?
최용구	(웃음 한 번 참고) 누가 되든... 이제 좀 잘해야지. 너무 길었잖아. 바닥에 있는 거.

S#55 일식집 / 밤

이철민, 이제원 배터리코치, 하성주 주루코치 등이 모인 자리.

이제원	최용구 코치 쪽도 오늘 단장님하고 자리 마련한다고 하던데요.
하성주	근데 여기를 오신대잖아.
이제원	기본 개념은 박힌 사람인가 봐요.
하성주	최용구만 불쌍하지. 단장 오는 줄 알고 계속 기다릴 텐데.
이제원	그냥 걔네도 여기 부를까요. 단장 여기 있으니까 밑에 바닥에서 알밥이나 먹고 있으라고.
이철민	야, 시시한 애들 얘기 그만해. 우리는 좀 품위 있게 내년 시즌 얘기나 하자.
하성주	네, 감독님.
이제원	어? (그럼 나도) 한 잔 주십쇼. 감독님.
이철민	(기분 나쁘진 않은) 설레발 좀 치지 마. 새끼들아.

미닫이문이 열리고 승수가 들어온다.
코치들 모두 일제히 일어나서.

이철민	안녕하세요. 이렇게 인사를...
승수	반갑습니다. 이쪽은 이철민 수석코치님 라인인가요.

이철민, 표정이 굳는데

하성주	하하... 라인이라니요. 그런 거 없습니다.
승수	사이좋게들 지내시죠. 코치님들 다 같이 있을 때 부르면 저도 한 번에 편하지 않습니까. 이렇게 같은 날 같은 시간에 두 군데 술집 잡아놓고 부르는 거 라인이 아니면 뭡니까.
이철민	걔네가 부르는 거 저희가 어떻게 알겠습니까.
승수	걔네... 저희... (피식)
이철민	(정곡 찔린)
승수	네, 그분들도 만날 거고 수석코치님이니까 먼저 인사드리러 왔습니다.
이제원	거기 가서는 무슨 얘기 하시려고요?
승수	저 아직 여기서도 아무 얘기도 안 했는데 거기서 할 얘기 걱정하십니까.

코치들 모두 얼굴에 불쾌한 경계심이 한가득.

S#56 고급 술집 / 밤
문이 열리면 승수가 들어온다.

승수   여기들 계시는구나.

코치들 일제히 일어나는데.

승수   여기 앉으면 되나요. 모두 반갑습니다.
민태성   (빈정 상한) 좀 늦으셨네요.
승수   네. 어디 들렀다 오느라고.
최용구   수석코치님?
승수   네.
민태성   아이구, 오시자마자 양쪽 줄타기하시느라고 바쁘시네요.
승수   양쪽이요? 같은 팀 아닙니까?
민태성   (정곡을 찔린) ...
문병도   단장님, 요즘 야구 공부하랴, 업무 배우랴 많이 바쁘시죠?
승수   (의도를 알 것 같아서 엷은 웃음으로 보면)
민태성   핸드볼 우승팀 단장님 아니십니까. 야구는 아직 잘 모르시는 거
          흉도 아니죠.
문병도   저희도 올림픽 때는 핸드볼 봐요. 아주 가끔.
승수   (이놈들 봐라 싶어 웃고) 코치님들은 야구를 잘 아시나 봐요. 어떤 책
          보면 됩니까.

S#57   드림즈 복도 / 낮
회의장으로 걸어가는 승수 발걸음부터.

S#58   드림즈 회의실 / 낮

긴장된 분위기.

각 팀장 이하 직원들 모두 모인 회의실.

세영, 하품하면서 서류를 꺼내는데 두껍게 한 묶음이다.

재희, 서류 두께를 보고 엄지손가락 들어올리는데

세영이 재희 손가락 구부러뜨릴 때 승수가

여유있는 걸음으로 들어온다.

조용해진 회의실.

승수   어제 결정된 사항들에 대해서 말씀드리려고 합니다. 몇 가지는
       사장님도 동의하셨고 몇 가지는 아직 그렇지 못한 부분이 있습니
       다. 여론 수렴을 위해서 다른 의견이라면 말씀해주세요. 제 생각
       이 바뀔 여지는 없지만요.

세영   (뭐야...)

승수   발표하겠습니다.
       첫 번째, 감독님은 유임될 겁니다.
       3년 계약 진행 예정이고 이 부분은 사장님 승낙이 떨어졌습니다.

S#59   일식집 / 밤 (어제)

이철민의 잔을 받는 승수.

승수   아, 감독님은 계속 갈 거구요. 3년 계약을 할 예정입니다.

이철민, 놀라서 승수 얼굴 보면

승수가 어허 소리 내며 잔 뺀다.

승수 손에 계속 따르고 있던 술.

놀란 코치들 얼굴.

그럴 줄 알았다는 듯 묵묵히 술을 마시는 승수.

S#60   **고급 술집 / 밤 (어제)**

민태성과 최용구의 노골적인 표정.

최용구   누가 그렇게 정했는데요.

승수   제가요.

민태성   저도 감독님 좋아합니다. 근데 팬들 여론은요?

승수   여론은 아무것도 책임 안 집니다. 전 밥줄 걸고 책임져요.

문병도   우리도 정년퇴임하는 거 아니거든요.

승수   889-29-10101010

코치들 표정 굳고.

승수   은행 계좌번호도 아니고 8등, 8등, 9등, 2등, 9등. 그리고 4년 연
속 10등. 이 역사를 같이하신 거죠. 코치님들 정도면 이 바닥에선
공무원입니다.

S#61   **드림즈 회의실 / 낮**

모두 놀라는 분위기.

고세혁   유임이라구요?

세영   1년 아니고 3년이요?

승수   1년 계약하는 감독이 어디 있습니까. 힘 실어주려면 3년은 해야지.

임미선   사장님이 승낙하셨다구요?

S#62   **사장실 / 밤 (어제)**

강선, 이해가 안 간다는 듯한 표정.

강선   우리 팀 야구 봤어요?

승수   감독님이 능력을 다하게만 해주면 외부 인사보다 낫습니다.

        외부 감독 영입할 만한 형편이 안 되는 걸로 아는데...

강선   내부 승격을 하거나.

승수   투수코치요? 수석코치요? 둘 중 누구요?

강선   아무나.

승수   절반만 따르는 감독을 만드시려구요?

S#63   **드림즈 회의실 / 낮**

승수   그리고 두 번째,

        코치진들의 파벌 싸움이 심각하다고 들었습니다.

어느 한쪽도 정리하지 않습니다. 함께 갑니다.

S#64   **일식집, 고급술집 / 밤 (어제)**
최용구와 민태성의 벌게진 얼굴.

승수   대놓고 말할게요. 파벌 싸움 하세요.
         어른 싸움을 어떻게 말립니까. 그것도 패싸움을.
         그런데 성적으로 하세요.
         정치 잘하는데 야구 못하면 제일 쪽팔린 거 아닙니까.
         선수 때는 좀 하셨다면서요.

S#65   **드림즈 회의실 / 낮**
아연실색하는 직원들 얼굴.

승수   표정들이 왜 그래요. 그렇게 쭉 해왔잖아요. 하던 대로 하라는 건
         데요.
세영   (심각한) …
승수   계속합니다. 세 번째, 이건 아직 사장님 결재 안 떨어졌는데 여러
         분이 도와주시죠. 이게 좀 난항이네요.

침을 꿀꺽 삼키는 직원들.

승수	임동규 선수를 트레이드하려구요.
고세혁	(피식 웃으며) 이동구 선수는 재작년에 은퇴했는데요. 조사를 좀...

다른 직원들은 제대로 알아듣고 아연실색.
고세혁, 다른 직원들 반응을 보다가 설마 싶어 표정 변하다가.

고세혁	임동규요? 우리 팀 4번 타자 임동규요? 이동구 아니구요?
승수	예. 저는 임동규 선수를 트레이드하겠습니다.
세영	(넋이 나가서 작게) ... 미친놈이네...

임동규에게 문자 보내는 스카우트팀 차장 장우석.
승수의 시선에 장우석이 보이지만 이내 시선 돌리며.

S#66   골든글러브 시상식장 / 낮
임동규, 정장 입고 박수 치며 웃고 있다.

진행자1	이번 골든글러브* 최대 격전지는 역시 외야였습니다.
진행자2	네, 3명에게 허용되지만 그만큼 타격과 수비를 겸한 선수들의 격 전장이었습니다. 첫 번째 수상자 호명하겠습니다.

휴대폰 문자 메시지 확인하고.

● 국내 프로야구에서 포지션 별로 최우수 선수 10인에게 주는 상.

임동규	이런 미친 새끼가...
진행자1	수상자는... 임!동!규!
진행자2	임동규 선수는 열악한 팀 성적에도 불구하고 3할 3푼 7리에 40 홈런 114타점에 강한 어깨를 이용한 레이저 송구까지. 드림즈 팬들의 유일한 위안 같은 존재였습니다. 이번이 벌써 6번째 수상인데요.

표정 애써 관리하며 무대로 올라가는 임동규.

진행자1	소감 한마디 부탁드립니다.
임동규	어...

임동규를 바라보는 수많은 호의의 시선들과 카메라 플래시.
임동규, 잠시 고개를 숙인 뒤에 마른세수 한 번 하고.
안주머니에서 종이를 꺼낸다.

임동규	사실 수상할 수도 있겠다 싶어서 여기 감사해야 할 분 명단을 적어왔어요. 서운하다고 했던 분들이 많아서.

선수 및 관계자들 웃음소리.

임동규	그런데... (종이 찢어버리며) 이거 필요 없게 됐습니다.

선수 및 관계자들 의아하고 놀라는 반응들.

임동규	여기 목구멍까지 차오른 말이 있는데 그 말만 하겠습니다.
	드림즈 팬들이 있기 때문에 제가 야구를 할 수 있습니다. 다른
	곳에서의 야구는 상상도 할 수 없습니다. 저는 늘 속으로 다짐
	합니다.

S#67 드림즈 회의실 / 낮

자리에서 일어서는 승수.
어안이 벙벙한 분위기 속에서.

세영	단장님, 잠시만요.
승수	네.
세영	임동규는... 굳이 제가 설명을 해야 되나 싶을 정도로...
	국가대표 외야수에다가 국가대표 5번 타자인데요. 이동구 아니
	구요.
승수	알죠.
세영	그런데... 내보내신다구요?

S#68 골든글러브 시상식장 / 낮

단상 위에서 소감을 이어가는 임동규.

| 임동규 | 이 자리에서 약속합니다. |
| | 제 인생의 남은 목표는 드림즈 영구 결번밖에 없습니다. 저 드림 |

즈에서 은퇴할 겁니다. (힘주어) 반드시.

S#69   회의실 / 낮

승수   네, 내보낼 겁니다. (힘주어 말한다) 반드시.

직원들의 굳은 표정에도 아랑곳하지 않는 승수의 미소.

'반드시'라고 말하는 두 사람의 말이 반복되며.

굳은 임동규의 얼굴과 미소 짓는 승수의 얼굴이 화면 분할.

"내가 단장님 왜 뽑았게요?"

"…"

"말했잖아요. 이력이 너무 특이해서 뽑았다고.
 우승? 해체. 우승? 해체. 우승? 그리고 또… 해. 체."

STOVE
LEAGUE

2

2부

S#1   **좁은 골목길 / 밤**
인적이 드문 좁은 골목길에
검은색 고급 세단이 멈춰서고 문이 열리자
사복 차림의 임동규가 내린다.
선글라스를 끼고 모자를 눌러쓴 채로
뒷좌석에서 가방을 꺼내 메고 천천히 걸어간다.
행인 한 명이 임동규와 비슷한 속도로 걸어오는데.

S#2   **승수 집 앞 / 밤**
임동규는 방향이 같은 행인 한 명이 지나갈 무렵에
한 차량 앞에 선다.

(승수의 차량이다)

가방에서 골든글러브 트로피를 꺼내는 임동규.

양손에 들고 단단한 부분을 만져보며 확인하고

과감하게 전면 유리창을 내려친다.

광기 어린 눈빛.

유리창이 깨지는 소리에 놀라서

걸음 멈추고 멀리서 지켜보던 행인.

고개를 돌리는 임동규를 보고 도망간다.

임동규는 골든글러브 트로피를 차 안으로 던져 넣고

품 안의 종이봉투를 꺼내서 같이 집어넣는다.

S#3   **승수 집 앞 / 아침**

깨진 차량을 보는 출근 차림의 승수.

차 안의 골든글러브를 확인하고 종이봉투를 꺼낸다.

그 안에서 나오는 돈뭉치.

승수, 헛웃음이 나온다.

S#4   **드림즈 사무실 / 아침**

전체적으로 분주한 풍경.

승수가 들어가도 직원들이 인사를 하는 둥 마는 둥이다.

특히 전화 받느라 정신없는 변치훈 홍보팀장.

변치훈	어제 골든글러브 시상식 보셨죠? 임동규 선수, 상 두 개 받았는데.
승수	네.
변치훈	그것 때문에 난리죠. 어제 골든글러브 받은 상금 300만원 어치 야구장비를 사서 구단에 기증하고... 페어플레이상 400만 원은 쪽 방촌에 기부.
승수	페어플레이... 상도 받았습니까.
변치훈	임동규 선수가 이런 선숩니다. 트레이드 얘기는...

문 열리고 임동규가 들어온다.
화들짝 놀라는 변치훈.

임동규	(깐죽거리며) 수상자 임동규입니다.
승수	(말없이 보는)
변치훈	임동규 선수, 인터뷰 준비됐어요? 왜 맨날 나한테 이렇게 일을 만들어.
임동규	(너스레) 나 아니면 일하는 거 있나 뭐?
변치훈	(친근하게) 일 안 해도 월급 나오거등? (전체에게) 그리고 오늘 임동규 선수가 쏘는 회식 있습니다. 단장님, 양고기 좋아하세요?
승수	(임동규 보며) 안 갑니다.

변치훈, 왜 그러나 싶어 열심히 눈알 굴리다
임동규 보면 영문 모르겠다는 표정.

S#5   **단장실 / 낮**

컴퓨터 앞에서 이것저것 메모하고 있는 승수.

노크 소리 들리고 세영이 들어온다.

승수   (보면)

세영   질문 있습니다, 단장님.

승수   임동규 선수 얘깁니까.

세영   임동규 선수에 대해서 잘 아시는지요.

승수   사적으론 잘 모릅니다.

세영   저도 사적으로는 잘 몰라요. 단장님은 WAR이 뭔지 아세요?

승수   승리 기여도 아닌가요.

세영   네. 임동규 선수 승리 기여도는 리그 전체에서 투수까지 포함해
        도 다섯 손가락 안에 들어요.

승수   (무심한) 훌륭한 선수네요.

세영   (살짝 흥분) 지금 저는 드림즈의 프랜차이즈 스타 임동규에 대해서
        이야기하는 중입니다. 드림즈의 새로운 단장님께요. 어제 임동규
        선수 수상 소감 보셨나요?

승수   드림즈에서 은퇴하겠다고 한 거... 영구 결번이 목표라느니 잘 봤
        습니다.

세영   이대로 몇 년만 더 뛰면 영구 결번 자격 있는 선수 맞습니다. 그
        리고 유니폼 판매량 점유율이 70% 차지합니다. 경기장에 유니
        폼을 입고 오는 팬의 70%가 등에 그 사람 이름이 박혀있어요. 그
        무게감에 대해서 체감하고 진행하시는 건가요. 드림즈에 대해서
        정말 얼마나 알고 계신지 정말 궁금합니다.

승수	(잠시 생각하다가) 더 알려고 노력 중이고 아마 운영팀장님이 걱정하는 것보다는 많이 알고 있을 겁니다. 그리고 팀장님.
세영	네.
승수	먼저 계셨던 단장님도 팀장님한테 보고를 하면서, 그렇게 업무를 했습니까.
세영	... 아뇨.
승수	그럼 저는 팀장님을 납득시켜가면서 업무를 해야 되는 겁니까.
세영	이건 엄청나게 중요한 사안...
승수	(끊으며) 중요한 사안이라면 저는 팀장님에게 결재를 기다리면서 그렇게 진행해야 되는 겁니까. 다른 단장에게 하지 않았던 이런 요구를 하는 이유는... 제가 야구를 잘 모르는 사람이라고 생각하기 때문인 건가.
세영	(말문이 막히고)
승수	계속 계실 겁니까.
세영	(할말 삼키고) 가보겠습니다.

세영, 목례 후에 나가면
승수는 고단한 표정으로 창밖을 본다.

S#6   드림즈 사무실 외경 / 밤

S#7   드림즈 주차장 / 밤

가방을 메고 걸어가는 승수를 향해 어디선가 날아오는 야구공.

자칫 맞을 뻔한 상황에 움찔하고 고개 돌려보면

임동규가 서있다.

배팅 티*가 설치돼있고 거기에 공 올려놓는 임동규.

승수   임동규 씨.

임동규   왜.

승수   왜?

임동규   너도 반말해.

승수   (계속 보면)

배팅 티 위에 공을 치는 임동규.

그 타구가 승수를 아슬아슬하게 피해간다.

임동규   여기가 내 집이야.

승수   ...

임동규   드림즈가 내 집이라고. 11년 동안 내가 여기서 한 게 엄청 많아.
         근데 어느 날 갑자기 야구도 잘 모르는 놈이 굴러와서 내 방을 빼
         대. 단장님, 단장님 해주니까... 본인의 진짜 위치를 헷갈렸나 봐.
         야, 너는 니 가정부가 너보고 나가라면 나가?

승수   가정부 없는데.

● 허리 높이의 받침대 위에 볼을 놓고 배트를 치는 것.

임동규, 티샷을 치며.

임동규   내가 이 팀에서 11년간 친 홈런만 270개야. (또 치며) 안타는 몇
        개겠냐? (또 치고) 내가 있어서 이긴 경기가 몇 개며... (또 치며)

모두 승수를 아슬아슬하게 빗겨나간다.

임동규   니 계획이... 니가 한 말이 얼마나 개소린지 니가 아냐고!!
승수   임동규 선수는 홈런 치고 안타 치고 뛰고... 그런 거 하는 사람이
        고. 나는 팀을 새로 조직하고 그러다가 트레이드도 하고 그런 거
        하는 사람입니다. 우리가 위치가 다른 겁니까? 포지션이 다른 겁
        니다.

임동규, 또 티샷을 치면 승수가 간신히 피한다. 안 피하면 맞았을
위치.

임동규   야, 됐고. 내가 보여줄게. 한 지역에서 11년 동안 야구를 엄청나
        게 잘한 남자한테 어떤 힘이 있는지. 한번 봐.
성복   **(소리)늦게까지 훈련들 하나?**

임동규, 승수가 고개 돌려보면 멀찍이서 걸어오는 성복.
임동규, 천천히 배팅 티와 배트를 챙겨서 사라진다.
성복이 다가와서 승수에게 인사한다.

성복   이거 진짜 고생이 많으시네요.

S#8   야구장 일각 / 밤
           성복과 승수, 야구장을 바라보는 뒷모습.

승수   상의 못 드리고 결정했습니다. 제 맘대로.
성복   정말 그렇게 하실 겁니까.
승수   반대하실 겁니까.
성복   쉬운 일이 아닐 텐데...
승수   해야 되는 거 아시잖아요.

           성복, 대답 없이 쓴웃음 지으며 먼 곳 보고.

S#9   편의점 / 밤
           한 편에 마련된 테이블에 앉아서
           도시락 사진을 각도 맞춰서 찍는 승수.
           사진 확인 후, 휴대폰 내려놓고 도시락을 먹기 시작하는 승수.

S#10   편의점 입구 / 밤
           승수, 편의점에서 나와서 걸어간다.

S#11 **어두운 골목길 / 밤**

건장한 남자 둘이 떠들면서 은근슬쩍 승수에게 어깨를 부딪치는
데 승수가 재빨리 피하자 건장남1이 휘청하면서 넘어질 뻔.

건장남1   뭐야? 이건.

승수   (슬쩍 보고) 죄송합니다.

건장남2   어디서 굴러먹던 놈이 이렇게 한 걸음 한 걸음이 경솔해? (승수 먹
         살 잡으며)

승수   뭡니까.

건장남1, 2 누가 먼저랄 것 없이 승수를
어둑한 주차장 쪽으로 끌고 간다.
승수, 밀쳐내는 방식으로 완강하게 저항을 해보지만
양쪽에서 쏟아지는 발길질과 주먹세례에 거북이처럼
웅크리는데 점점 무너진다.

S#12 **고깃집 / 밤**

세영과 재희가 마주 앉은 고깃집 풍경에서.

재희   한우 갈빗살 2인분하고요...

세영   (끊으며) 그냥 돼지 목살 2인분하고 소주 하나, 맥주 하나요.

재희   오늘은 소 먹어요. 그냥. 제가 살게요.

세영   아직이다.

재희   뭐가요?

세영   소고기가 먹고 싶다고 새파란 낙하산한테 굽힐 만큼 꺾이진 않았다.

재희   아, 내가 먹고 싶어서 그래요. 내가. 노블레스 오블리주 할게요.

세영   소고기가 먹고 싶으면 집에 갔어야지, 이 부르주아놈아. 서민의
       입맛을 동요시키지 마라. 소고기 맛은 잊고 살겠다.

재희   서민도 가끔 호강 좀... (하다가 뭔가 보고) 어...?

세영   뭐야, 왜?

       세영도 고개를 돌려보면
       임동규와 건장남1, 2가 같이 고깃집에 들어오고 있다.

재희   저거 임동규 아니에요?

세영   맞네. 야, 못 본 척하자.

재희   그렇게까지? 우리가 트레이드하는 것도 아닌데요.

       그러나 이미 멀리서 알아본 임동규.
       세영과 재희에게 가까이 다가와서.

임동규 안녕하세요.

세영   (고개 반만 살짝 돌리고) 오셨어요.

       세영, 건성건성 인사하다가 임동규의 일행인 건장남1, 2를 본다.

동규   (시선 눈치 채고) 아는 동생들이에요. (화제 전환하려는) 팀장님 고기

	한번 사드려야 되는데.
세영	아니에요. 고기는 지 돈 내고 먹어야 맛있대요. 그럼 즐거운 시간 되세요.
임동규	너무 거리 두신다. 그럼 즐거운 시간 되세요.

동규, 인사하고 나서 건장남1, 2와 앉아서 얘기 나누는데
세영의 시선이 잠시 머무는데 휴대폰에 전화가 걸려온다.

| 세영 | 여보세요. (놀라며) 누구요? |

S#13   병원 입구 + 응급실 / 밤

헐떡이며 달려온 세영.
지나가던 응급실 간호사 붙잡고.

세영	백승수 환자 연락받고 왔는데요.
간호사2	아, 그... 폭행당하신 분.
세영	네, 상태는요?
간호사2	안정 취하는 중이구요. 근데 관계가 어떻게 되시죠?
세영	그냥 직장 동료요. 근데 왜 저한테 전화를 하셨어요?
간호사2	저장된 번호가 없어서 최근 통화 목록에다 건 거예요.
세영	네? ... 왜요. (어딘가 안쓰러운)
간호사2	그건 저희도 모르죠. (가며)
세영	뭐야, 저장된 번호가 왜 없어?

S#14　응급실 / 밤

눈 붙이고 있는 승수 옆에 앉아 있는 세영.

세영, 재희에게 전화 걸려 와서 받는다.

세영	싸우다 맞았나 봐... 나이 먹고 쌈질은... 너는 곱게 늙어라.
승수	뒷담화 좀 하지 마시죠.
세영	(경기 일으키며) 음마!
승수	그리고 늙긴 누가 늙습니까?
세영	(전화기에) 야, 끊어.
승수	(몸 일으키며) 들어가보세요.
세영	움직이지 마세요.
승수	혼자도 괜찮습니다. 비키세요.

이때, 멀리서 보고 있던 경찰 두 명이 다가온다.

경찰1	신고 받고 왔습니다. 일방적으로 폭행 당하셨다구요?
승수	(세영 의식하고) ...
세영	(왜 날 봐?)
경찰1	인상착의를 좀 얘기해주시겠습니까.
승수	인상착의.. 글쎄요. 덩치가 크고 항아리 바지 같은 거 입었는데. 아..
	상의는 화려한 무늬. 먹자골목 CCTV 보시면 될 겁니다.

세영, 승수의 설명 듣고 뭔가 떠오르는.

〈플래시 컷, 씬12〉
　　　　세영도 고개를 돌려보면
　　　　임동규와 건장남1, 2가 같이 고깃집에 들어오고 있다.

재희　　저거 임동규 아니에요?
///

　　　　복잡한 마음이 드는 세영.

S#15　　세영 차 안 / 밤
　　　　세영이 운전하는 차 안.
　　　　조수석에 앉은 승수.

세영　　임동규죠?
승수　　무슨 소립니까.
세영　　여기 오기 전에 고깃집에서 임동규를 봤는데 옆에 누가 있었어요.
승수　　(역시 그랬나...)
세영　　아까 단장님 설명한 그대로 생긴 사람 두 명이요.
승수　　심증 아닙니까.
세영　　(확신하고/충격적인) 임동규 무서운 놈이네. 트레이드 때문에... 이러
　　　　는 거예요?
승수　　임동규 생각은 안 중요합니다.

S#16   **승수 집 앞 / 밤**

세영의 눈에 보이는 다소 초라한 풍경의 승수 집 앞.

승수   들어갑니다.

세영   임동규요.

승수   (보면)

세영   이건 저한테 결재 받으시라고 하는 말이 아니구요. 무조건 트레

          이드하셔야 되는 거예요? 또 이러면 어떻게 하시려구요.

승수   이게 내 일입니다.

세영   그럼 제가 대신 신고할 거예요. 청부 폭행으로.

승수   하지 마세요. 절대.

세영   왜요.

승수   어느 단장이 자기 팀에서 제일 비싼 선수를... 경찰서에 넘깁니까.

          곱게 키워 비싸게 팔아야 돼요.

세영   (알 것 같지만 답답한) 그게... 그렇게 중요... 하긴 한데 그래도...

승수, 대답 없이 집 안으로 들어가고.

세영, 마냥 신고할 수 없는 스스로 답답해서 땅을 한 번 찬다.

S#17   **승수 집 안 / 밤**

승수, 문 열리고 집 안에 들어서면

영수가 컴퓨터 앞에서 손 흔들다가 얼굴 보고 놀라서.

영수	... 누구야.
승수	모른 척해주면 용돈 올려줄게.
영수	(심란한) 누구냐고.
승수	내가 그냥 당할 사람이냐.
영수	그냥 안 당하면.
승수	기억 안 나냐. 나 씨름단에서도 버텼다. 그때에 비하면 지금은 그냥 애들 장난이지.
영수	... 진짜 괜찮아?
승수	당연하지. 이런 놈들이 더 쉬워. (영수 표정 보고) 적응 구간이야.

승수, 영수 머리 헝클이고 영수는 아무 말 않지만
표정은 밝지 않다.

S#18   **승수 집, 거실 + 승수 방 / 밤**
집 전체가 어두운 가운데 거실 소파에서 영수는 잠들어 있고.
승수는 야구 화면을 보며 데이터 분석표 등 복잡한 공부를 한다.
잠시 일어나서 거실 쪽을 보면 생각이 많아지고.
이내 맘 잡고 일하다가 전화기 열어 번호 누른다.

승수	어, 홍만아. 잤냐. 늦은 시간에 미안한데...

S#19   **드림즈 건물 외경 / 낮**

S#20　　사무실 복도 / 낮

　　　　사무실을 걸어가는 승수 얼굴과 한쪽 팔의 붕대.

　　　　직원들 시선을 강탈한다.

　　　　사무실 파티션 같은 곳에 기대서 그 모습 보는 팀장들.

고세혁　　젊어서 그런가. 다이나믹하네.

임미선　　나 같으면 병가 내고 쉬지. 저게 뭐예요. 나 맞았다고 홍보하나.

변치훈　　작은 판에만 있던 사람이라 권위의 중요성을 몰라요. 어차피 오래는 못 볼 사람 같은데. 임동규 트레이드 건이 통과나 되겠어요?

S#21　　드림즈 웨이트 훈련장 / 낮

　　　　웨이트 훈련하던 임동규.

　　　　오른손 뻗어서 전화 받는다.

임동규　　니네가 어제 만난 사람 있잖아. 걸어 다닐 만한가 보더라. 수고했어.

건장남1　　**(소리)다시 손볼까요?**

임동규　　아냐. 니네도 피곤하잖아. 피곤하니까 주먹에 힘이 안 들어가서 그런 거 아냐?

건장남1　　**(소리)형님, 다시 연락드리겠습니다. 제대로 해서.**

　　　　임동규, 전화 끊고 웨이트에 열중한다.

S#22　　**단장실 / 낮**

세영, 노크하다가 문 열고 보면 아무도 없다.
켜져 있는 모니터에는 바이킹스 경기 영상이다.

세영　　　　김관식이네.

승수　　　　(소리)**뭐예요.**

세영, 놀라서 돌아보면 승수가 물 묻은 손 털고 있다.

세영　　　　오늘 퇴근길은 제가 에스코트하려고 합니다.

승수　　　　요란 떨지 마요. 가는 길 어색해요.

승수, 무심하게 다시 일한다.

S#23　　**드림즈 주차장 / 밤**

시동 걸린 세영의 차.
그 앞에 세영이 두 손 모으고 서있다.

승수　　　　차로 20분 동안 어색하지 않게 대화할 내용은 생각했습니까.

세영　　　　아뇨.

승수　　　　그럼 저 그냥 갈게요. 20분 깁니다.

세영　　　　(다소 급하게) 할 얘기는 많아서 골라서 해야 될 만큼이죠. (눈치 보
　　　　　　다가) 부담은 갖지 마시고요! 온통 공적인 업무 얘기요.

세영, 승수가 탈 것 같은지 운전석에 잽싸게 타고
보조석 창문을 내린다.

S#24 **세영 차 안 + 도로 / 밤**
창밖만 보는 승수, 경직된 자세로 운전하다가
어색한 듯 침 꿀꺽 삼키는 세영.

승수   아직도 할 얘기 고르고 있습니까.
세영   네? 아... 임동규가 이런 사람이라서 트레이드하려고 하신 건가요.
승수   아뇨, 이 정도 수준인 줄은 몰랐습니다.
세영   이런 상황까지 알고서도 임동규 트레이드를 반대하는 건 아니에
      요. 그런데 임동규를 대체할 선수가 있을까 생각하면 답답하네요.
승수   준비 중입니다.
세영   그 준비를 저희 운영팀과 같이 해주실 순 없을까요. 이건 저희 업
      무이기도 해서...
승수   ... 저 차 아는 찹니까?
세영   네?
승수   오래오래 따라오네요.

승수, 휴대폰 꺼내서 어딘가 문자를 보낸다.
차량이 거의 없는 한적한 길에서
세영 차를 쫓아오는 검은 세단 두 대.
그중 앞에 위치한 검은 세단이 속력을 내서

옆 차선으로 추월한 뒤에 앞을 가로막는다.
급정거하는 세영의 차량.
뒤를 보면 또 다른 차량은 뒤쪽에 정차한다.
앞, 뒤를 가로막은 차량.
그리고 그 차량에서 불량한 외모의 남자들이 내리고
건장남1, 2가 포함돼 있다.

세영   (겁나는) 저 지금 예감이 좀 안 좋아요.

어느새, 밖에서 차를 두드리는 남자들.
세영, 휴대폰 꺼내서 112 누르는데 승수가 그거 보고 가로막는다.

세영   뭐 하세요?
승수   경찰은 안 돼요.

승수, 자기 휴대폰으로 어디론가 전화 건다.

승수   홍만아.

차를 두드리던 남자들이 창문을 거칠게 부수려고 시도한다.

세영   (다급해서 폰 뺏으려 하며) 홍만이가 누군데요. 112를 눌러요, 좀!
승수   (버럭) 그건 안 된다고요.

세영, 안 되겠다 싶어서 후진 기어 넣고

뒤차를 박을 기세로 차를 움직이면

남자들이 그 굉음에 놀라서 뒷걸음질 친다.

그러나 기어가 잘못 들어가서 시동이 꺼지는 차.

코웃음 치는 남자들이 야구 배트를 들고 와서 창문을 치려는 찰나.

S#25   도로 풀샷 / 밤

멀리서부터 속력 내며 다가오는 경차.

세영 차량 앞에서 급정거한다.

S#26   세영 차 밖 / 밤

건장남1, 경차를 유심히 본다.

건장남1   저건 뭐야.

경차에서 내리는 건장한 흥만.

흥만   (입맛 한 번 다시고) 나 씨름하던 천흥만인데.

건장남1   누군데?

흥만   (살짝 민망) 백두장사 천흥만을... 아니, 됐고. 나도 이쪽 지역에 친
       구들이 많아서 니네랑 아는 동생, 형님들 많이 겹칠 거다. 나중에
       술자리에서 만나면 민망하지 않겠냐? 그냥 조용히 돌아갈 기회

줄게.

천천히 세영 차 쪽으로 다가온다.
건장남들 중 한 명이 다가가서 어깨를 잡는 순간
상대를 메다꽂아버린다. 눈이 휘둥그레진 건장남들.

건장남2   야! 너 뭐야!

겁먹은 건장남들.

S#27   도로 갓길 / 밤
       승수, 흥만 앞에 무릎 꿇고 앉아 있는 건장남들.

흥만   왜 그랬냐.
건장남1   운전하다가 저희 원래 가끔 그래요. 복수 운전이라고 하죠.
흥만   (낮게) 야... 내가 운동만 하느라 법 지키고 살았더니 선량한 시민
       으로만 보여?
건장남1   (그 살기에 고개 숙이고)
승수   복수 운전이 아니라 보복 운전이고요.
건장남1   아, 네.
승수   아무도 안 시킨 거 맞습니까?
건장남1   예. 예에...
승수   만약에 누가 이거 시켰으면...

건장남1   (자비를 바라는 눈빛으로 보면)

승수   선 넘는 걸 참는 건 마지막이라고 좀 전해줘요.

건장남1   예, 그럴게요.

S#28   **세영 차 앞 / 밤**

자신의 차 앞에서 진정시키고 있는 세영.

세영 차와 조금 떨어진 곳에서 흥만과 승수 대화.

흥만   (얼굴 보다가) 많이 다치셨네요. 이게 어제 맞으신 거예요?

승수   지금은 괜찮아. 고맙다.

흥만   쓰레기 새끼... 제가 좀 볼까요?

승수   아니, 유니폼 판매량이 70%래.

흥만   네?

승수   중요한 사람이라는 뜻이야. 고맙다.

S#29   **세영 차 안 / 밤**

달리는 세영의 차 안. 이제 승수가 운전 중이다.

세영은 놀란 마음을 진정시키는 중.

승수   이럴까 봐 그냥 간다고 그랬는데.

세영   저야말로 이럴까 봐 태워드린 거예요.

승수   대중교통이어도 저랬겠습니까.

세영   (기가 막혀 구시렁대다가) 근데 아까 그분 누구예요?

승수   씨름 단장할 때 알던 주장이에요.

세영   어떻게 딱 이럴 때 와주셨네요.

승수   내일은 오후 늦게 들어갑니다.

세영   네. 근데 무슨 일로...?

대답 없이 운전하는 승수.

세영, 민망하다.

세영   (부들부들 떨며 들릴락말락한 소리로) 답답해.

S#30   **고교야구장 / 낮**

고교야구 선수들, 감독의 독려하는 목소리 들으며

저마다 가벼운 훈련 중인데.

바이킹스 김종무 단장이 선글라스 낀 채로 멀찍이서 보고 있다.

승수   날도 쌀쌀한데... 멀리 오셨네요.

김종무   누구시죠? (알아본) 어...?

승수   안녕하세요, 드림즈 단장 백승수라고 합니다. 바이킹스 김종무 단
            장님이시죠.

김종무   (당황한) 맞긴 한데... 아닌데요? 하... 근데 왜요?

승수   이 학교 3루수 김진두 보러 오신 거 아니구요? 우리 지역 유망주.

김종무	(잠시 생각하다 에라 모르겠다 싶은) 이게 템퍼링*입니까? 아니잖아요. 그냥 만나보는 건데 왜 이러세요.
승수	혹시 저희 소문 들으셨어요?
김종무	(멈칫) ... 뭐요.
승수	들으셨네요. 정보도 빠르시고.
김종무	... 근데 왜 파실려고? 임동규 같은 강타자를.
승수	안 팝니다. 바이킹스랑 거래를 하게 되면 내놓을 수도 있다는 겁니다.
김종무	시끄러운 서울 좀 벗어났더니 또 골치 아프게 하시네.
승수	골치 아파도 서로 대화를 통해서 윈윈 하시죠.

두 사람, 일어서서도 얘기하고 나란히 앉아서도 이야기하며
서로 의견 조율하는 모습. 두 사람 다 언성을 높이는 중.
잠시 얼굴이 붉어지는 듯한 김종무에게도 차분하게 대응하는 승수.

(소리는 들리지 않지만)

김종무	뭐요? 협상을 하자더니 삥 뜯으려는 거 아닙니까?
승수	마음에 안 드셔도 거절 말고 다른 제안을 하시면 됩니다.
김종무	아무리 임동규라도 그렇지... 바이킹스에도 좋은 타자 많습니다!
승수	임동규보다 좋은 타자가 없죠.
김종무	(누그러진) 아무리 그래도... 최고 투수를 타자랑 1 대 1이라뇨.
승수	잘 생각하세요. 바이킹스와 드림즈는 라이벌 아닙니다. 바이킹스

---

* 정해진 시점 이전에 구단이 선수에게 접근하여 설득하거나 회유하는 일.

는 다음 시즌 우승 가세요. 우리는 몇 승 더 해보자는 겁니다.

S#31   드림즈 사무실 / 낮
변치훈, 단장실로 가는 복도 쪽을 고개 내밀어 바라보다가

변치훈   안 왔어?

지나가던 임미선 팀장도 고개 쑥 빼다가
안 보이자 점프해서 보고.

임미선   안 왔네.
변치훈   뭐하던 사람인지 몰라도 갑자기 임동규를 트레이드한다고.
임미선   임동규 나가면 지금 난리 나. 우리 구단에 임동규 얼굴 안 붙은
         데가 어딨다고.
변치훈   임동규 입장에서는 얼마나 황당해. 임동규가 단장을 트레이드하
         는 게 현실적이겠다.
임미선   아, 몰라. 이제 나이 들수록 열정 이런 단어가 부담스럽다. 저런
         사람 때문에.
유경택   야구인 출신이 아니라서 저러는 거죠.

머그잔에 뭔가 마시면서 들어오는 고세혁.

고세혁   진짜 임동규를 보내겠어?

임미선	보낸대잖아요. 지금. (승수 따라하며) 반드시. 이러는 거 못 봤어요?
고세혁	진짜 보내면 누구를 데려오는지도 봐야지.
변치훈	누구를 데려오든 이 지역에서는 임동규가 야구 대통령이지.

컴퓨터로 업무 중이던 세영이 돌아보지 않은 채로.

세영	저희한테 허가받고 하실 일이 아니긴 하니까요.

팀장들, 황당해서 돌아보는데 세영은 의식 못 하고.
그 옆에 있던 재희가 그 시선 의식한다.

재희	(팀장들 눈치 보며) 그래도 새로 오시자마자 거침없는 행보라는 건 인정하는 부분?
세영	(눈치 못 채고 무신경하게) 신임 단장은 단장 아니냐.

팀장들, 뭐라 말은 못 하고 못마땅한 여러 표정들.

S#32 바이킹스 사무실 / 낮

김종무 단장과 김관식 마주 앉은.

김종무	관식아. 너도 더 절실히 필요로 하는 팀에 가서 뛰는 게...

김관식	저 올 시즌에 홀드* 9위예요. 후회하실 일 하시는 거예요. 전지훈련 부상 때문에 못 뛰어도 그 정돈데. 저 진짜 20홀드 자신 있어요.
김종무	갑작스럽게 트레이드되는 것보다는 너 배려해서 하는 말이야.
김관식	아우, 씨.

김관식, 일어나서 문 박찬다.

| 김관식 | 하필 무슨... 드림즈가 뭐야. |

김종무, 뭐라 더 못하고 앉는다.

S#33   바이킹스 헬스장 / 낮

김관식, 동료 선수와 같이 벤치 프레스 옆에 앉아서.

김관식	야, 이게 말이 되냐. 올해 공헌도 싹 무시하고 타자가 궁하니깐... 그리고 드림즈를 누가 가냐고.
강두기	**(소리)드림즈도 팀이다.**

김관식, 돌아보면 건장한 체격의 강두기가 비키라며 손짓.
김관식과 동료, 비켜선다.

• 리드를 지켜내고, 마무리 투수에게 임무를 넘긴 중간계투 투수에게 주는 기록.

동료	선배님. 죄송합니다.
강두기	여기서 잘 던져도 거기서 잘 던져도 다 너한테 박수 쳐준다.

김관식과 동료, 다른 곳으로 비켜서면서.

김관식	(작게) 저 선배, 드림즈에서 쫓겨났잖아.
동료	야, 그래도 친정팀 욕하면 좋냐?

들리는지 안 들리는지 표정 보면 알 수 없다.
엄청난 무게의 벤치를 들어 올리는 강두기의 표정이 단단해 보인다.

S#34 임동규 집, 주방 / 밤

관리된 식단으로 식사 중인 임동규 집에 전화 걸려온다.

임동규	왜.
바이킹스	형, 우리 팀에 와요?
임동규	(집중하며) 누가 그래. 니네 팀이래?
바이킹스	관식이랑 바꾼다고 얘기 많더만. 관식이 날뛰고.
임동규	뭐...? 이거 진짜 미친놈이네. (격앙된) 김관식 같은 새끼랑 나를 바꾸려고 이 지랄을 해?
바이킹스	형. 관식이도 잘해요.
임동규	끊어.

전화를 끊은 임동규. 부르르 떨면서 포크를 내던진다.

S#35 고급 한정식집 / 밤

고급 한정식집에 모인 기자들.

가운데에 앉은 임동규.

임동규   우리 요새 좀 뜸했다. 그죠? 지난달, 지지난달... 다 건너뛰었네. 아

                이고... (미안한 듯 합장하며 인사)

기자1   (웃으며) 서로 바쁜데 어떻게 다 챙겨.

기자2   가끔 불러주는 거 임동규 선수 말고 또 있나.

임동규   기자님들, 저 팀 옮길지도 모릅니다. 그래서 미리 인사드릴 겸...

기자1   골프팀? 왜? 싸웠어?

임동규   아뇨. 야구팀.

기자2   뭔 소리야. 장난치지 마.

임동규   하... (얼굴 감싸며) 드림즈만 생각하고 살았는데 김관식이랑 나를

                바꾼다고 그러는데 눈물도 안 나고.

기자들, 표정이 심각해진다.

조금 멀리서 날카로운 시선으로 보는 김대호 기자.

기자2   단장이 미친놈 아냐? 김관식??

기자1   임동규를 누구랑 바꿔. 드림즈에서. 지가 물러나든가.

임동규   확정된 거 아니니까 보안 유지해주세요. 갑자기 옮기게 될까봐

인사 미리 드리려고 특별히 더 나왔습니다.

S#36   한정식집 앞 / 밤

줄줄이 늘어선 택시들.

임동규, 악수하면서 손바닥으로 은밀히 택시비 건네고.

기자들 기분 좋게 들어가고.

마지막 남은 김대호 기자.

김대호	동규 씨, 한잔만 더 하자.
임동규	좀 늦어서요. (어깨 두드리며 나지막이) 계속 잘 부탁드릴 일 만들어 주세요.
김대호	그래. 그래.
임동규	(작게) 기자님은 제가 더 믿어서 더 넣었습니다.

임동규가 건네는 봉투, 색깔부터 다르다.

김대호, 기분 좋게 안주머니에 찔러 넣고 택시 탄다.

S#37   드림즈 사무실 / 낮

고세혁, 임미선, 유경택, 재희 듣고 있고.

변치훈이 서서 너스레 중.

변치훈	야, 나는 뭐 이세영 팀장까지 은근히 편을 들길래 임동규 내보내

고 뭐 대단히 근사한 선수를 데려오기로 약속을 했나? 생각했어.
근데? 지금 이게 뭐야. 이세영 팀장까지 좀 사람이 변한 거 같고.

세영이 사무실 문 열고 들어오면 조용해지는 사무실.

세영 뭐야 분위기 왜 이래.

재희 (세영 잡아끌며) 선배, 여기 앉아봐요. 혹시 요즘 단장님이랑 알아가
    는 관계예요?

세영 뭐?

재희 조심스럽게 서로에 대해... 아, 남자와 여자로...

세영, 재희의 입에 따귀를 기습적으로 때린다.

재희 아웃!! 선배!!

세영 그래, 이 수준 낮은 분들아. 운영팀장이 단장하고 벽 없이 소통해
    보려는 감히 그런 시도를 내가 했다.

재희 단장님 같은 사람이랑 무슨 소통이요?

세영 (당수 치려는 시늉 하며) 너 나 없을 때는 내 욕하지?

재희 (피하면서) 김관식이랑 바꾼대요. 임동규랑.

세영 뭐?

재희 아니, 김관식이 올해 아무리 잘했어도 아직 좀 무게감도 떨어지
    고. 중간 계투잖아요. 우리 선발 필요한데.

S#38   **사장실 / 낮**

노크 소리.

경민   **(소리)들어와요.**

승수가 들어오면 경민이 앉아 있다.

경민   앉아요. 지금 뭐 준비하시죠? 굉장한 흥미를 느끼고 왔어요.

승수   (앉고 나서) 재미...

경민   (왜 모르냐는 듯) 임동규우!!

승수   임동규가 대단하긴 하네요. 사방팔방...

경민   무슨 소리예요.

승수   안 된다는 얘기를 하려고 부르신 거 아닙니까.

경민   단장님, 제가 단장님 뽑았잖아요. 책임감을 가지고 지지해줄 사람
       으로 안 보여요? 암튼. 되겠냐구요.

승수   ...

경민   어? 이 눈빛은 경계의 눈빛인가? 단장님 권한을 어떻게 행사할지
       그냥 물어본 거예요.

승수   알겠습니다. 제 권한... 잘 써보겠습니다.

경민   단장님, 내가 너무 잘 뽑은 거 같아요.

승수   (?)

경민   세상에 어떤 미친놈이 드림즈에 와서 임동규를 트레이드하는 짓
       을 생각하냐고요.

승수   ...

경민   사장한테는 무조건 승인하라고 할게요. 아마 저는 쭈욱 단장님
       편일 겁니다.

S#39   복도 / 낮

승수의 걸음. 그 뒤를 빠른 걸음으로 따라오는 세영.
화난 채 상기된 얼굴의 세영.
계속 걷는 두 사람의 대화.

세영   김관식 뭔데요.

승수   (멈칫하며 보다/다시 걸으며) 아직 얘기 중입니다.

세영   (사실이구나/절망스러운) 제가 다른 팀에다 임동규 트레이드 알아볼
       게요. 그래도 임동규를 주고 어떻게...

승수   그건 누구한테 들은 얘깁니까.

세영   지금 누구한테 들었는지가 중요한가요. 모르는 사람이 없는데.

승수   누군지도 모를 사람한테 들은 얘기를 가지고 내가 오해를 풀어줘
       야 됩니까.

세영   단장님한테 들은 얘기가 하나도 없으니까요.

승수   정해진 게 하나도 없으니까요.

세영   진행 중인 상황도 공유가 어려우신가요. 저를 못 믿으세요?

승수   믿음으로 일하는 거 아닙니다. 각자 일을 잘하자는 겁니다.

세영, 허탈한 채로 그 자리에 서고
승수는 단장실 문을 닫고 들어간다.

S#40　　**신문사 사무실 / 밤**

어두운 신문사, 김대호 기자의 타이핑.

클릭하면 기사 전송.

S#41　　**기사 + 네티즌들 반응**

'드림즈 최고 스타, 이적하나?'

- 뭐야, 미친 거 아냐? 그것도 헐값에 이적이란다.

- 설마... 임동규냐? 임동규 말고 스타라고까지 할 놈이 있냐.

- 만약 사실이면 단장 퇴진 운동한다. 새 단장 놈 하는 일이 뭐냐.

　나 벌써 이름 외웠어. 내 혈압.

S#42　　**드림즈 사무실 앞 / 낮**

단장 퇴진 운동 1인 시위 중인 한 남자.

많은 사람이 지나가며 한 번씩 읽어본다.

S#43　　**꿈사랑방 홈페이지 / 낮**

드림즈 로고가 적힌 팬 페이지 게시판.

[단장퇴진하라] 말머리가 통일된 게시물들 수십여 개.

S#44   드림즈 사무실 / 낮

저마다 전화기 한 통씩 붙잡고 있는 구단 직원들.

(고세혁, 임미선, 변치훈, 재희 포함)

'임동규 선수 트레이드 건은 아직 확인되지 않은 사실입니다.'

'저희도 처음 듣는 얘기구요.'

'정해지면 제일 먼저 공지하겠습니다.'

전화 받던 임미선, 역정이 난다.

임미선	야, 단장님 어디 계시냐.
재희	저도 잘...
변치훈	똥 싸는 놈 따로 있고 치우는 놈 따로 있나.
고세혁	단장실, 다녀옵니다.

고세혁, 사무실 밖으로 문 열고 나가면

변치훈도 냉큼 따라서 나선다.

임미선	어? 진짜로? 같이 가!

놀란 재희, 두리번거리다 다른 직원들도 가면 따라나가는데.

S#45   복도 / 낮

출근길의 세영 눈앞에 우르르 몰려가는 구단 직원들이 보인다.

그중에서 재희 발견하는 세영.

세영	야, 어디가.
재희	단장실이요.
세영	왜?
재희	따지려구요. 김관식은 아니다. 여기는 니가 망칠 것도 없는 팀이다. 뭐 이런 목소리를...
세영	나한테는 왜 말도 없이.
재희	선배는 지금 완전히... 그 ㄲ... 나풀...
세영	(멱살 잡으며) 야!! 내가 제일 많이 덤벼서 내가 제일 찍혔다고. 왜 이제 와서 투사 코스프레야.

S#46 단장실 앞 / 낮

출근길에 모두 단장실 앞을 막아선 직원들.
세영은 이도 저도 아니게 서있는데
그 모습 앞에서도 승수는 단호한 표정.

고세혁	설명해주세요. 왜 임동규가 나가야 됩니까. 김관식이랑 바꾸면서.
승수	임동규가... 이런 것도 시킵니까?
고세혁	단장님!!
승수	한 시간 있다가 회의실로 다 모여주세요.

직원들, 소심하게 '뭐라는 거야' 정도 말을
작게 자기들끼리 주고받는데.
승수, 단장실로 들어간다.

세영   자, 일단 사무실로 돌아가서 이따 회의실에서 뵙죠.

직원들이 세영 보는 시선 곱지 않고.
하나둘씩 회의실로 이동한다.

S#47   **드림즈 회의실 / 낮**
벽걸이 시계가 정각을 가리키고.
회의실을 가득 메운 직원들.
그 사이에 세영과 재희도 섞여 있다.
각자 옆에 사람들과 작게 대화를 나눠도 시끌벅적한 분위기.

재희   어떻게 설득한대요? 임동규 부상도 없대요.
세영   나부터도 설득될 자신이 없어.

승수가 들어오고 조용해진다.
담담한 표정으로 직원들 하나하나 돌아보는 승수.

승수   시작할게요.

화면에 뜨는 커다란 활자.
'왜 임동규는 드림즈를 나가야 하는가'
픕하고 웃는 몇몇 직원들.
'첫 번째. 새가슴'이라는 글자가 뜬다.

승수	새가슴입니다. 임동규의 홈런이나 타율은 다들 익히 아실 겁니다. 가치가 높은 타자로 보이죠.
유경택	임동규는 득점권 타율이 3할 7리입니다. 타율보다는 낮아도 그게 어떻게 새가슴...
승수	(끊으며) 그런데 결승타*가 팀 내 3위입니다. 1위는 박정찬 선수. 이 선수도 잘하죠. 그런데 2위는 2할 7푼 치는 장동수 선수입니다. 3할 3푼을 치는데 2할 7푼 치는 선수보다 결승타가 적습니다. 득점권보다 승부처의 영웅이 아닙니다.

'두 번째. 스탯관리의 결정판' 글자 떠오르고.

승수	임동규의 유일한 약점이라고 흔히들 하는 말이 있습니다. '더위에 약하다' 그런데 프로야구 순위는 여름에 결정됩니다. 더위에 약한 선수가 아니라 순위 경쟁 때 힘을 못 내는 선수입니다. 우리는 꼴찌가 확정된 후에 홈런을 뻥뻥 때리는 임동규가 왜 그렇게 절실하게 필요하죠?

'그런 것 같네' 정도 뉘앙스의 말을
옆 사람에게 귀엣말 하는 직원들이 보이고.
'세 번째, 변화하는 구장'

● 승리를 결정지은 안타.

S#48	펜스 교체 현장 / 낮

펜스를 연장하는 작업 중인 인부들.

승수   (소리)피홈런* 1위 팀을 개선하려고 합니다. 우리는 홈런을 가장 많이 맞았고 가장 적게 쳤습니다. 좁은 구장의 이점은 상대 팀들과 임동규만 누렸습니다. 그래서 우리는 펜스를 7미터 연장 작업을 진행하고 있고 이건 감독님과 제가 협의한 사항입니다.

S#49	드림즈 회의실 / 낮

자신 있게 말하는 승수와 프레젠테이션 화면 번갈아가며

승수   그렇게 될 경우에 임동규의 홈런은 비거리를 감안하면 12개가 빠집니다. 임동규는 사실 거포가 아닌 중장거리형 타자인 겁니다. 정교한 타자들 소수와 극단적 거포 한두 명이 있는 우리 팀에서 펜스를 넓힐 경우 가장 애매해지는 타자는 임동규입니다. 그리고 가장 중요한 부분이겠네요. 네 번째는 그의 인성입니다.

S#50	과거 강두기 관련 몽타주

강두기와 훈련 도중 대립하는 임동규. 동료들이 말리고.

● 상대에게 맞은 홈런.

승수   2년 전에 우리 팀을 떠난 강두기 선수. 10승 투수였지만 임동규
       와 갈등을 빚었고 임동규의 강권에 의해서 우리팀을 떠났습니다.
       그때 있었던 강두기의 문제 발언들은 하나도 증거가 없었지만 강
       두기는 변명 한마디 하지 않고 팀을 떠났습니다. 지금도 임동규
       는 구미에 맞는 선수단을 꾸려가길 요구합니다. 스카웃팀장님, 완
       전히 틀린 말인가요?

고세혁   ... 계속하시죠.

       - 강두기가 바이킹스 유니폼을 갈아입는 모습.
       - 삼진을 잡아내는 모습.
       - 골든글러브를 수상하는 모습 위로.

승수   지금 17승, 18승에 2점대 초반의 방어율로 리그에서 손꼽히는
       선발투수. 상대 에이스를 꺾는 에이스 오브 에이스가 됐습니다.
       강두기 선수를 나가게 만든 것은 임동규였습니다. 임동규는 팀을
       망치고 있습니다.

S#51   경기 중 그라운드 (회상)
       연중섭, 홈런 치고 달리는 모습.

승수   다섯 번째, 세대교체입니다. 임동규 선수는 향후 10년을 책임질
       수도 없는 노장입니다. 그리고 우리한테는 다행스럽게도 대체 가
       능한 유망주가 지금 기회를 노리고 있습니다. 4할 2푼. 14홈런. 2군

성적이고 작년 막판에 1군에 올라와서 뛴 20경기에서는 3할 5
푼, 4홈런을 쳐 가능성을 보여준 20대 중반의 연중섭 선수가 있
습니다. 지금 1군 무대에서 경험을 쌓으면서 키워야 됩니다.

S#52   드림즈 회의실 / 낮
임미선, 자리에서 일어난다.

임미선   아무리 그래도 프랜차이즈 스타잖아요. 마케팅팀 입장에서는...
         임동규 팬이 제일 많은 건 말할 것도 없고 유니폼 판매량, 입장권
         판매량. 이거 답 안 나와요. 그리고 저런 선수를 쉽게 버린다. 이
         거 우리 구단 이미지에 얼마나 치명적이겠습니까.

승수   네, 프랜차이즈 스타는 필요합니다. 임동규의 존재감을 지울 만한
         선수는 현재 없습니다. 우리 팀 내에는. 그래서 프랜차이즈 스타
         를 데리고 와야 합니다.

변치훈   프랜차이즈 스타가 뭔지 모르세요? 우리한테 없는 걸 어디서 어
         떻게 데리고 와요.

승수   저는 작년에 최고의 투수진을 가지고도 세이버스에게 타격에서
         밀린 바이킹스와 협상을...

고세혁   그니깐 그... 김관식은 안 된다는 겁니다. 단장님.

         승수, 한숨 푹 쉬는데 전화가 걸려온다.
         모두가 자기 휴대폰 확인하는데
         승수가 천천히 휴대폰 발신번호 확인 후에

'뭐 하는 거지?' 싶은 시선 속에서 전화를 받는다.

승수   (전화 받으며) 네, 충분히 생각하고 결정하신 건가요. 저희도 직원분
        들의 동의를 구한 뒤에 진행하겠습니다. 원원이 되기를 바랍니다.

전화 끊고.
황당한 사람들의 표정.

세영   뭐... 뭔데요? 지금 무슨 일을...
승수   계속하겠습니다. 선발투수가 가장 절실한 우리 팀은 상대 팀 에
        이스에게 밀리지 않는 1선발이 필요합니다. 만약에 그런 선수가
        임동규가 있으면 우리 팀에 돌아올 수 없다고 한다면요?
        동료들을 다독이면서 사기를 끌어올리고 우리 팀에 가장 많은 팬
        을 보유하고 있는 우리 지역 출신이며 우리 구단에 입단했던 골
        든글러브 투수라며는 어떻습니까.
재희   팀장님, 설마...

S#53   **바이킹스 피칭 훈련장 / 낮**
        엄청난 소리의 강속구가 포수 글러브에 꽂힌다.
        공을 던진 선수는 강두기.
        포수가 손이 저린 듯이 손을 털어낸다.
        멀리서 지켜보는 김종무 단장과 직원.

김종무	후... 진짜 아깝다. 강두기!

강두기, 듣자마자 알겠다는 듯이 오케이 사인 보낸다.

김종무	(크게) 결정됐고. 미안하다. 그동안 수고했다.
강두기	(큰 소리로) 드림즈에 보내주셔서 감사합니다.

강두기, 와인드업해서 공을 던진다. 엄청난 소리가 난다.

김종무	(눈물이 핑 도는) 진짜 아깝지만...

S#54   드림즈 회의실 / 낮

기대에 찬 직원들 표정.

승수	운영팀장님, 강두기 선수 유니폼 준비해주세요.
세영	강두기요?
재희	강두기가 우리 팀이에요??

자기도 모르게 만세를 부르는 몇 명 직원들.

승수	방금 전화가 왔고 강두기 선수가 이제 우리 팀 선수가 됐습니다.
세영	김관식 아니었어요?
승수	아. (생각난 듯) 김관식 선수 유니폼도 준비해주세요.

세영   김관식도요?

S#55   **바이킹스 사무실 / 낮**

김관식 머리 감싸쥐면서 아쉬워하고.

다독이는 구단 직원들 위로.

승수   (소리)우리 지역 1순위가 유력한 고등학생 김진두에 대한 지명권을 넘

기겠습니다. 2 대 2 트레이드입니다. 김진두 포지션인 3루수는 박완구

선수가 두 달 뒤에 상무에서 제대한다고 해서 이런 결정을 했습니다.

S#56   **강두기 하이라이트 필름**

- 삼진 행진을 하는 강두기.

- 승리 세리머니하는 강두기.

- 상대의 타구를 점프해서 잡는 강두기.

- 동료들을 다독이는 강두기.

승수   (소리)요즘 대세라는 승리 기여도로 치며는 강두기가 7.5. 프로야구 전

체 1위입니다.

S#57   **임동규 하이라이트 필름**

- 홈런 날리고 환호하는 임동규.

- 허슬 플레이로 세이프에 성공하는 임동규.

- 적시타 날리고 달려가는 임동규.

승수   (소리)임동규가 6.2.

S#58   **드림즈 회의실 / 낮**

드림즈 회의실 / 낮
프레젠테이션 정리하는 승수.

승수   우리가 14게임 차로 꼴찌였으니깐 강두기 와도 우리가 꼴찌긴
           하네요. 더 열심히 합시다. 혹시 지금도 이 트레이드에 반대하시
           는 분이 계신가요.

           아무도 손 못 드는데 고세혁이 손을 든다.

승수   (보면)

고세혁   바이킹스가 타력 보강이 필요한 건 알고 있지만 그래도 강두기
           선수는 국대 1선발인데...

승수   흠...

S#59   **고교야구장 일각 (회상) / 낮**
           승수와 김종무가 마주 앉아 협상 중.

김종무	아무리 임동규라도 강두기를 어떻게 드립니까. 국가대표 에이스 예요.
승수	강두기 선수가 세이버스 상대로는 방어율이 4점대죠.
김종무	그렇게 따지면 임동규 선수는 여름 성적 한번 보세요. 이게... 전형적인 스탯관리 아닙니까. 가을에만... (하다가 스스로 깨달은)
승수	그 가을에 잘 치는 게 저희한테는 필요 없고. 만년 준우승인 바이킹스는...
김종무	(억지 부리듯) 꾸준히 잘하는 게 좋은 거 아닙니까.
승수	임동규가 세이버스 상대 타율이...
김종무	(에라, 모르겠다) 그래요, 그래. 4할 2푼이요.
승수	(피식) 찾아보셨나 보네요.
김종무	그럼 김진두도 주셔야 됩니다.
승수	김관식 주시면요.

팽팽히 다시 맞서는 두 사람.
대화 소리 점점 잦아들고.

S#60 **드림즈 회의실 / 낮**
다시 현재.
승수, 고세혁을 보고.

승수	그 어려운 걸 해내서 아쉽습니까.
고세혁	...

승수   그냥 그렇게 됐습니다. 바이킹스에 전화해도 되겠죠? 반대하신
       다면 제가 나가기 전에 저를 불러주세요. 저 천천히 걸어가겠습
       니다.

       단장실을 걸어 나가는 승수.
       아무도 붙잡지 않고 술렁이는 분위기.

S#61   사장실 / 낮
       강선과 승수, 마주 앉아 있고.
       강선, 복잡한 심경이 표정에 드러난다.
       노크 없이 문이 열려서 돌아보면 경민.

경민   진짜예요?
승수   승인해주실 거죠?

S#62   드림즈 훈련장 / 낮
       배트 휘두르고 있는 임동규.
       한 손에는 골든글러브 트로피 들고 뒤에서 지켜보고 있는 승수.

승수   짐 싸세요.
임동규   하...
승수   어서요. 아, 그리고 이거 들고 가세요. (트로피 흔들며) 페어플레이

수상자 씨. (내려놓고) 그리고 (속주머니에서 돈 봉투 꺼내며) 차 수리
는 내 돈으로 했습니다.

임동규　(배트 휘두르며) 지랄하지 마.

승수　바이킹스 단장님께는 이렇게 하지 마시고요.

임동규　나랑 김관식을 트레이드한다고? 드림즈 팬들이 가만있을 거 같
애? 구단 버스에 불나는 거 보고 싶냐? 드림즈 역사에 영구 결번
될 선수는 나밖에 없어.

승수　(코웃음) 불을... 왜 지릅니까? 강두기 선수 온다니까 다들 좋아하
던데?

임동규　(멈칫) 강두기라니.

승수　영구 결번은 그런 선수가 되는 겁니다. 야구도 잘하고 동료들에
게 존경도 받는 선수. 물론 임동규 선수가 트레이드될 걸 알면서
도 팀을 위해서 장비를 기증하고 회식비를 내는 모습만큼은 아
름다웠습니다. 그 덕분에 우리 구단은 우리 사이 안 좋은 것도 안
들켰죠. 끝까지 아주 잘 해줬습니다. 임동규 선수 덕분에 국가
대표 1선발이 우리 팀에 오게 되네요.

임동규　(눈에 핏발 선 채 다가가며) 강두기가 왜... 아니, 야... 너 11... 년간 야
구 한 게 이걸로 끝인 줄 알어? 너 같은 놈 쫓아내는 게 뭐 어려운
일인 것 같냐? 넌 이제 진짜 여기에서 밤길도 함부로 못 걸어다...

승수　(끊으며) 야... (서늘하게) 임동규.

임동규　(조금 주춤하며) 뭐가... 이 새끼야...

승수　(한 걸음 더 다가가서 귓속말하는)

승수의 말에 임동규, 그대로 얼어버린다.

팔과 다리가 덜덜 떨리는 임동규.

승수   ... 가세요.

비틀거리는 임동규의 초점 없는 눈동자.

S#63   사장실 / 낮
머리가 복잡한 경민과 강선, 침울한 임동규 마주 앉은 채로.

임동규   트레이드 승인하셨죠.

경민   (애써 괜찮은 척) 네.

임동규   왜요.

경민   알잖아. 강두기가 아주 조금 더 필요하지. 지금 상황은.

강선   이렇게 된 거 어쩌겠어. 거기 가서 잘해야지.

임동규   (일어서며) 거지같네, 진짜.

경민   임동규 선수.

임동규   (보면)

경민   지금 상황이 있잖아요... 임동규 선수 가는 거 아쉬워하는 사람이
          아무도 없어요. 왠지 아세요? 임동규 가고 오는 게 강두기니까요.
          길 가는 애들 붙잡고 물어봐요. 누가 낫냐고. 임동규가 봐도 강두
          기잖아. 솔직히? 어? 그래서 명분이 저 단장한테 있는 상황입니
          다. 나는 합리적인 사람인데 사인을 해야죠. 임동규 씨도 저렇게
          명분을 만들어왔어야죠. 명분을.

입을 꾹 다문 임동규.

S#64   신문 기사

'초대형 트레이드 성사

괴물 투수 강두기 친정 복귀'

S#65   인터넷 댓글

'임동규 때문에 그래도 행복했었다'

'강두기가 오는 거 레알?'

'덤으로 오는 김관식도 기대된다'

'임동규, 고생 많이 했다. 거기 가서 우승하길'

S#66   스포츠 뉴스 화면

인터뷰하는 임동규의 초췌한 모습.

임동규   그동안 좋은 추억 많이 쌓고 갑니다.

인터뷰하는 강두기의 격앙된 모습.

강두기   내가 왔다! 드림즈에!!! 으아아아아!!!

S#67　**세영 집 / 밤**

이불 바느질하는 미숙,

그 옆에서 뉴스 보며 요거트 먹고 있는 세영.

미숙　저거 니네 회사 아니냐?

세영　엄마.

미숙　어?

세영　엄마, 어쩌면... 우리 팀이...

미숙　뭐.

세영　진짜 잘하면... 진짜 잘하면인데...

미숙　아, 뭐!!

세영　(기뻐 얼굴 가리며) 내년에는 꼴찌 안 할 거 같애.

미숙　뭐래는 거야.

세영, 드러누우면서 행복한 표정.

S#68　**드림즈 야구장 객석 / 밤**

한 손에 커피 정도 들고 마시고 있는 경민의 입가에 미소가.

적당한 거리에 말없이 서있는 승수.

경민　이번에 일 처리 하신 거. 내가 도장 찍고 승인했어요. 알죠?

승수　네.

경민　일을 아주... 남자로서 응원하지 않을 수 없게. 그렇게 하시던데?

승수	...
경민	(커피 건네며) 단장님, 우리가 최근 2년 동안에... 한 번은 43승하고... 한 번은 46승 했어요.
승수	네.
경민	너무 많이 이겼다.
승수	...
경민	그쵸? 내가 단장님 왜 뽑았게요?
승수	...
경민	말했잖아요. 이력이 너무 특이해서 뽑았다고. 우승? 해체. 우승? 해체. 우승?
승수	...
경민	그리고 또... 해. 체.
승수	...

경민, 옆 의자에 놓여있던 다른 커피를 승수에게 건네며.

경민	단장님, 이력대로만 해주세요. 많이 안 바랍니다.
승수	(피식 웃고) ... 네, 알겠습니다.

같이 커피를 동시에 한 모금씩 마시는 경민과 승수.

"변화는 필요합니다. 임동규 선수 대신에 강두기 선수가 왔습니다.
조금이라도 팀에 도움이 되는 일이면 저는 할 겁니다.
조금이라도 팀에 해가 된다면 도려내겠습니다.
해오던 것들을 하면서... 안 했던 것들을 할 겁니다.
잘 부탁드립니다."

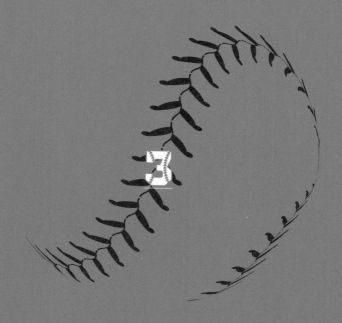

STOVE
LEAGUE

3

S#1   드래프트 현장 / 밤

〈자막〉   **1년 전 9월**

호텔의 연회 공간에서 진행 중인 신인 드래프트 현장.

각 구단 관계자들과 고교 유니폼 입은 신인 선수들,

학부형들이 저마다의 표정으로 대기 중.

드림즈의 테이블에서는 고세혁과 장우석

그리고 양원섭이 뭔가 논쟁 중이다.

(소리로는 들리지 않지만 연기를 위한 대사입니다)

양원섭   그럼 유민호는요?

장우석   야, 니가 팀장이야?

양원섭	이유가 뭔데요?
고세혁	이창권이가 괜찮드만.
양원섭	유민호는 별로예요?
고세혁	넌 시야가 너무 좁아...

///

아나운서	자, 과연 어떤 선수들이 구단의 선택을 받을지 긴장되는 순간입니다. 신인 선수를 지명하는 구단의 순서는 전년도 성적의 역순입니다. 이에 따라 1라운드 지명은 드림즈부터 시작하겠습니다. 작년에 이어 올해도 1순위 지명권을 쥔 드림즈는 과연 어떤 선택을 할까요?
양원섭	타임 요청합니다!

술렁거리는 장내 분위기.

아나운서	첫 지명부터 갑자기 타임을 요청하는 드림즈. 굉장히 드문 일인데요. 아직까지 의견 조율이 안 된 걸까요?

양원섭을 노려보는 고세혁과 장우석.
양원섭 지지 않고 맞서는 모습.

아나운서	네, 드림즈의 30초 타임 얼마 안 남았는데요.

이때, 고세혁의 손에서 마이크를 뺏는 양원섭.

양원섭	드림즈 지명하겠습니다.
	명일 고등학교 투수 유민호 선수 지명하겠습니다.

당황과 분노가 뒤섞인 고세혁의 표정에서
재빨리 카메라가 이동.

아나운서	네. 유민호 선수, 축하합니다. 1라운드 첫 번째 순서에 타임을 요청한 드림즈는 열띤 논의 끝에 명일고 투수 유민호 선수를 지명했습니다. 빠른 강속구를 주무기로 하고 있죠. 올해 가장 주목받는 1순위 선발의 영광은 유민호 선수의 차지가 됐습니다.

S#2　　**승수 방 / 밤**

모니터로 씬1의 상황을 보고 있는 승수.
생각이 많아 보이는 표정.

S#3　　**드림즈 사무실 주변 화단 / 낮**

화단에서 나뭇가지를 만지면서 꼼꼼히 바라보는 고세혁.
세영과 재희가 걸어오던 중에 그 모습 보고.

세영	팀장님. 뭐 보세요?
고세혁	어, (손 흔들며) 매화나무.
세영	나무 좋아하세요?

고세혁	(계속 나무 보며) 아니, 매화만. 얘들은 제일 먼저 꽃을 피우려고 추울 때 열심히 준비를 하는데 그게 나는 꼭 우리 같더라고. 야구 하는 사람들... 겨울이 더 바쁘잖아.
세영	(친근하게 웃으며) 그러네요.
재희	오늘 프런트 회식 있는 거 아시죠? 단장 이하 전원 참석입니다. 단장 환영식을 안 했다고 해서요.
고세혁	오케이.

세영과 재희, 목례 후에 사무실로 들어가는데
묵묵히 나무 주변 땅을 밟아 다지는 고세혁.

S#4   드림즈 야구장 / 낮

개별 훈련하는 일부 선수들.
관중석 높은 곳에서 그 모습 보고 있는 성복.
멀리서 다가오는 승수 보인다.

S#5   드림즈 야구장 관중석 / 낮

관중석에 앉아있는 성복과 승수.

승수	감독님, 문책하려고 왔습니다.
성복	허허.
승수	우리 팀이 선수들 평균 연령이 제일 높은 거 아십니까.

선수 이름 옆에 나이와 포지션 등이 적힌
명단표를 펼쳐보는 승수.

승수   성적이 안 나오는 팀은 보통 리빌딩을 하죠. 지금 잘하는 선수보
       다 내년, 내후년에 더 잘할 젊은 선수들을 뽑고. 젊은 선수한테 더
       기회를 주고. 근데 우리는... 평균 연령 31세네요. 야구는 제일 못
       하는데 미래도 없는 팀.

성복   ...

승수   몇 년째 꼴찌를 하면서 신인 선수 1선발권을 가져왔는데. 그 선수
       들이 다 꽝이구요. 선수 육성은 전적으로...

성복   접니다. 제 책임.

승수   네, 잘해주십쇼.

성복   ... (기다리다가) 끝인가요?

승수   해마다 열 명씩 뽑는 신인 선수 선발. 누구 책임입니까.

성복   ...

승수   전 거기를... 좀 알아봐야겠는데요.

성복   ... 임동규도 그렇고. 단장님은 가장 단단히 박힌 돌만 건드리네요.
       저 같은 사람 자르는 게 쉬웠을 텐데요.

승수   박힌 돌에 이끼가 많을 겁니다. (사이) 작년 신인 드래프트 영상
       봤거든요.

성복   (잠깐 놀라지만/침착하게) 단장님.

승수   (?)

성복   한쪽 면만 가지고 있는 사람 없습니다. 너무 믿기만 해도 안 되지
       만 너무 의심만 하지도 마세요.

승수   글쎄요.

승수, 가볍게 고개 인사하고 가면.
성복, 그 뒷모습을 한참 보는데
시선 때문에 서로 못 보고 승수와 스쳐가는 강두기가
성복의 눈에 들어온다.

S#6   드림즈 더그아웃 / 낮
드림즈 더그아웃 / 낮
야구장의 홈팀 더그아웃.
성복과 강두기가 앉아있다.
(성복 시선은 강두기에게, 강두기 시선은 야구장만)

강두기   (야구장 쪽 보며) 좋네요.

성복   뭐가.

강두기   홈팀 더그아웃이요.

성복   (미안한) 그때 내가 너 가는 거 그냥 보기만 했지.

강두기   딴 거 없고. 그냥 이쪽에서 보는 풍경이 더 좋습니다.

성복   너 억울한 거 다 알았는데.

강두기   원정 더그아웃 쪽에서는 이 각이 안 나옵니다. 그게 참... 아쉬웠
          어요. 계속. 좋은 풍경 보면서 잘하겠습니다.

성복, 그제야 고개 돌려서 야구장을 보고.
강두기는 여전히 야구장의 풍경을 응시한다.

S#7　　**드림즈 사무실 / 낮**

졸고 있는 직원, 업무상 통화하는 직원들,

회식 장소 전화 통화하는 재희.

그 옆에서 회식 장소 홈페이지에서 메뉴 보면서 참견하는 세영.

강두기가 사무실에 등장하자 모든 시선이 거기 쏠린다.

걸음 멈추고 서는 강두기.

누구와도 맞추지 않은 시선.

강두기　　강두기입니다! 잘 부탁드립니다!

다시 단장실 쪽으로 걸어가는 뒷모습 보며

직원들 몇 명 박수 쳐주고.

세영도 같이 일어나서 박수 치다가

재희한테 고개 돌려보면 넋 나간 재희.

재희　　강두기 이렇게 가까이에서 본 거 처음이에요.

세영　　(뿌듯한) 야구 진짜 잘하게 생겼다.

재희　　(격렬하게 끄덕이며)

S#8　　**단장실 / 낮**

승수와 강두기 마주 앉은 사이에는

마들렌 정도 간식거리와 차가 있고 둘 다 말이 없다.

승수	드세요.
강두기	제가...
승수	(?)
강두기	아무리 잘 던져도 1년에 한 여섯 번은 욕먹습니다. 오늘 왜 저러냐고. 근데 올해는 딱 네 번까지만 듣겠습니다. 그리고 올해는 어깨 통증도 없습니다. 그러니까 내년 시즌... 큰 그림 그리셔도 됩니다.
승수	(아주 옅은 웃음 지을 뻔하고) 음...
강두기	가보겠습니다.

강두기, 꾸벅 인사하고 단장실 나가려는데.

승수	그래도 강두긴데...
강두기	(돌아보면)
승수	네 번 말고 세 번이요.

강두기, 끄덕이고 단장실 나간다.

S#9   재송그룹 회장실 / 낮

창밖을 보고 있는 일도.
그 뒤에 다섯 걸음 정도 떨어져 있는 경민.

일도	이번에 호텔 경영 실적 개선했다며?

경민	네, 아직 멀었습니다.
일도	나는 사람을 돈 나가는 구멍 아니면 돈 나가는 구멍 막아주는 사람으로밖에 안 봐. 너 같은 똘똘한 놈 말고는 온통 돈 나가는 구멍뿐이야.
경민	...
일도	야구단 적자가 얼마지?
경민	작년 기준 70억입니다.
일도	매각도 안 된다며?
경민	몇 년째 시도 중이지만 우리 지역에 그렇게 큰 기업이 없어서 쉽지가 않습니다.
일도	그러면 이 돈 나가는 구멍을 어떻게 할까?
경민	올해 안에 해체시키겠습니다.
일도	근데... 지금 우리가 이 지역에서 시작해서 우리 마트, 슈퍼, 프랜차이즈 식당이 50%가 여기 있다고. 이게 무슨 의민지 알아?
경민	네.
일도	그래, 지나가는 코흘리개도 우리 기업을 불매할 수 있단 얘기야. 기분들 안 상하게 해.
경민	천천히... 진행하겠습니다.
일도	남 눈치 안 보려고 회사 세웠더니 온 동네 서민들 눈치까지 봐야 되는 게 내 팔자다. 제기럴.
경민	(어색하게 웃고)
일도	너도 야구 좋아하냐?
경민	... 전 아닙니다.

S#10   드림즈 사무실 / 밤

퇴근 직전의 사무실 분위기.

저마다 업무 마무리하고.

가방 챙겨 들고 기다리는 사람도 있는 분위기.

세영도 컴퓨터 종료 버튼 누르고 일어서면서.

세영   회식 갑시다! (재희 보며) 단장님은?

재희   따로 찾아간다고 하시던데요.

S#11   고깃집 좌식 테이블 / 밤

세영과 재희와 운영팀 팀원들 들어온다.

승수는 이미 도착해서 '야구책' 보며 앉아 있는데

아직 발견 못한 상황.

재희   단장님한테 전화할까요?

세영   어, 여기 위치랑...

승수   하지 마세요.

세영   깜짝이야. (정신 차리고) 일찍... 오셨네요?

승수   7시까지 아닙니까.

세영, 고개 돌려보면

정확히 7시 01분을 가리키는 시계.

세영   아, 저희가 늦었네요.

          뒤따라서 마케팅팀, 전력분석팀 동시에 들어오며
          승수에게 인사하고.
          승수, 어색하게 인사 받는다.
          그 뒤를 이어 홍보팀도 입장.
          세영, 재희 자리 안내하며 세팅하기 바쁘고.

스카우트팀   (소리)(우렁찬) 안녕하십니까!!

          모두 놀라 고개 돌려보면 고세혁과 함께
          한 덩치 하는 장우석 및 스카우트팀원들
          3명가량이 입장.
          여유있는 고세혁의 웃음과
          그를 위시한 팀원들의 체격이 위압적이다.
          승수와 다소 먼 거리에서 등지고 앉는 고세혁.
          승수는 그 뒷모습에 시선이 조금 머문다.
          그리고 그때 문이 열리며 성복과 이철민,
          최용구, 민태성 등 코치들이 들어온다.
          겸손한 성복과 달리 이철민, 최용구, 민태성 등은
          승수를 바라보는 시선이 어딘가 불손하지만
          목례를 하는 어색한 분위기.

<시간 점프>

모두 자리를 잡고 세영이 승수에게
블루투스 마이크 쥐여주고.
승수에게 모두의 시선이 집중.

승수   단장 백승수입니다. 그동안 성적이 안 좋았다고 여러분이 해온
         일들을 폄하할 생각은 없습니다. 하지만...

싸늘해지거나 당황스러운 각각의 표정들.

승수   변화는 필요합니다. 임동규 선수 대신에 강두기 선수가 왔습니다.
         조금이라도 팀에 도움이 되는 일이면 저는 할 겁니다. 조금이라
         도 팀에 해가 된다면 도려내겠습니다. 해오던 것들을 하면서... 안
         했던 것들을 할 겁니다. 잘 부탁드립니다.

약 2초간의 정적이 흐르고 성복이 먼저 박수를 치고
어느 순간 천천히 박수가 퍼진다.

고세혁   (여유 있게 웃으면서) 무슨 인사를... 선전포고하듯이 하시네.
장우석   (적의를 갖고 승수 보며) 그러게요.

변치훈 홍보팀장이 잔을 들고 와서 승수 옆에 앉는다.

변치훈   단장님, 한 잔 받으시죠. 혹시나 싶어 다시 말씀드립니다. 홍보팀

장 변치훈입니다. 강두기 선수랑 트레이드 막전 막후에 대해서
인터뷰하고 싶다고 난리인데...

승수   아, 그런가요.

변치훈   혹시...

승수   (보면) 네, 혹시?

변치훈   인터뷰는 좀...

승수   인터뷰는?

변치훈   (뭐야 싶지만) 시간이 어려우실지...

승수   네, 어렵습니다.

변치훈   아, 그러면 뭐. (뻘쭘해서 혼잣말) 강두기 선수한테 부탁해봐야지.

자리 앉아서 조용히 쌈을 싸고 있는 승수.
쌈과 고기가 한 컷에 들어오게 휴대폰으로 사진을 찍는다.
당황하는 직원들.

임미선   뭔데...? 저거...?

세영   글쎄요. SNS 하시나 보죠.

재희   제가 설명 드릴게요. 음식 먹기 전에 사진을 찍는 건 이 세상에 있
을 때의 마지막 모습을... 찍는 거라고 하죠. 음식의 영정사진을...

임미선   (웃으며/재희 때리고) 미쳤나봐. 진짜야.

재희   (아파서 짜증나지만) 저 근엄한 표정을 보시면 제 얘기가 설득력이...

승수   **(소리)고세혁 팀장님.**

그 소리에 하나둘씩 승수를 보는 사람들.

그러나 고세혁은 돌아보지 않고 한쪽 턱을 괴고 있는 뒷모습.
왜 저러지 싶어 수군거리는 사람들.

승수   (좀 더 크게) 고세혁 팀장님!

스카우트팀 팀원들도 승수가 부르는 것을 인지하지만
아무도 고세혁에게 말하지 않고.
장우석은 승수를 똑바로 바라보고.
승수가 소주병을 들고 일어서서 고세혁에게 다가간다.
모두가 그 움직임 주목하는데.

세영   (작게) 에이, 씨. 뭐야.

세영, 일어나서 자신도 그쪽으로 향하는데
승수가 오는 모습 보고 일어서는 스카우트팀 장우석.
승수가 고세혁의 등 뒤에 바로 서서 보니
턱을 괸 듯한 손에 놓인 작은 휴대폰이 그제야 보인다.
통화 중인 고세혁.

고세혁   그래요, 어머니.

하다가 분위기를 느끼고 두리번거리다
뒤를 보고 승수 발견.

고세혁   (전화기에) 어머니, 이만 끊을게요. 조심히 들어가셔.

         황급히 일어나다 테이블에 무릎을 부딪히고 괴로워하면
         긴장감이 풀리며 모두 피식 웃는 분위기.
         멋쩍어하는 고세혁이 상대적으로
         인간적으로 보이는 순간.

고세혁   우리는 감독님도 연로하시고 이전 단장님도 연로하시고. 나도 연
         로하고. 완전히 늙다리 군단이었는데 이렇게 젊은 피가 들어오셔
         서 활력이 막 돕니다.

         훈훈하게 건배하는 고세혁과 승수 모습 보고
         재희도 자리로 돌아온다.

재희   와, 어떻게 저기서 몸개그를 하시냐. 천재다, 천재.
세영   고세혁 팀장님 친화력을 보면 스카웃팀장이 천직이지.
재희   저도 친화력은 어디 가서 안 져요.
세영   낙하산 주제에 나랑 이만큼 친해진 거 보면 니 친화력도 대단해.
         그니까 스카웃팀으로 부서 이동...
재희   저 지금 너무 수줍어요. 말 걸지 마세요.
세영   아, 패고 싶다. 증말.

         승수와 고세혁, 마주 앉아서

승수   양원섭 씨는 안 왔습니까.

정적 속에 깔린 승수의 한마디에
고세혁과 장우석의 표정 순간 굳고.
세영, 재희는 의아한 표정으로 돌아본다.

장우석   양원섭은 왜요?

승수   양원섭 씨만 없으니까 양원섭 씨를 물어본 겁니다.

고세혁   양원섭이... 일이 있습니다. (장우석 보며) 전화 한번 해봐.

승수   아뇨, 제가 연락해보겠습니다. 팀장님은 건의사항은 없으십니까?

고세혁   (사람 좋은 모습) 바라는 거 딱 하나입니다. 저희는 중학생 애들부
       터 대학생 애들까지 어떤 손으로 던지는지. 성격은 어떤지. 안 좋
       은 습관은 뭔지... 계속 지켜보고 관리하거든요. 근데 나중에 짤리
       거나 보직 이동을 하게 되면 여기 있는 데이터 다 건네주고 깔끔
       하게 인수인계하고 갑니다. 근데 그 인수인계가 아무리 좋은 마
       음으로 다 주려고 해도 다 줄 수가 없어요. 여기 글자로 못 적는
       기대감이나 느낌 같은 게 있거든요.

승수   흠.

고세혁   그냥 건의사항입니다. 단장님.

승수   스카웃팀원들은 인사이동을 시키지 말라는 얘기 맞죠?

승수 말이 들리는 주변 직원들 표정은 굳고.

고세혁   뭘 또 그렇게까지 그래요. 근데 그런 뜻이 되네요?

승수	근거의 타당성은 제가 검토해보겠습니다. 지금 하신 말이 월권이 었는지 조언이었는지.

이때 드르륵 문 열리는 소리와 함께 경민과 강선이 들어온다.
모두가 놀라 일어나며 크게 인사한다.
천천히 일어나서 인사하는 승수.

경민	분위기 딱 좋던 중?
강선	그러게요. 우리가 분위기 다운시킨 건 아니지?
세영	아니에요, 여기 앉으세요.
재희	사장님, 여기 두 분 자리 세팅 좀...
경민	(말 끊으며) 됐어요. 그냥 계산만 하고 가려는데 웃음소리가 막 밖에까지 들리니까. 나도 좀 웃고 가려고. 잠깐만 좀 앉읍시다.

경민과 강선이 함께 승수와
고세혁의 옆자리에 앉는다.

경민	두 분이 대화 중이셨나 봐요.
승수	네.
강선	많이 친해졌어?
경민	이 두 분이 사적인 대화는 안 할 거 같은데? (승수 보며) 여기 고세혁 팀장님은 진짜 책임감이 대단한 분이에요. 선수 때부터 내가 팬이기도 하고... 솔직히 사람 그릇에 비해서 스카웃팀장 자리가 좀 협소하잖아요. 안 그래요?

승수	(대답 없이 물 한 잔 들이켜고)
강선	(눈치보다 승수 대신 끄덕이고)
경민	그래서 내가 감독 생각 없냐고 물어봤더니.

사람들 몇몇이 구석에 있는 성복의 눈치를 본다.
성복은 당황을 감추고 애써 못 들은 척 휴대폰 열어본다.

경민	스카웃팀장 자리는 쉽게 바꾸면 안 된다고. 감독보다 더 중요한 자리라고 생각한다고. 감동이죠? (둘러보다 아무 대답 없자) 난 좀 감동이던데. 다들 이렇게 자기 위치 잘 지키면서 하면 뭐... 잘 되겠죠?
강선	박수, 박수.

사람들 박수 치고.
경민은 민망해하며 그런 것 좀 하지 말라고 한다.
승수, 고세혁 둘 다 성복 쪽을 의식하며 민망하고.

S#12   고깃집 앞 / 밤

경민, 강선 앞에 검은 세단 두 대 대기하고 있고.
마중 나와있는 승수와 팀장들.

경민	갑니다.
승수	아까.

경민	(?)
팀장들	(?)
승수	감독님도 계셨습니다.
경민	네, 알아요.
승수	스카웃팀장님한테 감독 자리 얘기하신 거...
경민	네.
승수	그거 들으셨을 겁니다.

경악하는 임미선, 변치훈.
상대적으로 담담하지만 의외의 모습에 놀란 유경택.
세영도 놀라 미간에 잠시 주름이 잡힌다.

| 경민 | (빤히 보다가) 아~ 그렇구나. 들으셨구나. 그래요. 알겠어요. |

경민, 애써 웃으며 손 흔들고 차에 올라탄다.
강선, 황급히 승수에게 다가가서 작은 소리로.

강선	그거 뭐 어쩌라고. 그 얘기를 왜 상무님한테 해?
승수	혹시 모르실까 봐...
강선	백 단장은 하고 싶은 말 다 하고 살아서 병 안 걸릴 거야. 응?

강선, 구시렁거리면서 트렁크 쪽으로
삥 돌아서 차량에 올라타고 출발하면
승수가 가장 빨리 돌아서 가게로 들어간다.

세영은 뭔가 말하려다 입 꾹 다물고 그 뒤를 따라간다.

임미선, 고개 절레절레. 변치훈은 승수 눈치 보면서

천천히 따라가고.

유경택은 승수 행동에 여운이 남아 승수를 빤히 바라본다.

S#13   경민 차 안 / 밤

경민, 창문 밖을 보면서 가는데 옆에 앉은 강선은

자세는 편해 보이지만 곁눈질로 경민의 눈치를 살핀다.

경민   사장님.

강선   네, 상무님.

경민   내가 아끼는 경황이 없어서 그냥 왔는데. 계속 이게 생각이 나서
       요. 백승수 단장이 방금 나한테 훈계... 한 건가?

강선   (뭐라고 하지 싫어서) 아, 그게요.

경민   그럴 리가 없는데 내가 오해하는 거죠?

강선   (그래, 이렇게 말하자 싶은) 그런 것 같습니다. 백승수 그 친구... 그렇
       게까지 멍청한 친구 아닙니다.

경민   백승수 단장은 어떤 사람 같은데요?

강선   여태까지 경력 보면...

경민   그런 건 됐고요. 말 잘 듣게 생겼어요?

강선   음...

경민   나는 힘도 쥐뿔 없지만 꺾이지 않는다. 나는 신념이 있다. 이런 것
       들만 아니면 돼요. 그런 애들이 꼭 꺾여. 한 번만 찔러봐도 신념도

없이 무너지고.

떠올리기 싫은 기억이라도 생각난 듯 찡그리는 경민.

S#14　　**고깃집 좌식 테이블 / 밤**

성복의 맞은편에 고세혁이 앉아서 난처한 표정.

고세혁	감독님, 제 맘 아시죠?
성복	아, 괜찮다니까.
고세혁	아니. 저는 깜도 아니구요. 저한테 진지하게 한 말도 아닙니다.
성복	왜 자네가 깜이 아니야.
고세혁	저는 이 팀장 자리도 겨우 합니다. 정말 저 감독은 꿈도 안 꿔요.

송구스러워 죽겠는 고세혁.

그 모습 아니꼬운 듯 보고 있던 이철민 외 코치들.

이철민	아, 알겠으니까 그만 좀 하쇼.
고세혁	뭐?
장우석	이.철.민. 코치님. 보쇼.
이철민	뭐?
최용구	아니, 내가 듣기에도 상무님이 그냥 한마디 한 거 가지고 계속 여기 와서 재잘재잘. 음미해요?
장우석	감독님 오해 푸는 게 잘못이야?
민태성	넌 빠져, 이 새끼야.

고세혁	조용.
이철민	말 나온 김에. 스카웃팀이 몇 년간 사람 같은 놈 하나 뽑아온 적 있어? 맨날 1순위 지명권 가지고 뭐하는데? 국 끓여 먹어? 기본 도 안 된 애들을 어디 가서 그렇게 뽑아오냐?
장우석	아~ 그 1순위 지명권 주느라고 매번 그렇게 꼴찌 하나보다? 괜찮 은 애들 보내도 제대로 키워나봤어? 우리 팀이 유망주 무덤이라 는 기사는 안 봤냐고.
민태성	그래서 니들이 팀 성적이 안 좋다고 욕을 먹기를 해? 우린 책임지 고 욕을 먹잖아.
승수	언제까지 할 겁니까.
장우석	(승수 말 못 들은 양) 이 양반들이...

장우석, 일어서는 순간 뒤에서 목덜미 잡혀 다리 걸려 그대로 넘 어진다. 고세혁이다. 잔뜩 화가 난 표정.

| 세영 | 그만 좀 하세요. 우리 팀 성적이 이런데 다 못한 사람들이지. 누가 잘한 사람이 있어요. 꼴등보다 이런 게 더 창피한 거 아니에요? |

그제야 정신 차리고 주위 둘러보는 코치들과 장우석.
고요한 분위기 속에서.

| 승수 | 회식 끝난 거죠? 가보겠습니다. |

직원들, 질린 표정으로 승수를 본다.

S#15   승수 집 / 밤

현관문 열리고 승수 들어와서 보면

닫혀있는 승수 방문이 보인다.

승수, 의아하고.

S#16   승수 집, 승수 방 / 밤

승수, 방에 들어왔는데 컴퓨터 앞에 앉아있는 영수.

영수, 살짝 당황하지만 이내 평온하게

영수   형, 이 파일 우연히 열어봤거든. 근데 형은 모를 만한 용어도 많던

데 못 알아듣겠는 거 있으면 물어봐.

승수   (멈칫) ... 무슨 용어?

영수   야구 용어.

승수   ...

영수   아니, 그게... 내가 말실수 했네. 그 용어 말고 통계용어.

승수   니 방에도 컴퓨터 있잖아.

영수   (작아지는 목소리로) 쏘리...

〈시간 점프〉

혼자 있는 빈방에서 승수 하나씩 엑셀 파일에 옮겨 적으며 통계를 내고

있다. 그리고 나온 결과값을 보면서 모니터를 손가락으로 하나하나 짚어

확인한다.

S#17   드림즈 사무실 외경 / 낮

S#18   드림즈 사무실 / 낮
세영의 자리에서 고세혁이 서서 농담 중이고.
출근하면서 하나씩 인사하는 사람들.
그 사이에서 승수도 들어온다.
재빠르게 일어나는 고세혁.

고세혁   단장님, 오셨습니까.
승수   (목례하며) 아, 네. (세영 보고) 운영팀, 단장실에서 좀 보시죠.
세영   (의아한) 네.
고세혁   가봐요.

그 자리에서 기지개 켜면서 자리로 돌아가는 고세혁.

S#19   단장실 / 낮
승수와 세영, 재희 앉아서 회의 대형.

승수   작년 신인 드래프트 영상 봤습니다.
세영, 재희 ...
승수   그때 내부 징계는 없었습니까.
세영   ... 네.

승수	(!) 아무 문제가... 없었다고요?
재희	고세혁 팀장님이 화가 많이 나시긴 했는데 후배 관리 못한 본인 잘못이라고 덮어줬습니다.
승수	고세혁 팀장이 원래 뽑으려고 한 선수가 올해 신인왕 이창권 선수입니까.
세영	네.

휴대폰 꺼내서 전화 거는 승수.

승수	백승숩니다. 스카웃팀 전원 회의실에서 뵙죠.

세영, 재희 어안이 벙벙.

S#20   회의실 / 낮

승수가 가운데에 앉고 세영과 재희가 좌측.
우측에는 고세혁, 장우석, 스카웃팀원 두 명이 앉아있다.

고세혁	(분위기 살피다/노련하게) 어제 잘 들어가셨습니까.
승수	전년도에 꼴찌한 팀한테는 좀 잘해보라고 신인 드래프트에서 우선권을 주죠. 계속 궁금했습니다. 드림즈는 계속 꼴찌를 해서 우선권을 매번 갖는데 어떻게 한 번도 신인왕을 배출을 못 했을까.
고세혁	아우, 참. 아픈 곳을 건드리십니다.
승수	팀장님한테만 아픈 곳이 아니라 드림즈한테 아픈 곳이잖아요.

| 고세혁 | ... |

승수   작년에는 왜 그러셨어요.

S#21   1년 전 신인 드래프트 현장 / 낮
고세혁, 장우석, 양원섭이 있는 테이블.

아나운서   드림즈 테이블, 선발 순서가 첫 번째인데 갑자기 다시 의견 조율
         을 하는 중인 것 같습니다. 그만큼 선택에 신중을 기한다는 얘기
         겠죠? 드림즈 관계자 여러분, 시간이 조금 더 필요하신가요? (잠
         시) 아무래도 길어질 것 같은데요...

         진행자 말도 듣지 않은 채로 세 사람이 언성을 높이는 듯한 모습.

         (소리로는 들리지 않지만 연기를 위한 대사입니다)
고세혁   잘못되면 책임도 내가 지잖아, 인마.
양원섭   책임질 수 있어도 원칙을 지키셔야죠. 이창권은 심지어 타자예요.
고세혁   우리 팀이 타자는 많냐?
양원섭   투수 뽑기로 했잖아요. 어제라도 얘기하셨어야죠.
장우석   지금 시간 없다고!
승수   **(소리만)있을 수 없는 일 아닙니까. 1라운드는 보통 앞 순위 팀이 누구
         를 뽑을지 다 예상이 가능하니까 타임을 요청하는 경우가 드물겠죠.
         근데 심지어 드림즈는 1라운드 1순위 지명권을 가지고 있었으니까 제
         일 좋은 선수 이름을 부르면 되잖아요. 근데 왜 타임을 요청했습니까?**

S#22   회의실 / 낮

고세혁   (허허 웃고)

장우석   (격앙된) 보십쇼.

장우석의 거친 반응에 세영, 재희가 놀라고.

장우석   양원섭이한테 물어보셔야죠. 팀장님 결정을 왜 안 따랐냐고.

승수   양원섭 씨는 어딨습니까.

장우석   제가 양원섭한테 이런 게 화가 나는 겁니다. 스카웃팀 움직임은
            다 팀 단위 계획이 있어요. 근데 걔가 지금 어디 있는지는 우리도
            정확히 몰라요.

고세혁   (사람 좋아 보이게) 양원섭, 지금 일하러 갔고요. 그 친구 아주 합리
            적인 친구거든요. 그래서 우리가 오랫동안 고민해서 정했던 후보
            가 바뀐다는 걸 그 짧은 시간에 납득을 못 한 거죠.

승수   그 짧은 시간에 오래 고민한 유민호 대신에 이창권으로 바꾼 팀
            장님의 이유가 뭡니까.

고세혁   이창권이 더 좋은 선수니까요.

승수   근거가 뭡니까.

장우석   (억지 예의 갖추며) 신인왕입니다. 이창권.

승수   과정을 물어보는데 결과 얘기를 왜 합니까. 신인왕이 될 선수라
            는 걸 미리 알아본 근거가 뭡니까.

고세혁   드래프트 직전에 우연히 이창권 스윙하는 걸 봤는데 유민호 못
            뽑겠더라구요. 그렇다고 양원섭이 잘못했다는 건 아니고 후배 하
            나 설득 못 한 제 탓이죠.

승수	알겠습니다. 양원섭 씨도 만나보겠습니다.
장우석	단장님, 지금 무슨 징계 절차 밟습니까?
고세혁	그만 안 해?
장우석	형님, 열불이 나서... 어후...!! 단장님, 양원섭 만나면 물어보세요. 유민호가 그렇게 좋으면 드래프트 전에 메이저에다가 왜 빼돌리 려고 했냐고.
승수	(?) 메이저요? (생각하다가) 양원섭 씨가 오면 다시 얘기하시죠.
고세혁	문제가 있다면... 제가 직을 내놓겠습니다.

승수, 멈칫하고.
장우석과 스카우트팀원들. 세영, 재희까지 모두 그대로 굳는다.
승수, 잠시 고세혁을 응시하면
고세혁은 평온한 표정으로 바라본다.

승수	네, 문제가 있다면 말이죠.

S#23 사무실 복도 / 낮

승수 걸어가는데 세영이 종종걸음으로 따라오며 대화 중.

세영	1년 전 일인데요. 그걸로 책임을 물으시려는 건가요?
승수	안 됩니까?
세영	그게 단장님 부임하시기 전에 있었던 일인데 부적절하다고 느낄 사람도 있을 거 같거든요.

승수	1년 전 일을 처벌한다기보다는 문제없이 넘어간 그 일을 되짚어서 그런 일을 반복하고 싶지 않은 겁니다.
세영	명분이 부족하거나 복잡해서 와닿지 않을 수도 있어요.
승수	...
세영	단장님은 오자마자 강두기를 데려오신 분이죠. 그거 대단한 거 알아요. 근데 누군가는 11년 동안 뛴 임동규를 내보낸 사람으로 단장님을 기억할 수도 있어요. 드림즈에 가장 뿌리를 깊게 내린 사람을 또 이렇게 바로...
승수	팀장님은 고세혁 팀장님을 믿습니까?
세영	네, 믿어요. 오래 봐온 분이에요.
승수	확인도 없이 정에 이끌려서 그럴 사람 아니야. 그게 믿는 겁니까. 그건 흐리멍덩하게 방관하는 겁니다.
세영	확인하는 순간 의심하는 거죠. 확실하지 않은 근거들보다 제가 봐온 시간을 더 믿는 거예요.
승수	(답답한) 확실하지 않은 근거... 그걸 확실하게 확인할 생각 안 하셨어요?
세영	!! (사이/지기 싫은 마음) 단장님은 의심 안 받아보셨어요? 그때 기분 좋으셨어요?
승수	저는 아무 의심도 없는 흐리멍덩한 사람하고 일하기 싫습니다. 차라리 나까지도 의심하고 다 확인하세요. 떳떳하면 기분 나쁠 것도 무서울 것도 없습니다.

승수, 어디론가 전화 건다.

세영	(?)
승수	양원섭 씨입니까. 저 드림즈 신임 단장 백승수입니다.
양원섭	**(소리만)아, 안녕하십니까. 단장님.**
승수	어디십니까.
양원섭	**(소리만)네, 지금 원동군청 근처에 있습니다. 제가 아직 인사를... 근데 제가 지금 업무 중이라 이따가 전화를 드릴게요.**
승수	양원섭 씨.
양원섭	**(소리만)죄송해요!**

전화 끊고.
승수, 황당해서 잠시 휴대폰 보다가

승수	출장 갑니다. (이동하면)
세영	(쫓아가며) 어디로요? 양원섭 씨 만나려요?
승수	네. 의심 안 하려고 확인하러 갑니다.

말을 마치자마자 빠른 걸음으로 세영과 더 멀어지는 승수.
세영, 그 뒷모습을 보며.

S#24 **국도 / 낮**
국도를 달리는 승수의 차.

S#25   중학야구장 / 낮

　　　　승수가 입구에 들어서기도 전부터 배트에 공 맞는 소리,

　　　　'마이 볼'을 외치는 소리 등이 들린다.

　　　　중학생들이 야구를 하는 풍경.

　　　　저마다의 진지한 표정 속에서 나름 감독의 사인을

　　　　읽어내는 눈동자들.

　　　　승수도 구석에 걸터앉아서 두리번거리는데

　　　　공을 쳐낸 중학 선수가 열심히 뛰는데 그 옆에

　　　　심판도 아닌 남자가 스톱워치를 연신 눌러댄다.

　　　　승수, 유심히 보니 드래프트 동영상을 통해 봤던 양원섭이다.

　　　　천천히 양원섭에게 다가간다.

　　　　양원섭, 스톱워치에 적힌 숫자를 작은 수첩에 깨알같이 적는데

　　　　옆에 승수가 다가온 것을 인지하고 경계한다.

양원섭　　누구세요.

승수　　　뭐 적습니까.

양원섭　　(초짜 같은 질문에 안심하며) 야구는 대충 아시죠?

승수　　　…

양원섭　　타자가 1루 베이스 밟는 데 얼마 걸리는지 아세요?

승수　　　(눈짐작 하다가) 5초 정도…

양원섭　　우타자 4.3초. 좌타자 4.2초. 이걸 보면 누가 프로에 갈지가 다 보

　　　　　여요. 왤까요?

승수　　　발이 빨라서?

양원섭　　뭐 그런 것도 있죠. 운동신경이 기본 장착됐다는 거니까.

근데 그게 다가 아니고.

승수   중간에 아웃되는 선수들은 어떻게 합니까.

양원섭   그거지.

승수   (?)

양원섭   아웃되더라도 1루 베이스를 밟아보고 가는 애들이 있어요. 속도
          안 줄이고. 그런 애들은 어떻게든 다음 타석에서는 1루를 밟으려
          고 더 기를 써요. 그런 애들이 프로에서 잘해요. 뭘 해도 열심히
          하니깐... 아, 이거는 나만의 관점입니다. 호호.

          말하면서도 경기에서 눈을 떼지 않는 양원섭을 지켜보는 승수.
          타자들 주력 체크하다가도 투수가 와인드업 할 때는
          투수를 체크하는 양원섭.
          갑자기 소리를 버럭 지른다.

양원섭   야!

          중학야구팀 감독을 향해 달려가는 양원섭.

감독   아, 또 뭔데.

양원섭   왜 자꾸 슬라이더 던지는데 그냥 놔둬. 선수 보호 안 해? 그리고
          쟤 어제도 계속 던지던 애잖아. 어제 4이닝 넘긴 거 봤다고. 연습
          경기라고 해도 선수 보호 권고 준수 안 하면 나 신고한다.

감독   이거 진짜 또라이네. 니가 뭔 상관이냐고.

양원섭   지금은 니 선순데 나중엔 우리 선수다.

감독	(코웃음 치며 다른 중학생 가리키며) 쟤 데려간다며.
양원섭	둘 다 데려간다고.

지켜보는 승수. 한숨 쉬고.

S#26   **중학야구장 야외 한구석 / 낮**
잠시 앉아서 경기 지켜보는 양원섭.
승수도 그 옆에 서있다.

양원섭	아저씨, 안 가요?
승수	왜 이렇게 열심히 하십니까.
양원섭	밥벌이잖아요.
승수	아뇨, 참견하는 거요.
양원섭	쟤들 우리 팀에 들어올 애들이라니까 왜 참견이야. 그게. 아저씨 가 지금 하는 게 참견이야. 가쇼.
승수	(못 들은 척 버티면)
양원섭	(꿍하면서 야구 본다) 말 걸지 마요.

양원섭, 경기 보면서 틈틈이 메모를 하는데
승수가 다가가서 슬며시 보면
선수들마다의 프로필에 꼼꼼한 메모들이 가득하다.
(ex: 열정이 넘친다. 그런데 헤드 퍼스트 슬라이딩은 빠르지도 않고 다치기만
하니깐 하지 말라고 수시로 얘기해줘야 된다. 투수 오래 하려면 지금은 직구

위주로만 던져도 된다 등등)

양원섭, 낌새 느끼고 돌아보면 어깨너머로 메모 보고 있는 승수.
양원섭, 승수를 거칠게 밀치면 두 걸음 정도 밀려나고.

양원섭	이 사람이... 당신 어디 구단이야.
승수	하...
양원섭	(아닌가 싶어서) 아무것도 아냐? (미안한 기색으로) 아, 그니까 방해 말고 가요. 얼렁.

양원섭, 승수의 등을 밀면서 멀리 보내고
야구 경기에 다시 집중한다.

양원섭	(낄낄 웃기도 하며) 야이, 꼴통 새끼야. 참기름 바르고 방망이 잡냐. 에라이.

승수, 질린 표정으로 보고 있으면
양원섭, 돌아보다 눈 마주치고
휘이 휘이 손짓한다.

양원섭	야! 야! 저거 또 투수 혹사 시키네. (뛰어가려는데) 야, 걔는 메이저 리그 가야 되는 애라고!!

〈플래시 컷, 22씬〉

장우석	형님, 열불이 나서... 어후...!! 단장님, 양원섭 만나면 물어보세요.

유민호... 메이저에다가 왜 빼돌리려고 했냐고.

///

승수, 난리 치며 뛰어가는 양원섭을 본다.

S#27   해지는 풍경 / 밤

S#28   세영 집 / 밤
세영, 현관문 열고 들어오면 바로 거실에서 TV 보는 미숙이 얼굴
만 보고는 이내 TV로 고개 돌린다.

세영   완소 따님이 왔는데 고개를 돌릴 만큼 재밌는 프로 뭐야?
미숙   지 선생님 찾는 거야.

TV 화면 보면 중년의 여성이 젊은 여성을 끌어안고 있는
〈TV는 사랑을 싣고〉 분위기.

세영   (몰입하며) 좋겠다아... 나 중학교 때 전정숙 선생님 기억나?
미숙   어, 왜?
세영   생각해보면 그 선생님이 나한테는 인생 선생님인 거 같애.
미숙   뭔 소리야?
세영   나 그때 공부하기 진짜 싫었거든. 애들하고 놀러 다니고. 근데 전

정숙 선생님이 나한테 그러시더라구. 너는 니가 생각하는 것보다 훨씬 더 좋은 애라고. 수학 포기하지 말라고 하면서 문제집도 주셨거든.

미숙	(심드렁한)
세영	뭐야. 표정 왜 그러셔?
미숙	돈값을 하네.
세영	돈값?
미숙	돈 줬어.
세영	돈을? 왜?
미숙	돈값 했으니까 됐어.
세영	왓!!!
미숙	야! 그럼 니가 뭐 이뻐서 잘해줬겠냐.
세영	완전... 어이가... 많이 줬어?
미숙	얼마 안 줬어.
세영	아니, 많이 안 줬으면 끝까지 숨기기나 하든가!! 내 감동 돌려내.
미숙	그때는 많이들 그랬다.

세영, 방 안으로 들어간다.

S#29   세영 집, 세영 방 / 밤

세영, 외투만 벗어서 걸어두고 그대로 침대에 뻗는다.
피곤했던 듯 멍하니 천장을 보다가 뭔가 결심한 듯
크게 한숨 쉬고 벌떡 일어난다.

S#30   **세영 집 현관 / 밤**

세영, 황급히 겉옷 껴입으며 뛰쳐나오는데

미숙은 황당한 표정으로 그 뒷모습 보며

미숙   아, 재활용 쓰레기 나 혼자 버려?

S#31   **드림즈 사무실 / 밤**

어두운 사무실에 헐떡이며 도착한 세영.

혼자 일하고 있는 재희의 뒷모습 발견한다.

세영   야, 너 뭐해.

재희   (살짝 놀랐지만 반가운) 안 갔어요? 저 일 남아서...

세영   다 끝났고?

재희   네, 뭐 도와드려요?

세영   (슬리퍼로 갈아 신으면서) 땡큐. 우리 최근 5년간 지명 선수들 목록만

          정리해서 넘겨줘.

재희   넵.

세영과 재희, 나란히 앉아서 작업 시작.

열정적인 세영의 모습을 잠시 보다가 시선 돌리는 재희.

S#32　주택가 / 밤

승수, 멀찍이서 보고 있는데 옛날식 대문이 열리고
학부형으로 보이는 사람이 웃으며 양원섭을 반긴다.
부자연스러운 웃음으로 집에 들어가는 양원섭.
승수, 그 자리에 그대로 쭈그리고 앉는다.
기다릴 기세다.

S#33　드림즈 사무실 / 밤

재희, 작업 마치고 소리 없이 작은 만세 부르고.

재희　팀장님, 신인 선수 명단 보냈어요.

세영, 손가락으로 오케이 표시하고 바로 확인한다.
이때, 재희 자리에 사무실 전화 울리면
재희가 받고 나서 메모하는 모습.
전화 끊고 세영을 보는데 매우 집중한 모습이다.
재희, 컴퓨터 끄면서 책상 정리하고 옷 챙겨 입으며.

재희　팀장님. 유민호 선수 부상이 도진 거 같아서요. 병원 갔다 올게요.

세영, 그제야 정신을 차리고 잠시 고민하다가.

세영　내가 가야 되는데...

재희	모처럼 바쁘시잖아요.
세영	모처럼? 뒤질라고... 나 지금 하는 거 급한 일은 아닌데 내 맘이 급
	해서. 미안하다.
재희	(웃으며) 무슨 변명을 하세요. 갈게요.

재희에게 손 흔들어주고 차분하게
엑셀 파일에 나온 결과 보는 세영.
이내 놀란 표정.

S#34 **주택가 / 밤**

양원섭, 가식적인 웃음을 지으며 대문 밖으로 나온다.
선수로 보이는 학생의 머리를 쓰다듬고
학부형에게 90도 인사를 하며 나온다.
승수, 천천히 뒤를 밟는다.

S#35 **골목길 / 밤**

승수, 양원섭을 따라서 골목길을 꺾어서 들어가는데
바로 발길질을 맞고 넘어진다.
승수를 보며 코웃음 치고 있는 양원섭.

양원섭	누구세요, 진짜? 어?
승수	(툭툭 털며) 아까 그 집에서 뭐하셨는데.

양원섭	(표정 굳으며) 어느 구단이냐. (대답 기다리다) 어느 구단이냐고!

양원섭, 다시 승수 멱살 잡는데

승수	드림즈.
양원섭	뭐?
승수	아까 전화했던 백승수 단장, 그게 접니다.

S#36 모텔 방 / 밤

침대 없는 구닥다리 모텔 방.
방 안에는 양원섭이 방 정리엔 신경 안 쓴 흔적들이 드러나고.

승수	아까 그 학생 대학 가지 말라고 설득한다고 우리가 얻는 게 뭡니까.
양원섭	대학 갈 거라고 소문이 파다해지면 잘해도 다른 팀들이 안 뽑거든요. 그럼 우리가 슥... 데려오는... 하하. (민망한) 아무튼 오늘 거친 행동 죄송합니다.
승수	작년 신인 드래프트... 얘기를 좀 하시죠.
양원섭	(잘 못 들었나 싶은) ... 네?

S#37 드림즈 사무실 / 밤

세영, 스카우트팀의 자리를 기웃거리는데

고세혁   **(소리만)왜 퇴근 안 했어?**

세영, 놀라서 뒤돌아보면 세수를 했는지
고세혁의 목에 걸린 수건.
수건에 적힌 '야생산악회 8주년'이 세영의 눈에 들어온다.

세영   아... 일이 많아서요.

이때, 운영팀 책상의 전화벨이 울리고.
세영, 전화 받아야겠다는 듯 눈인사하고
자리로 가서 전화 받고.

세영   (놀라며) 네? 남구 경찰서요? 알겠습니다.

휴대폰 하나 집어 들고 나서는 세영을 보는 고세혁.

S#38   모텔 방 / 밤
한가운데 놓인 테이블에 노트북 올려놓고 설명 중인 양원섭.

양원섭   고세혁 팀장님이 대단한 분이긴 해요. 저 같은 놈은 눈으로 다 보
         고 기록 한 번 또 보고 하는데도 1라운드 지명할 정도는 아니었
         거든요.
승수   그래서 유민호... 잘 뽑은 겁니까.

양원섭	그러믄요. 근데 좀 억울한 건 팀장님도 유민호였거든요. 그럼 저는 당연히 확신을 갖죠. 저는 안목이 별로 없으니까.

양원섭이 열어주는 파일 안에는 유민호에 관한
놀라울 만큼 상세한 스카우팅 리포트가 적혀있다.

양원섭	유민호 교우관계나 더그아웃, 그라운드에서 멘탈 관리, 신체 부위별 부상 횟수, 신발의 교체 횟수도 봤어요. 얘보다 신발 많이 바꾼 애가 없어요.
승수	(짐작하지만) 왜요?
양원섭	(왜 모르냐는 듯) 하도 열심히 뛰어서요.

그때 승수의 눈에 띄는 항목. '가정환경'
유민호의 '가정환경'란에는 '불우, 할머니와 살고 있다'
승수, 양원섭을 슬쩍 보고 넘겨보는 다른 페이지에도
다른 선수들 모두 '가정환경'란이 적혀있고
대부분 '유복'이라 적혀있다.

승수	(애써 담담하게) 이창권 안 뽑은 거 후회는 안 하십니까.
양원섭	후회요? 이창권은 아까운데 유민호 걔는요. 제가 여태까지 본 애들 중에서 가능성 최고예요. 야구 1, 2년 보고 말 거 아니니까요. 나는 잘려도 걔는 계속 잘할 거예요.

승수가 집어 든 공책들 중 유난히 낡은 공책.

영수의 사진과 백영수라고 적힌 이름이 보인다.
사진을 보는 승수의 표정.

승수   오래전 기록들은... 공책으로도 남기셨네요.

이때, 승수 휴대폰에 온 문자 확인한다.
바로 전화 걸어서.

승수   (휴대폰에) 병원 주소 좀 문자로 보내주세요.
네. (끊고) 저 가볼 데가 있어서 이만.
양원섭   먼 길 오시게 하고...

S#39   **승수 차 안 / 밤**
국도 길을 달리는 승수 차 안에서
한 손에 캔커피 마시면서 운전 중.
피곤한지 눈이 침침하다.

S#40   **경찰서 / 밤**
이용재와 쌍방 폭행 시민(이하 쌍방) 사이에 앉는 세영.

쌍방   아니, 운동선수가 이래도 돼요?
세영   안 되죠. 절대 안 되죠. 그럼요. 저희도 다시는 이런 일이 없도록...

쌍방	내가 지금 야구팀 걱정하는 거 같아요? 나 맞은 거 어쩔 거냐고요.
세영	이런 일이 벌어지기 직전 상태로 돌아오실 때까지 저희가...
이용재	애지간히 해라.
세영	(이용재 보고) 조용히 좀 하세요. 미치겠네.

이들의 등 뒤로 불쑥 고세혁이 튀어나온다.

고세혁	많이 아파요? 아이고, 많이 아프겠네.
쌍방	누구세요?
세영	팀장님!
고세혁	(세영에게 인사하듯 손 흔들며) 아, 저도 얘. 관리하는 사람이에요. 우리도 CCTV랑 블랙박스 보고 오는 길이거든요. 많이 아플 거 같더라구요.
쌍방	(당황하는) 블랙박스도 찍혔어요?
고세혁	(노련하게) 아, 그럼.
쌍방	(불안한) 아... 그래요?
고세혁	야, 이용재. 너 이 새끼. 이 양반이 물론 선빵 날리신 잘못도 있긴 한데 그래도 운동선수가 주먹을 쓰면 되냐?
쌍방	그니까!
고세혁	근데.
쌍방	(?)
고세혁	합의 잘 보시면 좋겠는데. 요즘 국민 여론이 또 무조건 유명인이라고 공격하고 막... 안 그래요. CCTV를 봐야 안다고. 일단 다 밝혀질 때까지 기다리자. 뭐 그런 성숙한 문화가 자리를 잡았거든.

역으로 신상도 털리고 그래.

이때 문 열리고 정장 빼입은 변호사 들어온다.
세영, 일어나서 손 흔들며.

세영   변호사님, 여기요!

쌍방   (작게) 그 사람이 술을 먹다보면... 흠흠... 잘못을 할 수도 있고...

세영   (들리지만 못 들은 척 더 신나게 손 흔든다)

S#41   병원 진료실 / 밤

의사가 여기저기 팔꿈치를 만져보며 통증 확인하는데
유민호 표정이 가끔씩 일그러지고
옆에서 보는 재희도 같이 표정 일그러지는데
문 열리고 승수가 숨 헐떡이며 들어온다.
의사에게 가벼운 목례하고.

재희   저희 단장님이에요.

의사   네. (유민호 쥐어박으며) 내가 아직 이르다고 했지?

유민호   아!

의사   아, 정말 고교야구고 프로야구고 지들 급한 것만 생각하고...

유민호   그렇게 많이 던지지도 않았어요. 남들 다 그렇게 던져요... (확신 없
         는) 던질걸요?

승수   대통령배, 봉황대기 둘 다 많이 던졌죠. 언제부터 아팠습니까.

유민호	대통령배 끝날 때쯤에...
의사	어이구, 지들 욕심에 어린애 팔을 조졌네.

유민호의 표정 통증에 일그러지면서.

| 의사 | 사진 좀 찍고 갑시다. |

S#42 병동 자판기 앞 / 밤
승수, 재희 나란히 앉아서 음료수 마시고 있다.

재희	한... 20분 걸린다네요.
승수	네.
재희	(어색해서 주변 둘러보다) 단장님 야구 잘 모르신다고 했던 거 같은데...
승수	아직도 잘 몰라요.
재희	아, 저번에 회식 때 야구 관련 책 읽으시는 거 봤어요.
승수	(대답 없이 음료 들이키고)
재희	남의 시선을 잘 의식 안 하시나 봐요.
승수	무슨 말이에요.
재희	사람들이 야구를 책으로 배운다고 비웃고 그러기도 해요.
승수	... 그렇게 비웃는 게 무서워서 책으로도 안 배우면 누가 저한테 알려줍니까. 그런 사람들이 알려줄 때까지 기다릴까요. 1년 뒤에도 야구 잘 모르는 게 창피한 거 아닙니까.

재희	아... 네... (문득) 저 낙하산인 거 아시죠?
승수	낙하산 맞아요?
재희	(의외의 대답에 의아한) 아, 그게...
승수	낙하산 아니던데. 필기시험이 유출된 것도 아닐 테고.
재희	그건 아니죠.
승수	면접관에 이세영 팀장도 있던데요. 허술하게 넘어갈 사람은 아니지 않나요.
재희	그럼요. 그럴 사람 아니죠. 절대.
승수	근데 왜 낙하산이라고 본인 입으로 그러고 다닙니까. 진송가구 회장 손자라서?
재희	저희 집 얘기 들으면 사람들이 취미로 일하는 거 아니냐고. 근데 제대로 일 해보는 게 처음이라서 아니라고 자신 있게 말을 못하겠어요.
승수	취미로 하는 건 아닐 겁니다.
재희	...
승수	취미로 하는 사람이... 회사에 제일 오래 머무르진 않겠죠.
재희	... 어떻게 아세요?
승수	야근만 하고 왜 야근 수당 신청 안 합니까. 돈 많아도 자기 권리는 챙기세요.
재희	... 단장님, 읽고 계시던 책. 그 작가분이 새 책 내셨는데 빌려드릴까요? 저 그거 다 읽었거든요.
승수	전 사서 보겠습니다.
재희	(머쓱한) 아, 네.

S#43 경찰서 앞 주차장 / 낮

세영, 고세혁, 이용재, 변호사 서있는.

이용재   아, 진짜 진짜 죄송합니다.

세영   왜 그랬어요. 좀 참지.

이용재   야구는 꼴등인데 술은 잘 마신다고 20분 내내 시비를 거는데...

고세혁   어우, 완전 뼈를 때렸네.

이용재   근데 CCTV 영상은 언제 보고 오셨어요? 먼저 와서 때리는 거 다 보셨죠?

세영   보긴 뭘 봐요. 뻔하니까 그랬지. (고세혁 보고) 근데 기자들한테...

고세혁   내가 잘 말했어. 여기 애들 다 내 동생들이야.

변호사   술을 안 드실 순 없겠지만... 시비가 붙을 거 같으면 피하세요.

이용재   네. 변호사님, 팀장님들. 감사합니다.

세영   이제 드림즈에서는 사고치기 없기. 알죠? 사고칠 거면 다른 팀 가서 쳐요.

이용재, 웃으며 끄덕이고
세영 먼저 돌아서는데

고세혁   (작게) 어머니 잘 계시고?

이용재   (떨떠름한) 예.

고세혁   안부 전해라. 꼭.

이용재   예, 알겠습니다.

고세혁   들어가, 인마.

고개는 돌리지 않지만 그 소리를 놓치진 않은 세영.

S#44   세영 차 안 / 밤

달리는 세영 차 안, 말 없는 세영의 어두운 기운에

고세혁이 어색함을 느낄 무렵.

세영   선수 어머니도 아세요?

고세혁   아, 그럼. 애들 뽑을 때 키가 덜 큰 선수일수록 엄마를 봐야 돼. 엄

마가 키가 크면 아직 성장판 남았구나 하는 거지.

세영   선수 뽑을 때 어떤 걸 먼저 보세요?

고세혁   (왜 이런 걸 묻나 싶지만) 아무래도 피지컬은 꼭 봐야지. 그게 됐다

싶으면 다음에 성실성, 인성...

세영   근데 팀장님이 뽑은 선수들 중에서... 이동식, 남기현 선수 같은

경우는 피지컬이 좋다고 말하기는 어렵잖아요.

고세혁   (인상 굳어지는) ...

세영   나름 기준이 있으셨을 텐데 도대체 걔는 왜 뽑은 거냐는 그런 얘

기들이 또 있더라구요.

고세혁   (경계의 시선)

세영   스카우트한테는 또 유혹이 많다보니까요. 그런 얘기들 들으시면

많이 속상하실 거 같아요.

고세혁   세영아.

세영   네.

고세혁   지금 뭐하는 거야?

세영	... 네?
고세혁	인정은 못 받아도 의심은 받기 싫다.

S#45 병원 앞 / 밤
승수, 재희, 유민호 서서

승수	왜 그렇게 일찍 복귀한 겁니까. 확실히 낫지도 않았을 때.
유민호	저 1순위로 뽑아주셨잖아요.
승수	(?)
유민호	밥값을 하고 싶어가지고...
승수	정밀검사 결과 나올 때까지 러닝도 쉬세요. 집은 어딥니까.
유민호	저 숙소 가깝습니다.

유민호, 목례하고 가는데,

재희	(일어서며 승수에게) 양원섭 씨는 잘 만나셨어요?
승수	네. 봤습니다.

유민호, 돌아보고.

유민호	원섭 형님 만나셨어요?
승수	(의아한) 네.
유민호	그러셨구나. 저랑 친하거든요.

승수	...
유민호	저한테는 고마운 사람이긴 한데 좀 대책 없죠? 그때 저희 감독님이랑도 싸웠어요. 왜 애를 이렇게 내보내냐고. 팔꿈치 아직 난다고. 근데 또 고3 때는 제가 기록이 별로 없는 게 감독님이 절 안 내보냈거든요. 그니깐 원섭 형님이 또 와서 감독님 멱살을 잡은 거예요.

S#46　드림즈 사무실 외경 / 낮

S#47　드림즈 사무실 / 낮
승수, 가방 메고 나가려는데 세영이 뒤따라오며

세영	단장님.
승수	출장이요.
세영	저 보고드릴 게 좀 많은데...
승수	다녀와서 들을게요.
세영	고세혁 팀장 얘기입니다.
승수	그건... (고민하다가) 그것도 갔다 와서 들을게요.

이 모습 지켜보고 있던 재희.

| 재희 | 저... 저도 같이 가도 되나요? |

세영	너 할 일은 다 하고...
재희	주말에 해도 되는 거 빼고 다 했는데요. 메신저로 보내놨어요.
승수	... 주차장으로 와요. 먼저 나가 있겠습니다.

재희, 신나서 준비하고.

S#48   승수 차 안 / 낮

승수가 운전하고 보조석에 재희가 앉아서 가는 길.

재희	휴게소 안 들르셔도 괜찮으세요? 여기 봉은휴게소가 소세지랑 떡튀김이 기가 막히다고 하는데.
양원섭	**(소리만)선수 보호 안 해? 그리고 쟤 어제도 계속 던지던 애잖아. 어제 4이닝 넘긴 거 봤다고. 연습 경기라고 해도 선수 보호 권고 준수 안 하면 나 신고한다.**
승수	뭐가 중요한지를 알면 그럴 수 있나.
재희	(놀란) 네? 아뇨. 꼭 먹어야 된다는 건 아니구요. 혹시 식사 안 하셨을까 싶어서... 저는 괜찮은데. 참을 만해요. 괜찮습니다.
양원섭	**(소리만)고세혁 팀장님이 대단한 분이긴 해요. 저 같은 놈은 눈으로 다 보고 기록 한 번 또 보고 하는데도 1라운드 지명할 정도는 아니었거든요.**
승수	나를 속이는 건지. 자신을 속이는 건지...
재희	아니에요. 저... 그런 거 아닌데...

승수, 액셀을 밟는다. 속력을 내는 승수의 차.

재희   (놀라서) 단장님, 저 진짜 안 먹어도 돼요! 정말이에요!

승수, 굳은 표정으로 운전만 하는.

S#49   드림즈 사무실 / 낮

세영, 컴퓨터 모니터로 신인 드래프트 당시의 화면을 보고 있다.
마이크를 가로채고 양원섭이 유민호를 호명하는 장면 이후
고세혁이 난처한 표정으로 뒤를 돌아보는데
세영의 미간이 찌푸려지고
컴퓨터 앞의 차 키를 집어 들고 일어선다.

S#50   창권 모 식당 / 낮

약 30석 규모의 낡은 한식당.
가게 곳곳에 이창권의 트로피와 시상식 사진 등이 눈에 띈다.
손님은 세 테이블 정도 채운 가게 안에 세영이 들어선다.
창권 모, 살갑게 다가오며 안내한다.

창권 모   어서 오세요. 이쪽 자리가 좀더 따뜻한데. 혼자 오셨어요?
세영   네. 저 주문 먼저 할게요. (메뉴판 보고) 이거 주세요.
창권 모   네. (주방 쪽 보고) 순두부 하나!

세영	아드님이 이창권 선수죠?
창권 모	(많이 반가워하며) 우리 창권이 알아요?
세영	그럼요. 이창권 선수가 얼마나 유명한데요.
창권 모	(기분 좋은) 야구 많이 좋아하나 봐요.
세영	저도 야구 관련 일해요.
창권 모	무슨 일이요?
세영	(명함 꺼내며) 안녕하세요, 어머님.
	저 드림즈에서 일하는 운영팀장 이세영이라고 합니다.

창권 모, '드림즈'를 듣자마자 경계의 표정이 드러난다.

S#51   창권 모 식당 앞 / 낮

차량 한 대, 조금 거리 두고 정차한 상황.

차 안에서 휴대전화로 어딘가 전화 거는 손.

S#52   창권 모 식당 / 낮

세영	고세혁 팀장님... 아시죠?

경계에서 놀라움으로 변하는 창권 모의 표정.

S#53   **중학야구 연습 현장 / 낮**

스톱워치 들고 1루 라인에 서있는 양원섭.

34씬의 학부형이 다가와서

양원섭에게 봉투 건넨다.

멀리서 빠른 걸음으로 다가오는

승수와 재희가 그 모습 본다.

승수의 뇌리를 스치는 기억.

〈플래시 컷, 34씬〉

양원섭, 가식적인 웃음을 지으며 대문 밖으로 나온다.

선수로 보이는 학생의 머리를 쓰다듬고

학부형에게 90도 인사를 하며 나온다.

///

양원섭도 다가오는 두 사람을 발견하고

의아한 표정으로 바라보는데.

그런 양원섭을 보는 승수의 복잡한 표정.

빠른 걸음으로 양원섭 앞에 다가간다.

양원섭   이거... 아닙니다. 이거.

고개 숙인 채 입을 떼지도 못하는 양원섭과

냉정한 시선으로 바라보는 승수.

당황한 양원섭/
냉정하게 바라보는 승수/
창권 모 앞에 선 세영/
차 안에서 휴대전화로 통화 중인 고세혁까지
4분할 되며.

"근데 왜 자꾸 사과나무를 심어.
내일 없어질 지구에다가. 어?"

"드림즈가 더 잘해서 상무님 생각이 바뀌었으면 좋겠습니다."

"그래서 진짜 우승을 한다고?
잘 던지는 투수 하나 데려오고 스카웃팀장 바꾼 걸로?"

"그래서 이제 엄청 바쁠 건데요."

STOVE
LEAGUE

4

4부

S#1 중학야구 연습 현장 / 낮

승수의 차가운 시선에 양원섭은 회한이 서린 표정.
중간에 상황 파악이 완전히 되진 못해서 어쩔 줄 모르는 재희.

양원섭 (손에 쥔 봉투를 보고는) 이 봉투는 오햅니다.

승수 오해요?

양원섭 돈... (버벅거리는) 아닙니다. 이건.

재희, 승수 얼굴 한 번 쳐다보고 양원섭의 손에서 조심스럽게 봉투를 건네받고 열어본다.
5만 원짜리 한 장과 만 원짜리 세 장 정도 보이고.
재희의 얼굴에 안도의 빛이 스치고.

양원섭	8만 3천 원입니다. 아까 그분 학부형이고요. 그분 아들이 경기 도중에 응급실 갔을 때 제가 빌려준 거예요.
승수	유민호 선수는요.
양원섭	...
승수	뽑기로 한 유민호 선수를 드래프트도 하기 전에 메이저리그에 소개해준 거 맞습니까. 그때는 어떤 대가를 받은 겁니까.
양원섭	아니에요, 진짜 그건...
승수	근데 유민호 선수가 미국에서 테스트 해보니 부상이 있었네요.
양원섭	...
승수	그럼 이제 부상이 밝혀져서 메이저리그를 못 간 선수를 오히려 1순위로 지명한 거는 어떻게 해석해야 될까요.

S#2   중학야구 연습 현장 한구석의 벤치 / 낮

승수와 양원섭 앉아있고, 승수 옆에 서있는 재희.

승수	프로야구 스카우트 신분으로 고교야구 감독한테 난리를 피우셨죠. 2학년 선수를 너무 많이 출전시킨다면서.
양원섭	...
승수	그 선수가 3학년이 되고 이제는 반대로 출전을 안 시킨다고 먹살도 잡으셨는데. 너무 심한... 월권인데요?
양원섭	유민호가 2학년일 때 얼마나 혹사를 당했는지 아시면 그런 얘기 못 하죠.
승수	부당한 혹사라도 그들의 문제입니다. 양원섭 씨는 제3자예요.

양원섭	고교야구 선수들이 집에서 내주는 회비가 얼만지 아세요? 할머니랑 둘이 사는 민호가 감당할 수가 없어요. 걔네 감독이 민호한테는 돈 안 받았는데요. 민호랑 세트로 애들 세 명 대학 보내려고 계산한 거예요. 근데 아무리 설득해도 민호는 대학 못 가요. 프로에 가서 돈 벌어야 되니까. 그니깐 3학년 때 출전을 안 시키는 거예요.
승수	썩었어도 그 사람 권한입니다.
양원섭	(언성 높이며) 2학년 때 이미 전국에 소문이 난 놈을 경기를 안 내보내요. 아무 상관이 없는 사람도 화가 안 납니까.
재희	(분개하며) 완전 쓰레기는 맞네요.
승수	(재희 흘끔 보면)
재희	(움찔)
양원섭	그래서 민호한테도 회비를 내라고 하는데 민호가 어떻게 냅니까. 스카우트가 아니라 야구계 선배로서... 안타까워서 그랬습니다.
승수	(일어서며) 사람 좋은 양원섭 씨. 유민호 선수한테는 좋은 선배가 되셨고 동시에 해단 행위를 하신 겁니다. 이제부터 드림즈의 스카우트로 일할 수 없습니다.
양원섭, 재희	(!!)
승수	전... 휴머니스트랑 일 안 합니다.

S#3 모텔 건물 앞 / 낮

모텔 앞에 서있는 승수, 재희, 양원섭.

승수	짐 싸서 나오세요.
양원섭	짐 싸는 동안 들어와서 차라도...
재희	(들어갈까 하는데)
승수	여기서 기다리면 됩니다.

재희, 민망하고. 양원섭은 모텔 안으로 들어간다.

재희	그래도 다행이에요.
승수	(보면)
재희	아까 봉투요. 뇌물 아니었잖아요.
승수	다행이요... 당연한 걸 다행이라고 하는 세상입니까.

연습장 박스를 하나씩 승수의 차 트렁크에 옮기는 재희.
그 광경을 체념한 듯이 보는 양원섭.

승수	드림즈의 월급을 받고 일한 성과들, 모두 저희가 가져가는 것에 동의하십니까.
양원섭	(끄덕이면)
승수	USB도.

주머니 속의 USB 세 개를 꺼내서 넘기는 양원섭.

S#4　창권 모 식당 / 낮
세영, 창권 모 대화 중.

세영　　고세혁 팀장님 아시죠?

창권 모　왜요?

세영　　경계하실 필요 없습니다. 저희가 이창권 선수한테 피해를 주려고
　　　　여길 찾아온 거 아니구요.

창권 모　그럼 도대체 무슨 얘기를 하시려구요.

　　　　이때, 가게 전화벨이 울리고.
　　　　창권 모, 전화 받자마자 세영의 눈치를 본다.
　　　　세영의 눈에도 수상한 행동.
　　　　창권 모, 전화를 끊고 세영에게 다가온다.

창권 모　미안한데 이만 나가줬으면 좋겠어요.

세영　　아니, 왜요.

창권 모　손님이고 뭐고. 나가주세요.

세영　　고세혁 팀장님 아시죠?

창권 모　내가 그런 사람을 어떻게 알아요.

세영　　조금 전에는 분명히 아는 것처럼 얘기하셨잖아요.

주방　　순두부 나왔어요!!

창권 모　나가세요!!

　　　　이때, 가게 문 열리면서 중학생 정도 되는 둘째가

야구복 입고 들어온다.
낯선 세영을 뚫어져라 쳐다보고.
세영도 둘째의 야구복이 시선에 들어온다.

창권 모   (당황해서) 주방에 가 있어.

둘째가 고개 갸웃거리며 주방 쪽으로 들어가면.

세영   자식 일에 대해서는 뭐든 할 수 있는 부모 마음이 어떻게 옳은 길
         만 걷겠어요. 이창권 선수, 프로에서 지명받을 만큼 열심히 했어
         요. 그런 선수가 신인왕까지 되고 왜 마음 졸여야 될까요.

세영이 꾸벅 인사하고 나가면
앉은 자리에서 깊은 한숨 내쉬는 창권 모.

S#5   **창권 모 식당 앞 / 낮**
          세영, 가게 앞을 나와서 아쉬운 맘에 가게 한 번 돌아보는데
          차 안에서 그런 세영을 바라보는 시선.

S#6   **고속도로 / 낮**
          고속도로 달리는 승수 차량.

S#7   승수 차 안 / 낮

운전 중인 승수.

안 졸려고 애를 쓰지만 눈이 감기는 조수석의 재희.

심란한 표정으로 뒤에 앉아있는 양원섭.

양원섭   제가 잘못을... 했죠...

승수   ...

S#8   운동장 / 낮 (양원섭 회상)

유민호, 양원섭과 같이 캐치볼을 하던 중

유민호가 던진 공이 양원섭에게 채 못 오고 떨어진다.

양원섭을 등지고 그 자리에 주저앉아서

팔꿈치를 만지는 유민호의 뒷모습.

양원섭   (불안한) 야, 왜 그래.

양원섭, 다가가서 확인하는데 울고 있는 유민호.

양원섭이 화들짝 놀란다.

유민호   형, 저 메이저리그는 안 가도 되는데 야구 못 하면 어떻게 해요.

양원섭, 무너지는 표정.

S#9 　　승수 차 안 / 낮

승수　　(백미러로 양원섭 본다) 후회하십니까?

과거의 어느 순간을 떠올렸는지 그때의 감정이 차오르는 양원섭.

양원섭　　후회하진 않지만... 다시는 그렇게 하지 않을 겁니다.

승수　　...

S#10 　　드림즈 연습장 / 낮

이용재가 스윙 연습하는데 뒤에 그물망 너머에 서있는 세영.

세영　　경찰서에서 이제 연락 더 안 오죠?

이용재　　네, 덕분에 잘 처리됐어요.

세영　　고세혁 팀장님이 다 했죠, 뭐. (눈치 살피고)

이용재　　(움찔하지만 감추려 애쓰고)

세영　　선수들 사이에서도 신뢰가 두텁죠?

이용재　　(보지도 않고 냉랭한) 뭐 그렇죠.

세영　　그런데 또 안 좋은 소문도 있던데...

이용재　　(묵묵히 스윙)

세영　　혹시 그런 얘기는 들은 거 없... 나요?

이용재　　(스윙 멈췄다가 다시 스윙)

세영　　이용재 선수.

이용재　　(계속 스윙)

세영	고세혁 팀장님한테 얼마 주셨어요?

이용재, 배트를 옆에 휙 던지고 천천히 다가간다.
살짝 놀라는 세영에게 이용재가 손바닥을 펴서 보여준다.
잔뜩 못이 박인 상처투성이 손.

이용재	저 야구만 하느라 귀 막고 살아서 몰라요. 가세요. (돌아서는데)
세영	계속 반복되면 안 되잖아요. 이용재 선수한테는 아무 피해가 안 가도록 할게요. 이용재 선수가 아무 말 안 하면...
이용재	지금 이미 연습 방해로 피해를 주고 계세요. 가주세요. 전 몰라요.

이용재, 다시 가서 스윙하는데
세영, 그 자리에서 그대로 서있고.

이용재	진짜... 감당되시겠어요?
세영	(놀라서 고개 들어보면)
이용재	제가 입 열면 스카웃팀장이 바뀌거나 제가 야구를 접을 수도 있어요. 그거 책임지실 수 있으시냐구요.

세영, 이용재와 눈 마주치며 고개 끄덕인다.

S#11   드림즈 사무실 / 밤
세영, 사무실에 터덜터덜 들어온다.

이용재	(소리만)처음에는 어머니가 먼저 연락하신 게 맞아요. 10년 넘게 야구만 했던 아들이 야구 그만하게 될까봐 무서우셨겠죠. 입단할 때 한 번 주면 끝인 줄 알았는데 계속 연락이 와요. 돈 달라고 직접적으로 말은 안 해요. 근데 우리는 그게 무슨 말인지 너무 잘 아니까요.

세영, 자신의 자리에서 보이는 고세혁의 빈 책상을 멍하니 본다.
이때, 사무실에 들어오는 재희.
세영, 애써 아무렇지 않은 척하며.

세영	너 오늘 어디...
재희	출장 갔다 왔잖아요. (가방 내려놓으면서)
세영	아, 그랬지. (생각하다) 재희야.
재희	네?
세영	내가 만약에... 드림즈 이름을 더럽히는 짓을 해.
재희	그게 뭔데요.
세영	예를 들면 어디서 뇌물을 받는 거지.
재희	얼마 받았는데요?
세영	음... 아마 한... (하다가) 아니 예를 들면 인마. 만약에 내가 그렇게 하는 걸 너만 알았어. 넌 어떻게 할래?
재희	제가 팀장님 봐온 시간이 얼만데요. 팀장님, 믿죠.
세영	왜 믿어?
재희	(진지해지며) 왜 그러세요. 제가 어떻게 안 믿어요. 팀장님을.

〈플래시백, 3부 23씬〉

승수   팀장님은 고세혁 팀장님을 믿습니까?

세영   네, 믿어요. 오래 봐온 분이에요.

승수   확인도 없이 정에 이끌려서 그럴 사람 아니야. 그게 믿는 겁니까.
       그건 흐리멍덩하게 방관하는 겁니다.

///

       앞의 일이 생각나서 머리를 감싸쥐는 세영.
       어리둥절한 재희를 본다.

재희   무슨 일인데 그래요?

세영   재희야. 그런 일이 생기면 넌 나 믿지 마. 정황 증거를 믿어. 그런
       다음에 확인을 해. 확인을 하고 나서 믿든가 말든가 해. 알았지?

재희   (왜 이러지 싶어 걱정하며 보는)

S#12   드림즈 주차장 / 밤

       세영, 차량 앞에서 고민하다가 전화를 건다.

세영   팀장님, 들어가셨어요? (사이) 사실은 제가... (사이) 아, 아니에요.
       내일 뵐게요.

S#13   일식당 / 밤

고세혁, 전화를 끊고.

강선   **(소리만)누군데?**

고세혁   아니에요.

고세혁 앞에 마주 앉아 있는 강선의 모습.

S#14   승수 집 외경 / 밤

S#15   승수 집 거실 + 승수 방 / 밤

승수, 샤워를 마치고 젖은 머리를 수건으로 닦으면서 나와
방으로 향하는데. 컴퓨터에 양원섭의 USB 꽂혀있고,
그 앞에 쌓여있는 양원섭의 서류 정리철.
승수의 의자에 앉아서 이 내용을 하나하나 훑어보고 있는 영수.
뒤돌아보면 승수가 서있는 거 인지하고.

승수   뭐 해.

영수   그냥 잠깐 봤어. 형이 한 거 아니지?

승수   (싸늘하게) 비켜.

영수, 뭔가 한마디 하고 싶지만 참고 자리에서 비키려다가

그러나 아무래도 화가 난다.

영수   게임 화면 볼 때랑 뭐가 다른 건데!

승수   난 그냥 비키라고만 했는데.

승수, 자리에 앉으면서 마음이 편치 않다.

이때, 초인종 소리 들리고.

S#16   승수 집 앞 / 밤

승수가 나가보면 세영이 서있다.

세영   (편한 옷의 승수가 더 낯선) 아, 그게요. 출장은 잘 다녀오셨어요?

승수   네.

세영   혹시 재희가 실수하고 그런 건 없었죠?

승수   ... 본론으로 들어가시죠.

세영   음... (결심하고) 늦은 시간이지만 보고 드릴 게 있습니다.

S#17   드림즈 사무실 외경 / 낮

S#18   드림즈 사무실 / 낮

고세혁, 장우석 등 간단한 워드 작업 정리 중인데

그 뒤로 양원섭이 쭈뼛쭈뼛 들어온다.

| 고세혁 | (친근한 장난치듯) 뭐야, 자식이. 너 인마. 왜 들어왔어? |

이때 고세혁 자리 전화 걸려오고.

| 고세혁 | 여보세요. 네. (끊고) 야, 스카웃팀 전원 회의실로. |

불안한 표정의 양원섭.

S#19   회의실 앞 / 낮

어딘가 전화를 걸면서 초조하게 기다리는 세영.
그런 세영을 한 번 흘끔 보고 들어가는 스카웃팀원들.
고세혁도 여유 있는 웃음으로 세영에게 눈인사를 한다.
마지막으로 들어가는 승수가 세영에게 연락되고 있냐는
눈짓하다가 세영이 고개 가로젓고
승수는 알겠다며 고개 끄덕이고 들어간다.
세영도 한 번 더 전화를 걸어보다가 회의실로 입장.

S#20   회의실 / 낮

승수의 양옆에 세영, 재희.
그리고 죽 늘어선 스카우트팀원들과 유경택, 임미선, 변치훈.
임미선은 변치훈에게 '무슨 일이래' 묻지만 변치훈도 영문 모르고.

승수   양원섭 씨.

양원섭   네... 네!

승수   양원섭 씨는 사적인 우정을 쌓은 유민호 선수가 투수력이 부족한
          우리 팀에게 가장 필요한 선수라고 주장했습니다. 그러면서 그 필
          요한 선수를 뒤에서는 메이저리그 스카우트에게 소개했습니다.
          유민호는 심지어 미국까지 직접 다녀와서 테스트를 받았습니다.

고세혁   (심상치 않은 분위기를 감지하고)

승수   그런데 유민호가 돌아옵니다. 팔꿈치 통증을 느끼고. 그런 유민
          호의 상태를 알았던 사람은 양원섭 씨뿐이었습니다. 그런데 당당
          하게 유민호를 뽑자고 주장했고 그 의도대로 유민호가 들어왔죠.
          이보다 더 어색할 수 없이? 양원섭 씨, 사실과 다른 부분이 있습
          니까.

양원섭   ... 정들어서 그런 것만은 아닙니다. 유민호가 잘되길 바라는 마음
          이었고 잘될 거라고 생각했습니다. 처음 1, 2년은 부상으로 제대
          로 못 할 거라는 걸 저는 알았습니다. 우리 팀에서 10년 넘게 뛸
          거라면 중요하지 않을 거라고 생각도 했습니다.

고세혁   아니요, 저도 알았습니다. 원섭아. 니가 다 짊어지려고 하지 말고.

장우석   (불편한)

승수   (감정 없이 본다)

고세혁   (머쓱한) 그럼에도 불구하고 가치 있는 선수라는 건 저와 원섭이
          둘만 아는 공통의 평가였습니다.

승수   신인왕 선수를 놓친 것에 대한 징계가 아닙니다. 다만 유민호를
          뽑는 과정을 불투명하게 만들어서 시스템을 흔든 양원섭 씨.

체념한 표정의 양원섭.

승수   감봉 3개월.

          모두가 놀라는 가운데.

승수   징계 절차 밟겠습니다. 그리고 고세혁 팀장님.
고세혁   네?
승수   시작할까요?

          어느 정도 각오한 듯 흥미롭다는 표정까지 지어 보이는 고세혁.
          세영은 테이블 아래로 '이용재 선수'에게
          전화를 걸어보지만 받지 않는다.
          문자로 '오고 계신 거죠?' 보내고.

S#21   공원 벤치 / 낮
          '운영팀장님'으로부터 걸려오는 전화를 그저 바라보는 이용재.
          고민이 역력한 표정이지만 휴대폰을 반대로 덮어놓는다.

S#22   회의실 / 낮
고세혁   뭘 말씀이십니까?
승수   고교야구팀은 총 77개가 있습니다. 고세혁 팀장 체제에서 우리 드림즈는 5년간 신인 선수 55명을 뽑았는데요. 근데 팀장님, 그 50명 중에서 위명고, 화전고, 예성고 이 세 개 학교 출신이 몇 명인 줄 아십니까?

고세혁   몇 명인데요?

승수   열다섯 명입니다.

고세혁   (담담한) 네. 근데요?

승수   화전고 김명일 감독이 팀장님 선배죠.

고세혁   (담담히) 네. 고등학교 선뱁니다.

승수   위명고 성문현 감독은요?

고세혁   제 대학교 후배요. 그게 문제가 됩니까? 그러면 단장님. 예성고 감독은요?

승수   …

고세혁   예성고 감독은 저랑 뭔 상관입니까?

승수   …

세영   산악회요.

〈플래시백, 3부 37씬〉

세영, 스카우트팀의 자리를 기웃거리는데

고세혁   **(소리만)왜 퇴근 안 했어?**

세영, 놀라서 뒤돌아보면 세수를 했는지 고세혁의 목에 걸린 수건. 수건에 적힌 '야생산악회 8주년'이 세영의 눈에 들어온다.

<플래시백>

검색창에 '야생산악회' 입력하는 세영.

모니터에 고세혁과 어깨동무한 산악회 회원들 사진.

///

고세혁, 애써 담담하게 웃으면서 고개 푹 숙이고 금세 여유 찾는다.

고세혁   아, 맞다. 걔도 우리 산악회라고 했던 거 같다. 얼굴 몇 번 봤어.
          근데요, 단장님.

승수   (말 끊으며) 이렇게 지인들 학교에서 30프로씩. 그것도 대부분이
          하위권 선발. 선수로 빛을 못 봐도 책망을 듣지 않을 테니까요.

고세혁   빙빙 돌리지 마시고. 하고 싶은 말이 뭔데요?

승수   최소 무능.

놀라는 사람들 표정.

승수   가능성 높은 건 무책임한 직무유기.

고세혁   (억지웃음)

승수   최악의 경우 아직 전례 없는 프로팀 스카우트 비리가 아닐까 싶
          습니다.

S#23   드림즈 주차장 입구 / 낮

주차장 차단막 앞에 선 차량.

경비   어떻게 오셨습니까.

S#24   **회의실 / 낮**
            단단히 굳은 세영의 표정을 제외하고 모두 경악스러운 표정.
            고세혁, 웃으며 승수를 노려보고.

고세혁   아, 이 양반... 직무유기로 합시다. 무책임한 직무유기.
승수   스스로 인정하는 직무유기가 팀장의 자격에...
고세혁   (끊으며) 나 말고. 걔들. 그 세 학교 감독들이 무책임한 직무유기
            지. 내가 걔들 왜 뽑았겠어요. 기록으로 안 나오고 옆에서 봐야만
            보이는 것들이 있어요. 성실성, 교우관계, 승부처에서 강한가, 건
            강 상태 등등. 그런 거 나랑 친하다고 다 나한테만 알려주는데 그
            행위가 직무유기지.
승수   ...
고세혁   내 선배고 후배? 산악회? 그거 알아낸 게 대단한 발견인가? 어?
            우리가 메이저리그야? 백 단장님은 야구판에 아는 사람 없겠지
            만 이 바닥에서 30년을 굴러보세요. 서로 모르는 사이가 어디 있
            어요.
승수   그렇게 고급 정보를 받아서 뽑은 선수들 중에 누가 지금 성적을
            냅니까. 제가 이름까지 다 말해야 됩니까? 팀장님이 아니었으면
            야구를 그만뒀을 텐데 선발된 사람들 김일형, 노태문, 송현수, 이
            성호, 이민형, 이용재, 남기택, 박헌영, 송우진, 권혁일...
고세혁   (혼자만 놀라) 뭐 하는 겁니까.

승수	그중에 이용재 말고 누가 실적이 있습니까.
고세혁	대기만성형이에요. 프로의 벽이 얼마나 높은데 1, 2년 보고...
승수	(말 끊으며) 즉시 전력감도 없는 팀이 왜 매번 대기만성이라는 얘기를 합니까. 현장 요청은 즉시 전력감 아니었습니까?
고세혁	(부글부글 끓지만 애써 여유있는 척) 그럼 무능으로 합시다.
승수	고세혁 팀장님...
고세혁	뭐.
승수	전 그것도 아닌 거 같은데요.

세영이 프로젝터로 신인드래프트 영상을 켜고.

〈플래시 컷, 3부 1씬〉

양원섭	드림즈 지명하겠습니다.
	명일 고등학교 투수 유민호 선수 지명하겠습니다.

당황과 분노가 뒤섞인 고세혁의 표정에서 재빨리 카메라가 이동.

아나운서	네. 유민호 선수, 축하합니다. 1라운드 첫 번째 순서에 타임을 요청한 드림즈는 열띤 논의 끝에 명일고 투수 유민호 선수를 지명했습니다. 빠른 강속구를 주무기로 하고 있죠. 올해 가장 주목받는 1순위 선발의 영광은 유민호 선수의 차지가 됐습니다.
///	

조금 흔들리는 고세혁의 표정.

승수	이 영상에서 양원섭 씨의 돌발 행동에 당황 많이 하셨죠. 근데 왜 이 당황스러운 순간에 돌아보는 쪽이 저쪽 학부모석입니까. 단장님은 뻔히 반대편에 있는 거 아실 텐데.
고세혁	1년 전 드래프트 때 단장님이 있는 위치를 헷갈려서... 그거 땜에 이렇게 내가 모욕을 당하고 있다 이거죠?
승수	저 뒤에 앉아있는 게 이창권 선수 어머니니까. 뽑아주기로 약속했는데 양원섭 씨 때문에 못 뽑아서 당황한 거 아닙니까.
고세혁	(책상 치며) 무슨 소리야!!

S#25   드림즈 사무실 / 낮

구단 직원들 술렁이며 시선이 집중되고.

직원1	야, 저 사람이 여길 왜 와.
직원2	닮은 사람 아냐? (보고) 진짜 맞네.

S#26   복도 / 낮

저벅저벅 천천히 걷던 걸음.

잠시 멈췄다가 이내 아까보다 더 빠른 걸음.

S#27   회의실 / 낮

고세혁	내가 안타까워서 그런 거지. 이창권 재능이 아까워서! 내가 학부

형 눈치를 왜 봐. 그게 증거야? 고개 한 번 잘못 돌린 영상 가지고
엮어버리려고? 백승수 단장님. 진짜 무서운 분이시네요.

고요하고
이때, 세영의 휴대폰에 문자가 와서 확인하는데
이용재로부터 온 문자.
'오늘 저는 갈 수 없을 것 같습니다. 죄송합니다.'
세영, 승수와 시선 마주치고 어두운 표정으로 고개 가로젓고.
승수의 얼굴에도 아쉬움이 스치는데.
두 사람의 주고받는 사인을 포착하는 고세혁.

고세혁   전 더 이상 할 말 없고. 제대로 된 증거라도 가지고 와서 얘기를
          좀 합시다. (세영 보고) 누구 더 올 사람 있나봐요? 아까부터 누구
          기다리시는 거 같던데?

세영   (고세혁이 손을 썼구나/분한)

고세혁   단장님. 열심히 일하는 건 알겠는데 다른 사람들 업무는 방해하
          진 맙시다. 징계? 올리시구요. 고개 잘못 돌린 죄. (피식 웃고) 무슨
          징계 떨어질지는 나도 궁금하네. 갑니다.

고세혁 일어나는 순간 문 열리고.
앞 씬의 걸음의 주인공인 이창권이 등장한다.

이창권   안녕하셨죠?

이미 다 알고 있다는 듯 바라보는 승수, 세영.
고세혁의 표정, 당황으로 얼룩지고.

이창권   바이킹스 이창권입니다. 1년 전 드래프트에서 고세혁 팀장님한
         테 5천만 원을 입금하고 드림즈 1순위 지명을 약속받았었는데
         불행인지 다행인지 바이킹스 유니폼을 입고 있네요.
고세혁   뭐어? 저거 완전히 미친놈이네.
이창권   (USB를 주머니에서 꺼내면서) 거래 전, 거래 후 통화 녹음 파일입니
         다. 거래 전에는 절 뽑겠다고 장담하고 거래 후에는 미안한데 돈
         은 돌려줄 수 없다고 하는 그런 내용입니다.
고세혁   야, 너는... 진짜... 미쳤어?
이창권   이 파일 여기서 다 같이 들을까요?
고세혁   까불지 마. 이 어린노무 새끼가.

         눈이 마주치는 이창권과 승수.

S#28   **카페 / 밤** (회상)
         승수, 이창권 마주 앉고 앞에 커피 한 잔씩 놓인.

이창권   당신들은 잘했어요? 돈 준 놈만 잘못이에요? 이제 와서 왜 이러
         시는데요.
승수   아뇨. 돈 주고받는 줄 모르는 우리도 잘못했고 돈 준 이창권 선수
         쪽도 잘못했고... 돈 받은 놈이 제일 잘못했습니다. 근데요... 신인

왕 되고 앞날 창창한데. 마냥 행복했습니까. 찝찝한 거 없이.

이창권   ... 그래서 지금 소 잃고 외양간 고치자고요?

승수   고쳐야죠. 소 한 번 잃었는데 왜 안 고칩니까. 안 고치는 놈은 다시는 소 못 키웁니다.

이창권   (아직 망설여지고)

승수   이창권 씨는 야구 하는 동생 있잖아요.

이창권   (!!)

승수   동생한테도 물려줄 겁니까? 어떻게 하면 제구력이 좋아질까. 어떻게 하면 타구가 멀리 뻗어 나갈까. 그런 고민이 아니라. 그런 인간을 또 만나서. 돈을 줘야 할지 말아야 할지. 그런 고민을 계속하게 할 겁니까.

이창권   (흔들리면)

S#29   회의실 / 낮

고세혁, 자리에서 일어나서 의자를 발로 차서 넘어뜨린다.
격하게 화가 난 채로 승수를 노려보는데.

승수   5천만 원은 이창권 선수에게 돌려주세요. 그리고...

저마다 놀라는 표정들.

승수   고세혁 팀장님은 해고입니다.

S#30　　**드림즈 주차장 / 낮**

세영이 이창권의 차량 앞에서 배웅하는 중.

세영　　고맙습니다. 5천만 원은 수일 내로 입금될 거예요.

이창권　돈 때문이 아니구요. 계속 후회됐거든요. 제가 야구를 좀 더 잘했
　　　　으면 엄마가 저런 사람을 만났을까.

세영　　(알 것 같은/끄덕이고)

이창권　(웃으며) 갈게요.

　　　　이창권, 차량에 타고 출발하면,
　　　　긴장하는 마음으로 징계가 진행되고 있을 사무실 방향을
　　　　돌아보는 세영.

S#31　　**사장실 / 낮**

승수, 강선, 경민이 나란히 앉고
그 앞에는 고세혁과 양원섭이 피고인의 모습으로 앉아있다.

강선　　양원섭 씨.

양원섭　네.

강선　　감봉 3개월. 뭐 이 정도면 괜찮을 거 같고. (고세혁 보고) 어이, 고세
　　　　혁이.

고세혁　... 네.

강선　　왜 일을 그렇게 해? 왜 그런 실수를 해?

승수	실수요? (보면)
강선	(뜨끔하지만) 지금 백 단장이 의지할 사람이 누가 있어? 내가 직접 실무에 사사건건 관여할 것도 아니고 관록 있고 인맥 넓은 고세혁이가 백 단장을 돕지는 못할망정. 그따위 사고나 치고. 어?
고세혁	면목 없습니다.
강선	나이를 어디로 처먹은 거야? 어? 드림즈 레전드 아냐? 내가 진짜 두고두고 지켜볼 거야. 백 단장, 고세혁 팀장이 한 번만 더 이런 실수하면 그땐 팀장이고 뭐고 잘러.
고세혁	(웃음 참으며) 네.
승수	지금... 뭐하시는 겁니까.
강선	뭐하는 거냐니. 징계하고 있잖아. 비록 작년 일이긴 하지만 백 단장 의견을 아주 존중해서 엄하게 징계하고 있잖아.
승수	작년뿐인지 언제부터 이랬는지 다 까발리면 그때 제대로 된 징계를 하실 겁니까. 고세혁 팀장한테 또 신인 선발을 맡긴다는 얘깁니까.
강선	백 단장. 잘못은 잘못이지만 우리 상황도 생각해봅시다. 고세혁 자리는 누가 대신할 거야? 어?
승수	...
강선	없잖아. 대신 할 사람이 없..
승수	(말 끊으며) 저기 옆에 있는 양원섭 씨가 할 겁니다.

놀라는 양원섭, 분노로 양원섭과 승수를 번갈아 보는 고세혁.
재밌어진다는 듯이 보는 경민.

강선	신인왕 이창권 뽑자고 했던 고세혁을 자르고 부상까지 있었던 유민호를 뽑은 저 양원섭을 팀장으로 앉힌다고?
승수	요행 같은 결과를 뭐 하러 얘기하시는지. 시스템을 바로 세울 겁니다.
강선	그니깐 그 놓친 애가 신인왕이 된 게 요행이다?
승수	이창권 선수가 그러더군요. 신인 드래프트 끝나고 부모님이 우는 모습을 보고 절치부심, 엄청난 훈련을 이겨냈다고 하네요. 우리 팀에 뽑혔어도 신인왕은 했을 거라는 건 결과론입니다. 치밀한 분석으로 선수를 선발하는 것이 훨씬 확률 높은 시스템을 구축하는 길입니다. 그걸 가능하게 하는 게 양원섭 팀장 대행입니다.
경민	백승수 단장.
승수	네.
경민	말 되게 잘하네?
승수	(담담히 보면)
경민	별일도 아닌 거 가지고 길게 얘기할 거 있어요? 고세혁 팀장님, 할 말 더 있어요? 마지막 소명 기회.
고세혁	이제부터는 지금과 같은 실망 시켜드리지 않을 겁니다.
경민	오케이. 양원섭 씨는?
양원섭	면목 없습니다.
경민	양원섭 씨, 감봉 3개월에 고세혁 팀장은 해고...?

모두가 긴장하며 경민의 입만 보는데

| 경민 | 오케이, 그렇게 합시다. |

경민을 제외한 모두의 저마다 놀라는 표정들.

고세혁	상무님!!!
경민	추잡하게 돈을 왜 받아요.
고세혁	큰돈도 아니고. (하면서 강선 보면)
강선	(낸들 어쩌냐는 제스처)
경민	큰돈을 먹으면 내가 잘했다고 칭찬이나 해주지!! 왜 적은 돈을 먹고 이렇게 치사한 소리를 듣습니까! 마음 아프게. 진짜... 나가요.

말을 잃은 고세혁, 그대로 사장실을 나가고.
흥미로운 듯이 승수를 보는 경민. 승수, 그 시선이 불쾌하고.

승수	저도 나가보겠습니다.
경민	단장님. 잠깐 얘기 좀 합시다. 따로.

S#32   드림즈 야구장 관중석 / 낮

텅 빈 야구장 관중석에 둘 다 앉지도 않고 서있는 채로.

경민	우리 그때 했던 얘기 있잖아요. 임동규 내보내고 나서.
승수	...

〈플래시백, 2부 68씬〉

경민	그쵸? 내가 단장님 왜 뽑았게요?

승수	...
경민	말했잖아요. 이력이 너무 특이해서 뽑았다고. 우승? 해체. 우승? 해체. 우승?
승수	...
경민	그리고 또... 해. 체.
승수	...
경민	단장님, 이력대로만 해주세요. 많이 안 바랍니다.
///	

경민	기억나요? 알아들은 거 아니었어?
승수	네.
경민	근데 왜 자꾸 사과나무를 심어!! 내일 없어질 지구에다가. 어?
승수	(피식)
경민	웃어?
승수	이력대로만 하라면서요.
경민	그래, 해체.
승수	그냥 해체시키는 건 제 이력대로 하는 게 아닙니다.

〈플래시백, 2부 68씬〉

경민	우승? 해체. 우승? 해체. 우승?
승수	...
경민	그리고 또... 해. 체.
///	

승수	우승. 그리고 해체. 이건 줄 알았는데. 우승 한 번 해보자고 이렇게 노력 중이었는데 모르셨구나.
경민	백 단장. 핸드볼팀 해체된 다음에 돈 받았다는 얘긴 뭐야.
승수	더러운 놈들이 낸 더러운 소문이죠. 근데 그런 소문 듣고도 절 뽑으신 이유도 궁금하네요.
경민	(싸늘하게) 백 단장, 멀리 가네.
승수	드림즈가 더 잘해서 상무님 생각이 바뀌었으면 좋겠습니다.

목례하고 돌아서는 승수의 등 뒤에

경민	그래서 진짜 우승을 한다고? 잘 던지는 투수 하나 데려오고 스카웃팀장 바꾼 걸로?
승수	그래서 이제 엄청 바쁠 건데요.

S#33   드림즈 사무실 / 낮

장우석이 고세혁의 짐을 종이박스에 담는 모습.
세영, 그 모습 멀리서 보고.

S#34   드림즈 주차장 / 낮

고세혁, 자신의 차 앞에 쭈그리고 앉은 뒷모습.
세영과 장우석이 종이박스 하나씩 들고 다가간다.
고세혁, 돌아보다 빨간 눈으로 세영과 마주치고.

S#35   단장실 / 밤

승수, 테이블에 양원섭과 마주 앉아서

양원섭   저도 잘한 게 하나도 없는데...

승수   그래서 징계를 드렸죠. 감봉 3개월.

양원섭   고세혁 팀장님은 프랜차이즈 스타 출신이고... 저는 다른 팀에서

          왔고 선수로는 실패한 사람인데요...

승수   전 사람을 바꾼 게 아니라 시스템을 바꾼 겁니다.

양원섭   제가 잘할 수 있을까요.

승수   갑자기 잘하라고 팀장 시킨 게 아니라 하던 대로 하라고... 팀장

          시킨 겁니다.

양원섭   (뭔가 꾹 삼키고) 알겠습니다. (일어서면)

승수   해단 행위는 이제 그만하구요.

양원섭   (크게) 네!!

승수   (깜짝이야... 째려보고)

S#36   드림즈 주차장 / 낮

세영과 고세혁이 차 앞에 같이 쭈그리고 앉아있다.

세영   기억나세요. 벌써 15년 전인데. 바이킹스랑 6월 말 즈음에 9회 말

          투 아웃에 만루였어요. 그때 타석에 선 게 팀장님이었어요.

고세혁   ...

세영   그때 팀장님이 몸에 맞는 볼 판정이 나오려고 할 때 파울이라고

얘기하셨어요. 심판한테. 방망이 손잡이 부분에 맞은 거라고. 그래서 경기가 끝날 수 있었는데 경기가 계속되고. 근데 멋있잖아요. 다 이긴 경기를... 홈런 치는 것보다 삼진당한 모습에 팬이 되게 만드는 건 아마 팀장님밖에 없었을걸요.

고세혁   ... 그때는 젊었으니까.

세영   아뇨, 정의로웠으니까.

고세혁   ...

세영   (아련한) 그때 야구 재밌었죠.

고세혁, 차에 타고 출발하면
세영, 설움이 밀려와서 고개 푹 숙이고 있는데
옆에 누군가 다가온 거 인지한다.
고개 들어서 보면 조금 거리를 두고 승수가 앉아있다.

승수   수고 많았습니다.

세영   (보면)

승수   고세혁 팀장... 어떤 사람이었습니까.

세영   자기만의 타격 이론도 가지고 있고. 오래 알고 지낸 사람들은 다 자기 편으로 만드는 친화력도 있습니다. 최소한 타자를 보는 안목에서는 아직도 인정받는 편이구요... 그리고 이제 물러나야 되는 분이구요.

승수   누가 그러더라구요. 사람은 한 가지 면만 있는 사람 없다고. 두 가지 면을 다 보라고. 팀장님이 한 것처럼요.

세영   저 칭찬해주시는 건가요?

승수, 일어나서 가다가 뭔가 생각난 듯 멈추고.

승수   아, 산악회는 어떻게 알았습니까.
세영   그건 그냥...
승수   그것도 잘했습니다.

승수, 조금씩 멀어지면

세영   (작게)오늘 칭찬이 잦으시네.

S#37   고깃집 / 밤
고기가 익고 있고.
유민호와 양원섭이 마주 앉아 있는데,
유민호는 죄지은 사람처럼 고개 숙이고.

양원섭   먹자.
유민호   3개월 감봉이라면서요. 고기는 어떻게 사줘요.
양원섭   아, 이 새끼. 별소리를 다 하네. 어깨는 좀 괜찮냐?
유민호   나 부상인 거 알고 왜 뽑았어요.
양원섭   부상만 풀리면 니가 160짜리 직구 던질 거 아냐. 인마.
유민호   아니, 나 부상이라고 소문이라도 내면 아무도 나 안 데려가는데.
           하위권에서 나 뽑으면 징계도 안 먹잖아요.
양원섭   ...

유민호	억지 써서 뽑은 나보다 이창권이 훨씬 잘하는데 나 같아도 징계 하죠.
양원섭	야, 그러다 다른 팀이 너 주워가면?
유민호	...
양원섭	그러면 역대 제일 멍청한 스카우트로 기록에 남으라고? 1, 2년 욕 먹고 나면 니가 어차피 다 증명할 건데. 고기나 먹어, 이 자식아.

유민호, 고기에 젓가락 갖다 대는데 눈물 날 것 같고.
양원섭이 혀 끌끌 차다가 유민호 앞의 접시에 고기 담아준다.

S#38   스테이크 하우스 / 밤

창가 쪽에 앉은 승수, 정인 스테이크 먹으면서.

정인	요즘은 일찍 퇴근해?
승수	오늘만.
정인	... 어쩐지. 일벌레가.
승수	여기 한정 메뉴는 칼퇴 안 하면 못 먹을 거 같아서.
정인	난 다른 거 먹어도 됐어.
승수	나 너 아니면 이런 거 손 떨려서 못 먹어.

어이없어 피식 웃는 정인과 같이 따라 웃는 승수.

S#39   거리 / 밤

세영과 재희, 같이 걷는 중.

세영   야, 퇴근했으면 집으로 좀 꺼져. 상사랑 그렇게 밥을 먹고 싶나?

재희   상사랑 밥 먹어주는데 고마운 줄 모르고 왜 그래요? (뭔가 발견)
        어?

세영, 재희가 보는 곳 같이 보면
스테이크 하우스 유리창 너머로 승수와 정인 밥 먹는 모습.

재희   애인인가, 부인인가.

세영   글쎄.

재희   어쩐 일로 칼퇴 하시나 했더니 저기서 저러고 계셨구만. 내일 물
        어봐야지.

세영   야, 철 좀 들어라.

재희   왜요?

세영   가, 가.

재희   (떠밀리며) 근데 단장님이 저렇게도 웃네요.

세영의 시선에도 웃고 있는 승수가 들어오고.

세영   그러게.

S#40　　**스테이크 하우스 / 밤**
　　　　　마주 앉은 승수와 정인.

정인　　　원래 오늘 여행 예약했었어.

승수　　　그래?

정인　　　어제 니 전화 받고 취소했잖아. 근데 혼자 가든 친구랑 가든 다른
　　　　　남자랑 가든... 내년에는 여행 갈 거야. 내년 이날에는 보지 말자.

승수　　　어...

정인　　　괜찮아.

승수　　　(와인 들이키고)

정인　　　위로에 집착하면 그 기억 속에서 둘 다 못 나오지 않을까. 그런
　　　　　생각이 들었어. 이날은 매년 찾아올 텐데 노인 돼서도 이럴래? 앞
　　　　　으로 우리 이날만 빼고 만나자.

승수　　　... 그래.

정인　　　누가 누굴 위로하니. 우리 둘 다 강한 사람인데.

승수　　　(억지웃음 지으며) 음.

S#41　　**승수 집, 거실 / 밤**
　　　　　영수, 방에서 나오던 중에 소파에서 외출 차림
　　　　　그대로 잠든 승수 보고 놀란다.
　　　　　돌아보면 빈 소주병 두 개 정도 있는 식탁.

영수　　　(흔들어 깨우며) 형, 일어나봐. 씻고 침대에서 자.

승수, 일어날 기미 안 보이고
영수가 얇은 담요를 힘겹게 펴서 덮어준다.

영수   (자는 것 같아서) 얽매여봤자 형만 더 힘들어.

S#42   재희 차 앞 / 낮
재희, 주차장에서 차 문손잡이 잡은 채로
다른 손으로 휴대폰 보고.

재희   아, 망했다...

황급히 차에 타는 재희.

S#43   세영 집 외경 / 낮

S#44   세영 집 거실 / 낮
세영, 미숙과 함께 일반적 가정식 아침 먹으면서 뉴스를 보는데.

스포츠앵커 이 방송을 보고 계시는 드림즈 팬분들. 가슴이 철렁할 소식이 있
           습니다. 3년째 에이스 역할을 했던 앤디 고든 선수. 내년 시즌 선
           발 투수 보강을 노리는 일본 구단 요코하마의 영입 리스트에 올

랐다고 하는데요. 드림즈가 지켜낼 수 있을까요? 이훈태 기자가
전합니다.

미숙   야, 저거 니네 팀이잖아.

세영   (씹다가) 어, 근데 있잖아. 밥 남겨서 미안해.

말 마치기 무섭게 세영 방으로 뛰어 들어가서
가방 메고 다시 뛰쳐나와서 현관문 열고 나간다.
뭐가 지나갔지 싶은 미숙의 표정.

S#45   드림즈 사무실 / 낮

사무실에 급하게 들어서는 세영.
지나가는 사람들 몇 명이 인사하면서 '아, 앤디...' 정도 말 꺼내면
세영도 억지로 웃고 그냥 지나치는데 승수가 보인다.

세영   단장님, 뉴스 보셨죠. 앤디...

승수   (당황한 기색 없이) 그때 내가 부탁했던 자료... 찾아놨습니까?

세영   (왜 이러지 싶다가/눈치채고) ... 네!!

S#46   회의실 / 낮

승수, 세영, 재희, 성복, 최용구, 이철민, 유경택이 모인 회의.

세영   앤디가 완전 특급은 아니라서 일본팀이 탐낼 줄 몰랐는데...

유경택	앤디를 데려가려는 팀은 이미 자체 선발들이 갖춰져 있어서요. 4선발 역할 정도로 로테이션만 잘 지켜주면 충분한 포지션이에요.
세영	팀장님이 보기엔 어떤가요. 앤디 없어도 우리 괜찮나요?
유경택	우리 팀에서는 3년째 에이스였고 이번에는 강두기 선수가 있어서 더 기대하고 있었는데… 설명 드리기 어려운 지표들이 좀 많이 있는데 이런 내용들 종합하면 사실 우리 인식보다 좋은 선수인 건 맞습니다.
승수	(준비한 자료 보면서) 설명하기 어려운 지표가 구종별 헛스윙률이나 병살타 유도율, 뜬공, 땅볼 비율 정도인가요?
유경택	… 네. 다른 것도 있긴 한데 포함하고 있습니다.
재희	(작게) 이제 단장님한테 야구 모른다고 하지 말죠.
세영	(작게) 이제 야구 잘 모르는 사람 너밖에 없다.
승수	감독님, 앤디 고든 어떻습니까.
성복	단장님 목표에 따라 다를 텐데…
승수	제 목표요… (유경택 보고) 앤디 선수. 3년 중에 제일 성적이 좋은 거 첫해 아닌가요.
유경택	네, 큰 차이는 없구요.
승수	미세하게 올해가 제일 안 좋네요.
유경택	네. 그건 그런데 하향세라고 딱 집어 말하기엔 애매한…
승수	이닝당 출루 허용은 눈에 띄게 올라갔고. 투구 수 80구 이후 구속도…
유경택	네, 그래도 비슷한 성적을 유지해왔습니다. 타자들 파악도 되고…
성복	꼴찌팀 1선발 역할을 잘했습니다.
승수	(웃으며 보는)

성복	상위권 팀 2선발보단 약합니다.
승수	감독님이랑 저랑 같은 생각인 거 같습니다.
유경택	(?)
승수	저희는 앤디 포기합니다.
	저희 목표가 좀 높아서요..

저마다 놀라는 표정들 속에 성복만 담담한 표정.

최용구	지금 앤디 만한 투수 구하기 힘들어요.
이철민	현장에서는 예측이 가능해야 되는데. 앤디는 예측이 되잖아요.
	12승 정도 할 거다. 그런 예측이요.
유경택	앤디 쪽 요구 금액이 터무니없이 높은 건 아니에요. 예년이랑 비
	슷한 성적이라고 쳤을 때 1승당 연봉이...
승수	(끊으며) 비슷한 성적이라고 하면 올해도 우리 목표는 꼴찐가요?
유경택	(그럼 아냐? 싶지만) ... 아뇨.
승수	앤디 놔주겠습니다. 대체 용병 명단이랑 영상. 지금 같이 볼게요.

세영, 노트북으로 준비된 파일을 열면
공을 던지는 용병 선수 영상이 나오고.

이철민	쟤는 얼마야? 공 좋다.
세영	120만 달러입니다.
이철민	(입맛 다시며) 넘겨요. 어차피 못 데려오는데.
최용구	얘는 얼마예요? 얘는 좀 싸지?

| 세영 | 네, 112만 달러요. |
| 최용구 | 참 나. |

다양한 선수들의 투구 모습을 확인하는 회의가 지속되고. (몽타주성)
한두 명씩 지루해하는 표정도 보이고.

| 세영 | (살짝 자신감 있게) 다음 선수 보실까요? |

S#47   영상 / 낮
큰 키의 흑인 마일스의 투구 모습.

S#48   회의실 / 낮
모두가 조용히 집중하고 있는.

유경택	이건 왜 보신 거예요?
세영	네?
최용구	아니, 아까 걔들이 120만인데 얘는 얼마를 줘야 되는 거예요?
세영	50만 달러 얘기되고 있습니다.

모두 놀라는 표정들.

| 세영 | 소속된 팀은 없는 자유 계약 신분입니다. 부상 때문에 커리어를 |

쌓진 못 해서 더블A에서만 이력이 있어요. 그게 우리한테 행운이죠. 부상으로 몸이 망가진 게 아니구요. 산악자전거 타다가... 계약 조항에 포함시켜서 자제시키려구요.

승수　　리스트는 회의 내용대로 준비해서 출장 일정 잡겠습니다.

S#49　　사무실 건물 앞 / 밤

세영과 재희, 같이 걸어가는 퇴근길.

재희　　근데 누구누구 가요? 출장?

세영　　외국인 선수는 운영팀 담당이고 단장님이 아마 직접 가실 테니까 나랑 단장님이 가겠지.

재희　　(놀라서) 꼴랑 둘만요?

세영　　운영팀 단체 워크샵이라도 갈까, 인마?

재희　　아니, 성인남녀가 그렇게...

세영　　(진심 짜증난) 아, 진짜 이걸 죽일까.

재희　　(지레 겁먹고 피하며) 언젠가 운영팀을 이끌어갈 제가 이럴 때 경험을 쌓아야죠.

세영　　너는 나중에 가. 용병 매년 뽑아.

재희　　뭘 매년 뽑아요. 이번에 데려오는 용병이 잘해서 10년이고 재계약하면요?

세영　　구단 예산에 불필요한 인원을 넣을 수가 없어요.

재희　　제 항공권과 체류비는 제가 내고요. 아, 두 분 항공권 제가 업그레이드 해드릴게요. 물론 제 사비로.

세영	야, 회사 업무에 니 재력을 개입시키면 내가 괴력을 발휘한다고 했냐, 안 했냐.

세영, 재희의 목을 손날로 써는 시늉하면 재희 괴로워하고.

S#50 공항 외경 / 낮

S#51 공항 카페 / 낮
승수가 커피 두 잔 들고 오면서 세영에게 건네고

세영	감사합니다. 공항 도착하면 현지 코디가 나와 있을 겁니다.

이때, 두 사람을 멀리서 보고 긴가민가하며 다가오는 김종무.

김종무	아니, 백승수 단장님.
승수	김종무 단장님. 어디 가세요.
김종무	뭐 이 무렵에 미국 가면 뻔하잖아요.
승수	용병 선발.
김종무	그렇죠. (눈치 보다가) 근데 누구 만나러 가는데요?
승수	단장님은 누구 만나세요?
김종무	그럼 이름 한 글자씩 이야기하기. 하나 둘 셋 하면...
승수	아, 그러시죠.

김종무	하나, 둘, 세...
승수	(눈치보고)
김종무	진짜 바로 한 글자 앞글자 말하기예요. 셋 하면.
승수	(끄덕)
김종무	하나, 둘, 셋. (기다리는데 승수 말 없는 거 보고) 아, 사기꾼이네.
승수	단장님도 얘기 안 했으면서.
김종무	그럼 어디로 가는지 얘기하기. 이건 진짜 양심 걸고 얘기합시다. 진짜...
승수	(끄덕이고)
김종무	하나, 둘, 셋. 플로리다!
승수	미국.
김종무	사기꾼!!!
승수	비행기 시간이 다 돼서...
김종무	... 사기꾼...

승수, 캐리어 끌고 이동하면
세영이 민망하게 김종무 보면서 승수 뒤따라간다.

S#52   비행 장면 / 낮

S#53   비행기 안 / 낮
승수와 세영, 자리에 앉아있는 상황.

승수	근데 이 자리... 이코노미가 아니라 비즈니스 아닌가요?
세영	네, 팀장급 이상은 비즈니스석. 회사 내규입니다.
승수	그럼 돌아가는 길에도요?
세영	네, 그럼요. (하다가 자존심 상하는) 아, 진짜. 저희 이 정도는 돼요.

승수, 대꾸 없이 고개 끄덕이면

세영	(승수가 옆에 있는 어색함이 의식돼서) 단장님, 영어는 잘하세요?
승수	네.
세영	정말요?
승수	왓더 퍼...
세영	왓더...?
승수	니 프렌즈. 이 정도요.
세영	네에.

승수, 안대 착용하면.
세영도 한 번 흘겨보고 안대 착용.

S#54   미국 공항 / 낮

승수, 세영 게이트를 나오자마자 요란한 환호 소리 듣고 고개 돌려보면 환영 피켓을 들고 소리 지르는 재희가 보인다.
승수, 세영 모두 놀라고.

승수	어제 휴가 내지 않았습니까... 그게 이거 나오려고...
세영	(어안이 벙벙) 너 진짜 미쳤냐?
재희	제 휴가와 함께 제 사비까지 털어서라도 혹시 도움이 될 일이 없을까 해서 동석하게 됐습니다.
승수	휴가를 그렇게 써도 되겠습니까.
재희	전 배움을 두 분은 도움을. 저 영어도 잘하구요. 세영 선배는 발음이 살짝...
세영	너 일로 나와.

이때 세 사람에게 체격 좋은 남자가 다가온다.

길창주	안녕하세요. 제가 코디를 맡게 된 '로버트 길'이라고 합니다. 드림즈 이세영 팀장님, 백승수 단장님 맞으시죠?
세영	네, 반갑습니다.
승수, 재희	(꾸벅)
길창주	한 분이 더...
세영	얘는 신경쓰지... (아니다 싶어서) 죄송해요. 말도 없이...
재희	운영팀 한재희입니다!
길창주	아, 안녕하세요. 전 상관없습니다. 바로 이동하시나요. 일단 짐을 풀고 가시는 건 어떨까요.
승수	미리 연락은 됐죠? 바로 가주셨으면 좋겠습니다.
길창주	네.
재희	아니, 왜 이렇게 빡빡하게...
세영	(귀에 대고) 라고 느끼는 것은 너는 휴가고 우리는 업무이기 때문

이다. 불만이면 디즈니랜드로 겟 아웃.

재희 (찌푸리며) 아, 귀에 침 들어갔어요.

S#55   미국 도로 풍경 / 낮

도로 달리는 승수 차량.

S#56   차량 안 / 낮

침묵이 흐르는 차량 안.

혼자 콧노래를 부르며 창밖을 보던 재희.

재희 어우, 역시 겨울은 서부야. 저거 봐요. 저거. 하늘 파란 거. 아, 이
      런 때는 서부 국립공원 가서 캠핑을 해야 되는데. 캠핑을.
길창주 아, 네.

그냥 웃으면서 거의 대답을 최소화하는 길창주.

세영   야! 운전하시는데 조용히 안 해.
재희   저 이동하는 동안만... 휴가 분위기 좀 내면 안 될까요.
세영   지가 휴가 써놓고 더럽게 생색이야. 코디님이 업무 도와주러 오
       셨지. 가이드 하러 오셨냐?
재희   사람이 서로 돕고... (분위기 싸하자) 조용히 할게요.
길창주 한국말 들으니까 반갑고 좋습니다. 계속 얘기하셔도 괜찮아요.

재희   것 봐요!

        승수, 길창주의 어색한 웃음을 물끄러미 보고.

S#57 / 마이너리그 연습장 / 낮
내려서 본 열악한 연습장.

길창주   생각보다 열악하죠?
승수   마일스가 아무리 잘 던져도... 소문 듣고 찾아오기도 어렵겠네요.
길창주   이런 데 좋은 투수가 있을 거라고 생각 못할 겁니다.

        조금 멀리 보이는 혼자 몸 풀고 있는 마일스.
        승수 일행을 보자 반갑다는 듯이 손을 흔들며 우스꽝스러운 러닝.

세영   오, 역시 1순위. 탄력이 남다르네요. 유연해 보여요.
        그때 승수 일행에게 다가오는 백인 남자.

에이전트 (영어로) 어서 오세요. 여기는 마일스를 알아본 여러분.

〈시간 점프〉
        미소를 띠며 승수와 세영, 재희 앞에 서있는 마일스.

승수   (길창주 보며) 투구를 영상으로 봤는데 전력투구는 아니라도 투구를 좀 볼 수 있는지 물어봐 주세요.

마일스   (영어로)

길창주   공을 받아줄 포수가 없다고 하는데 그럼 제가...

재희   하.하.하.

시선이 재희에게 쏠리는데.

재희, 자신의 짐가방을 열어보면 포수 장비가 들어있다.

마일스, 흥미 있다는 듯 웃고.

재희   저... 포구 연습 좀 했습니다. 프로 선수들 공도 받아봤고요.

세영   야, 근데 니가 받아본 공하고 좀 다를 텐데.

재희   조금 더 멀리서 던지면 괜찮아요.

⟨시간 점프⟩

와인드업하고 공 던지는 마일스. 재희가 무난하게 받아낸다.

좋은 소리가 들리고 만족하는 승수와 세영.

세영   야, 너도 잘하는 게 있구나. 이런 걸 어떻게 받냐?

재희   하나 더!

마일스가 하나 더 던져보는데 받아내는 재희.

세영   와, 대박인데? (승수 보고) 공이 생각보다는 약하죠?

승수   ...

재희	하나 더?
세영	왜 느낌표가 아니고 물음표야? 잠시만요. 야, 너 받을 수 있어?
재희	아, 당연하죠.

하는데 돌아서며 인상이 찌푸려지는 재희.
그 모습을 세영이 눈치채고.

에이전트	(영어로) 마일스, 왜 살살 던져?
재희	(영어로) 뭘 살살 던져!!
마일스	(영어로) 저 친구, 다친다.

마일스, 재희에게 비키라는 듯 손짓하고
와인드업해서 공을 그물망에 던지는데
아까와는 확연히 다른 속도.

에이전트	(영어로) 내일 포수가 오면 보여주겠다.
재희	(한국말로) 저... 저거 받을 수 있었어!
세영	영어로 말해.
재희	됐어요, 굳이...

그러던 중에 멀리서 지켜보는 한국인 아저씨(오사훈)를 보는 승수.
고개 갸웃거리면서.

| 승수 | (길창주 쪽 보고) 여기 근처 한인 많이 사나요? |

길창주   한인이 없는 곳은 거의 드물죠. 전 세계에.

          승수, 혼자 생각하다가 길창주가 의식하지 않을 만큼
          시선이 머문다.

S#58   숙소 / 밤
          세영, 길창주에게 방 안내를 받으면서.

세영   감사합니다.
길창주   내일 오후 2시 일정이라 푹 쉬셔도 될 거 같아요. 한 11시쯤 오면
          될까요.
세영   네, 부탁드립니다.
길창주   네, 내일은 포수도 같이 온다니까 제대로 확인할 수 있을 거예요.
          그럼 가보겠습니다.

S#59   승수, 재희 방 / 밤
          작은 침대가 두 개 떨어져 있는 방.
          재희가 짐을 풀다가 승수를 본다.

재희   저 때문에 불편하신 거 아닌가요. 제 돈으로 방 잡으면 되는데...
승수   고생하는데 숙박비까지 따로 지불하는 건 아닌 거 같습니다.
재희   제가 와서 한 게 있나요, 뭐.

승수	포구 연습은 언제부터 한 겁니까.
재희	2년 됐어요. 도움은 안 되지만...
승수	없는 것보단 나았어요. 그리고 중간에 휴가를 즐기고 싶으면 빠져도 됩니다. 원래 휴가 기간이니까.
재희	아닙니다. 저 일과 사랑에 정열적인 남자입니다!
승수	... 그래요.

S#60 **브런치 식당 / 낮**

피로한 표정의 승수, 세영, 재희.
덤덤한 길창주가 같이 식사 중.

세영	에이전트가 능구렁이 같아서 좀 걱정은 되네요. 사실 더블A라서 에이전트는 당연히 없을 줄 알았는데.
승수	그만큼 가치를 증명하기도 한 겁니다. 그냥 더블A에 있을 선수가 아니라는 거죠.
길창주	트리플A에서도... 저 정도면 특급 선수일 겁니다.
재희	제가 한국에서는 프로선수 공도 받아봤는데 수준이 달라요. 제가 잡은 게 아니라 제 손안으로 공을 던진 거예요.
세영	손은 좀 괜찮냐.
재희	오늘 하루 제가 필요하시면 딱 두 개까진 제가 받아보겠습니다.
세영	마일스 100프로 보고 싶어서 그건 사양할게. (승수 보고) 용병 계약이 이렇게 손쉽게 끝난 적이 없었어서 오히려 불안하네요.
승수	...

S#61 　연습장 / 낮

승수를 반갑게 맞이하는 마일스와 에이전트.

재희도 나름의 흑인 감성으로 반갑게 인사하고.

에이전트　　(영어로) 일단 마일스의 전력투구를 봅시다. 오늘은 전문 포수도

　　　　　　데리고 왔어요.

세영　　　　(영어로) 100%?

에이전트　　(영어로) 아니, 100%는 아니다. 마일스는 100%의 힘을 함부로 쓰

　　　　　　지 않는다. 스피드건은 당신들이 가져온 한국식을 써도 좋다.

〈시간 점프〉

전력투구하는 마일스.

역동적인 투구 동작에 울려 퍼지는 미트 소리가 예술이다.

스피드건에는 146km가 찍힌다.

에이전트　　(영어로) 다시 말하지만...

스피드건에 찍힌 149km.

에이전트　　(영어로) 이건 100%가 아니다.

세영　　　　(한국말로) 야, 이 정도면 앤디랑 비교하는 건 아니지 않냐. 미쳤다,

　　　　　　진짜.

재희　　　　(얼빠진) 강두기 데려온 줄 알았어요.

승수　　　　...

에이전트	(영어로) 근데 중요한 건 하루 사이에 가격이 좀 올랐습니다.
길창주	(통역)
승수	(놀람/노려보면)
에이전트	(영어로) 50만 달러라고 들었는데... 거기에 두 배로 시작합시다.

놀라운 소리와 함께 스피드건에 찍히는 152km.

세영	갑자기 두 배라뇨. 말도 안 돼!
에이전트	(웃으며 영어로) 저 공을 보고도 50만 달러에 계약하려는 너희가 말도 안 돼!
길창주	(에이전트 보며 영어로) 너무 급작스러운 인상이다. 받아들이기 힘들다.

155km를 찍는 스피드건의 숫자.
마일스의 환호 소리가 퍼지면서.

에이전트	(영어로) 그래, 계약은 결렬됐다.

망연자실하게 서있는 세영, 재희.
고민에 빠지는 승수의 표정에서.

"내가 약하면 주변 사람이 힘들어지니까요.
내가 대단한 사람이다. 그런 환상 같은 건 버린 지 오래일 겁니다.
옆에 있는 사람들은 지킬 수 있는 사람이길 바라는 거죠."

STOVE
LEAGUE

5

S#1   **미국 연습장 / 낮**

마일스를 데리고 가는 에이전트.

망연자실하게 바라보던 승수와 세영, 재희.

승수   (영어로) 어떤 구단입니까.

          Which team?

에이전트   (영어로) 대답해줄 의무가 없다.

          I'm sorry, but I don't need to tell you anything.

길창주   대답해줄 의무가 없다네요.

승수   (우리말로) 그렇겠지. 우리 계약 조건 다시 고려해본다고 해주세요.

길창주   (영어로) 계약 조건을 다시 고려해보겠다.

          We'll reconsider the contract conditions.

승수   아, 그리고 어떤 제안을 들었는지 이야기해주면 더 좋을 거라는 얘기도요.

길창주   It would be better to speak to us about what he's been suggested.

세영, 재희가 놀라서 승수를 보고.
답변을 기다리는 승수의 심각한 표정.
에이전트, 승수의 진지한 표정을 보고 피식 웃는다.

에이전트   (영어로) 오늘까지 연락 줘라. 얼마까지 준비할 수 있는지.
Let me know your offer by the end of the day.

S#2   미국 식당 앞 / 밤
식당 앞에서 전화 걸고 있는 승수.

승수   김종무 단장님. 네, 혹시 마일스랑 접촉하셨나요. (듣다가) 아, 아닙니다. 그래요. 좋은 선수 찾으시고 한국에서 뵙죠.

승수, 전화 끊고 다시 전화번호 누른다.

S#3   사장실 / 낮
승수의 전화 받고 있는 강선.

강선	얼마가 필요한 건데. 100만 달러? 맥시멈이잖아. 그건 좀... 그렇게 괜찮은 투순가? 아무튼 알았어요. 상무님이랑 상의해봐야지.

전화 끊고 나서 '상무님'에다가 전화를 걸려다가 문자로
'상무님, 혹시 통화 가능하신지'를 입력하는 강선.

S#4   미국 식당 승수 테이블 / 밤
서민적인 분위기의 식당.
음식은 나왔지만 먹지 못하고 있는 세영, 재희, 길창주.
승수, 가벼운 한숨 한 번 쉬고 포크, 나이프 손에 쥐고.

승수	드세요.
세영	(살짝 웃으며) 밥을 먹고 힘을 내야 마일스한테 강제 사인이라도 받지. 응?
재희	(한심한 듯 보면)
세영	(작게) 분위기 좀 살리든가.
오사훈	**(소리만)저 실례 좀 하겠습니다.**

승수, 세영, 재희, 길창주 돌아보면
오사훈과 직원 한 명이 그들 앞에 웃는 얼굴로 서있다.

재희	한국 분? 무슨 일이세요?
세영	(알아보고/놀라서 버벅거리며) 안...녕하세요.

오사훈   세영 팀장님, 안녕하세요. (승수 보며) 펠리컨즈 오사훈 단장입니다.

경직되는 승수, 세영, 재희의 표정.

오사훈   합석 어때요?

승수   테이블이 좁은데...

세영   오사훈 단장님이... 마일스 접촉 하셨죠?

오사훈   네에.

세영   마일스 몸값 두 배로 올리신 분이랑 같이 식사하면 체할 거 같은데.

오사훈   아니죠, 그 말은 너무 자기중심적이죠. 제 입장에서 말씀드리자면
우리가 마일스를 적정 가격에 데려가는 거죠. 드림즈는 어차피 마
일스의 몸값을 지불 안 해도 돼요. 마일스를 데려가는 건 우린데.

승수   (애써 여유 있게 웃는) 계약 안 했잖아요.

오사훈   포기를 모르는 그런 자세... 좋은 거 같습니다. 근데 마일스는 어
떻게 알고 오셨어요? 경쟁 같은 거 걱정도 안 했는데. 여유 있게
왔으면 놓칠 뻔 했네요.

승수   오사훈 단장님, 현장에서 좋아합니까?

오사훈   (?)

승수   스카웃 어떻게 하세요? 팀에 필요한 퍼즐을 찾아서 맞춰요? 아니
면 포지션 무관하게 그냥 잘하는 놈 붙잡기?

오사훈   (이것 봐라 싶은) 전 그냥 제 맘대로 해요.

승수   1선발, 조병윤도 오른손. 2선발 데이브도 오른손... 4, 5선발도...
오른손 아니에요? 근데 마일스도 오른손 투수네요.

오사훈   마일스를 저희가 데려가면 곤란해지시는 거잖아요.

승수	오사훈 단장님, 내기하실까요. 귀국길에 웃는 게 누군지?
오사훈	저요. 돌다리 하나하나 다 두들겨보는 답답한 성격이에요. 마일스는 우리가 데려갈 수밖에 없는데. 하시죠. 그 내기.
승수	(미소)

S#5 　사장실 / 낮

사장실의 상석에 앉아있는 경민과 그 옆에 앉은 강선.
경민, 골똘히 생각하다가 일어서서
사장실의 한구석에 서서 어딘가 전화 거는 경민.
낮은 목소리로 통화하는데 강선의 귀엔 들리지 않는다.

경민	당신네 오사훈 단장이 알아본 용병 이름 맞지? 예산은 얼마 잡았는데? 오케이. 내가 이 정보로 당신한테 피해줄 거 같애? 웃기는 소리 하지 말고 끊어. (끊고 나서 강선 보며) 우리 밀어줄 땐 밀어줍시다. 통 크게 90만 달러.
강선	지금 바로 전화하겠습니다.

S#6 　미국 식당 승수 테이블 / 밤

이때, 승수의 휴대폰 진동소리가 테이블에서 울리고.
굳이 받지 않고 오사훈을 의식하는 승수.
오사훈도 그 낌새 눈치채고.

| 오사훈 | 제가 자리를 비켜드려야 받으시려나. 사실은 강두기. 우리가 데려 |

오사훈   제가 자리를 비켜드려야 받으시려나. 사실은 강두기. 우리가 데려
         올 수 있을까 싶어서 얘기 중이었거든요. 얼굴 한번 보고 싶었어
         요. 식사 맛있게 하세요.

         오사훈과 직원 돌아서 멀리 떨어진 곳에 자리 잡고 앉는다.
         승수, 그 모습 확인하고 전화 받는다.

승수   여보세요?

         승수, 전화 받는 진지한 모습
         그 옆에서 듣고 있는 세영과 재희.
         승수, 전화 끊고.

승수   식사들 하세요.
세영   어떻게 됐어요?
승수   ... (음식 한 술 뜨고) 100만 달러는 어렵다네요.

         승수, 무거운 분위기 속에
         휴대폰 카메라로 음식 사진을 찍고 식사를 계속하면,
         눈치 보던 세영, 재희도 숟가락을 든다.
         그제야 숟가락을 드는 길창주.

S#7   **사장실 / 낮**
사장 자리에서 간단한 서류 검토 중인 경민.
그 옆에 서서 보던 강선.

강선   근데 상무님.

경민   (?)

강선   90만 달러까지 허락하신 거요... 10만 달러 차이면... 혹시... 백 단
       장이 그 용병 데려올 수도 있지 않을까요?

경민   하... 사장님. 큰일날 소리 하고 그러세요. 아니, 무슨 우리가 백승
       수 단장의 실패를 기원하는 사람처럼 그렇게 얘기를 하고 그러세
       요. 우린 지금 생각보다 많은 지출을 감수하면서 백승수 단장을
       응원하는 거 아닙니까?

강선   ... 아, 그런... 그렇죠.

경민   (씨익 웃고) 용병이에요. 10만 달러 차이, 작은 거 같죠? 용병은 돈
       이 다예요.

S#8   **미국 식당 승수 테이블 / 밤**
무거운 분위기 속에서 눈치를 살피던 세영.

세영   그러면... 그리핀 선수 연락해볼까요?

승수   세영 팀장님은 다른 팀에서 제안이 온다면 옮길 생각이 있어요?

세영   네? 아뇨.

승수   연봉을 올려준대도요?

세영	당연하죠. 저한테는 드림즈라는 팀이... (하다가 깨닫는) 아...!!
승수	그렇죠. 모두가 연봉이라는 기준 하나에만 집착하진 않겠죠.
재희	근데 용병들은 지연도 없고 학연도 없고... 기타 요소를 반영하기가 어려워서 그게 거의 전부 아닌가요.
세영	돈 차이가 크다면 그렇겠지.
승수	90만 달러까지 가능하다네요. 마일스와 다시 접촉해볼 겁니다.
세영	(불안한)

S#9   드림즈 연습장 / 낮

투구 폼을 천천히 잡아가는 유민호.
옆에서 지켜보면서 동작 멈춰 세우는 투수코치 최용구.

최용구	뒤꿈치로 플레이트를 단단히 눌러야지. 상체 움츠러들지 말고. 엉덩이의 힘이 공으로 가는 거야.

멀리서 이걸 지켜보는 수석코치 이철민.
최용구가 잠시 전화 받으며 자리를 비우자
유민호에게 다가간다.

이철민	플레이트 차고 나가지 마. 그런다고 볼 끝 좋아지는 거 아니다. 머리 회전축 유지하고. 너 또 부상당할 거야. 인마?

S#10   드림즈 연습장 다른 구석 / 낮

다른 신인 선수들 훈련 과정 말없이 지켜보는 이철민.

천천히 다가오는 최용구.

이철민이 의식하면서 시선 주지 않는데.

최용구   형이 그랬어요?

이철민   뭐가?

최용구   아니, 왜 민호 폼 잡아놨더니 흔들어놓고 가냐고요.

이철민   이 새끼가...

최용구   형이 투수코치예요? 이럴 거면 투수코치 그냥 해요. 내가 수석코
          치 하게.

이철민   야, 내가 너보다 더 공부했고 투수코치 더 오래 했어.

최용구   수석코치는 그냥 운영이나 신경 쓰세요. 아님 나랑 바꾸든가.

최용구, 신경질 내며 가버리고

이철민은 몹시 불쾌한 표정.

S#11   드림즈 연습장 / 낮

혼자 몸 풀고 있는 강두기.

성복이 여기저기 둘러보다가 시선이 그쪽에 멈춘다.

강두기와 조금 떨어진 곳에서 몸을 풀고 있는 장진우.

강두기의 스트레칭 동작을 보면 놀라운 유연성을 보이는데

장진우는 흉내도 못 낸다.

의식하면서 괜히 기가 죽는 장진우.

성복   장진우 공은 지저분해서 못 치겠다. 올해 한 번도 정타를 친 적이
         없다.

장진우   네?

성복   국가대표 3루수인 김대춘이 그러던데.

장진우   그런 말도 했어요?

성복   빠른 공이라고 무조건 좋은 공이 아니고.

         이때, 놀라운 미트 소리에 돌아보면 강두기의 투구 연습.
         그러나 그런 장진우만 보는 성복.

성복   예상했는데도 너무 빠르니까 몸이 반응을 할 수가 없어서 헛스윙
         삼진을 하는 저런 공도 있고.

장진우   (돌아보면)

성복   이런 건 칠 수 있겠다 싶어서 치는데 빗맞아서 땅볼로 굴러가는
         공도 있지.

장진우   ...

성복   강두기가 7이닝을 막고 나서 8회를 막으러 나온 장진우.

장진우   ...

성복   아무리 빨라도 강두기보다 빠를 수가 없는데 어떤 공으로 상대
         타자들을 괴롭혀야 될까.

         성복, 장진우 어깨 두들겨주고 걸어간다.

저만치서 다가오는 최용구.

최용구   감독님, 철민이형 투수코치 시켜주시고 저 수석코치로 올려주세
요. 투수코치가 하고 싶은 거 같은데.

성복   (평소와 다른 위압감으로) 니들도 이제 잘 지낼 때가 된 거 같은데.

최용구   (움찔하면서) 그... 각자 역할이라는 게...

큰 미트 소리와 함께 지켜보는 선수들 환호성이 터진다.
입을 벌린 채 바라보는 유민호.
돌아보면 강두기의 실전 투구.

유민호   (기가 죽은) 와... 어떻게...

성복의 시선도 강두기에게 멈춘다.

최용구   단장은 어디 갔어요?

성복은 강두기의 투구에서 여전히 시선을 떼지 않으며.

성복   강두기가 던진 다음 날 던질 투수 뽑아야지.

최용구   아, 용병... 근데 그 돈 가지고 되겠어요. 가운데에 던질 줄만 알아
도 다행이겠네.

성복   (웃으며) 훈련합시다.

S#12 **미국 펍 / 밤**

들뜬 얼굴로 친구 몇 명과 맥주를 마시며 떠드는 마일스.

떨어진 테이블에서 그 모습 지켜보는 세영, 재희.

승수와 길창주가 그 앞에 앉는다.

마일스의 친구들은 알아보지 못하고 비키라는 제스처 취하고

마일스가 제지 시킨다.

마일스 (제지하며 영어로) 일하는 거야. 잠깐만 자리 좀 비켜줘.

It's work. Can you guys excuse us just a moment please?

마일스 친구들, 마일스 어깨 정도 툭툭 치고 자리 비켜주면.

승수 우리가 제안할 수 있는 금액은 90만 달러. 아마 당신이 제안받은

100만 달러보다 10만 달러가 적을 겁니다.

길창주 What we suggest is 0.9 million dollars, (which is 0.1 million

less than what you've been suggested).

마일스 (영어로) 미스터 백.

Mr. Baek.

승수 (?)

마일스 (영어로) 나는 바보가 아니다. 내가 트리플A 경력이 적어서 불리한

걸 알지만 당신들도 아는 만큼 난 내 실력을 잘 안다. 100만 달러

에 날 잡을 수 있는 건 기회다. 100만 달러는 날 만족시키는 금액

이 아니라 최소한의 성의다. 당신네 리그의 그 100만 달러 상한

선 때문에 난 매우 화가 나 있다.

Look... I'm not stupid. I know I'm not favorable because I've only had a few Triple careers. But I know what I can do out there. It's a big chance to catch me for a million bucks. To be a real, a million ain't even enough. It's just the minimum to show me that you are serious. And that actually kind a pisses me off too, because to you, that is upper limit.

길창주 　트리플A 경력이 적지만 자기 실력 대비해서 100만 달러는 비싸지 않다고 합니다.

승수 　펠리컨즈는 작년에 두 번의 용병 교체가 있었는데 알고 있습니까?

길창주 　The Pelicans replaced foreign players twice last year.

마일스 　... (계속하라는 손짓)

승수 　우리는 최근 3년간 시즌 중에 용병을 교체한 적이 단 한 번도 없습니다. 리그에 적응할 시간을 충분히 준다는 얘기죠. 원한다면 그 조항을 계약서에 명시하겠습니다

마일스 　(영어로) 돈이 없어서 아닌가?

　　　　Why, because you don't have enough money?

승수 　돈이 있든 없든 당신에게 미치는 영향을 얘기하는 겁니다.

마일스 　(영어로) 내가 교체될 일이 있을까?

　　　　You think I might be replaced?

승수 　잘 알 만한 맥 밀러 선수도 메이저리그에서 좋은 이력을 갖고 있었지만 우리 리그에서는 4개월 만에 교체돼서 미국으로 돌아갔죠.

마일스 　(흔들리는 눈빛)

승수 　그리고 다른 팀들은 적응하지 못 하는 용병 투수들한텐 중간 계

투를 맡기는 일도 망설이지 않습니다.

길창주   (Right now)The dreams is suggesting something more than just money. Don't be silly just for a hundred thousand dollars.

마일스   (영어로) 선발투수 보장도 계약서에 추가할 수 있나.

Can you guarantee me a starting pitcher on the contract?

승수   물론입니다. 국내 규정상 100만 달러 이상을 줄 수 없지만 다음 해에 재계약을 하게 되면 그런 상한선도 없어집니다. 그리고 한 시즌 잘하면 일본에서도 마일스를 알게 될 거고... 일본은 돈을 아끼지 않는 팀들이 굉장히 많이 있습니다. 우리 팀에서 보장받은 1년을 괴물 투수 마일스의 쇼케이스라고 생각해도 좋을 것 같은데요. 지금 10만 달러를 더 받는 건 그때 가서 보면 아무 의미가 없을 겁니다.

마일스   (영어로) 나의 성공 가능성을 몇 프로로 점치고 있나?

How much do you bet on my success?

승수   100%입니다. 단, 시즌 끝까지 기회를 보장 받았을 경우에 한해서.

마일스   (영어로) 또 자기한테 유리한 대로 얘기를 하는군.

Again, You're talking in your favor.

승수   당신의 예전 동료 중에서 우리나라에서 뛰고 있는 선수가 있으면 전화해서 확인해보시죠. 우리 드림즈는 철저히 자율적인 훈련을 권장하고 있지만 펠리컨즈는 다릅니다. 용병도 예외 없는 집단 훈련이 자리 잡았어요.

길창주   Our team suggests you to train yourself as you want. But the Pelicans? Never.

마일스   (영어로) 그래도 당신들은 10만 달러를 덜 준다.

Still, you give me hundred thousand bucks less.

승수   10만 달러의 차이를 뒤집을 만큼의 사실을 난 이미 다 얘기했다
고 생각하는데. (웃으며) 아닌가?

승수, 길창주 일어나고 나면
마일스, 기 빠진다는 듯이 의자에 등 기대며 한숨 쉰다.
일어나서 돌아선 승수의 앞을 가로막은 사람.
승수가 얼굴 들어 보면 마일스의 에이전트와 오사훈.
마일스의 에이전트가 승수를 거칠게 밀면 승수 밀려나고.

에이전트 (영어로) 나 없이 우리 선수를 따로 만나?
You're meeting with my player without me?

흥분한 에이전트를 길창주가 가로 막아선다.
에이전트가 밀쳐내려고 하는데 길창주의 힘에
오히려 밀려서 당황한다.

길창주   (영어로) 진정해라.
Calm down.

에이전트 (영어로) 당신이 여길 왜 껴.
It's not your place to be.

길창주   (영어로) 맥주 마시러 왔다. 그러다 우연히 마주쳤고 당신이 없었
을 뿐이다.
We just came to drink beer and just met him. And you just

weren't here.

에이전트   (영어로) 그런 뻔한 거짓말을.

　　　　　That's a lie.

오사훈이 에이전트 어깨를 툭툭 두들기며 승수 앞에 서면서
길창주 얼굴 유심히 보고 흠칫 놀라곤 이내 입가에 미소 띠고.

오사훈   통역을 엄청 잘 뽑으셨네요?

승수   ...?

오사훈   신사적으로 했으면 좋았을 텐데요. 서로 모르는 사이도 아니고.

승수   한가한 소리 하시네요. 비신사적인 것도 없었는데.

오사훈   참 열심이시네.

승수   ...

오사훈   어쩐지... 이 오밤중에 계약을 하고 싶더라니.

승수, 길창주 놀라서 마일스를 보면
마일스와 에이전트가 대화를 나누는 중이고
오사훈도 다가가서 마일스와 대화를 섞는데
둘 다 입가에 미소가 번진다.
불안한 승수 표정.
오사훈, 다시 승수에게 다가와서

오사훈   단장님, 나름 애 많이 쓰셨네요. 단장님이 마일스한테 얘기한 내
　　　　 용들. 좋은 얘기들인 것 같아서 우리도 계약서에 보장해주겠다고

했습니다.

승수   배호준 감독이 자율적인 훈련을 시킬 거라고 보장할 수 있습니까?

오사훈 백 단장님.

승수   당신이 배호준 감독 고집을...

오사훈 진짜든 아니든 간에 마일스가 믿으면 그 다음은 우리 문제 아닌
      가요?

승수   ...

오사훈 생각해보세요. 왜 백승수 단장이 말하면 생각해보겠다고 하고 오
      사훈이 말하면 바로 오케이를 하는지.

길창주 (당하는 승수가 안타까운)

승수   돈을 더 주는 이면 계약이겠죠.

오사훈 (웃으며) 돈 가지고 고민만 하다 일 못 하면 안 되니까요. 그냥 선의
      로 드리는 조언인데 빨리 다른 용병 찾으시는 게 맞지 않을까요?

승수, 쓸쓸하게 웃는다.

S#13   미국 도로 / 밤
      달리는 승수의 차량.

S#14   차량 안 / 밤
      운전 중인 길창주.
      승수, 세영, 재희, 모두 어두운 표정으로 각자 창밖을 보다가.

세영이 승수 눈치보고 조심스럽게.

세영   광고 찍어서 얹어주겠다는 거네요.

재희   100만 달러 이상을 제시했다고 인정한 거네요? 그러면 이면 계
        약으로 신고해버리죠.

세영   그 신고가 의미 없겠지.

재희   왜요?

승수   ...

세영   광고료 형태로 지급하는 게 안 된다는 규정 같은 거. 아직 없고.

재희   근데 마일스가 광고 효과가 있나요? 유명한 선수도 아닌데.

세영   야구단 달력 만들 때 사진 몇 번 찍고 지급하는 거지.

재희   그럼 우리도 광고료... (생각해보니) 그럴 돈이 없겠죠.

승수   순진하게 10만 달러 차이일 거라고 생각하고 접근한 건 실수였
        습니다.

세영   애초에 우리가 이길 수 없는 게임이었어요.

승수   돈이 없어서 졌다.

세영, 재희, 창주   (?)

승수   과외를 못 해서 대학을 못 갔다. 몸이 아파서 졌다. 다 같은 환경
        일 수가 없고 각자 가진 무기 가지고 싸우는 거... 핑계 대면 똑같
        은 상황에서 또 집니다. 오사훈 단장한테 진 게 아니라 그냥 그렇
        게 주어진 상황한테 진 겁니다.

길창주   ...

승수의 표정을 살피는 세영.

노트북 켜서 영상을 플레이한다.
화면에 나오는 그리핀의 투구.

세영   우리 그리핀 영상이나 볼까요?

승수, 수긍한다는 듯이 옆자리의 세영의 노트북을 본다.
세영, 조금 안심한 표정이 되고.

세영   그냥 보이는 퍼포먼스가 화려하지는 않아요. 머리 싸움을 즐기는
         스타일이라서 적응이 빠를 거라고 기대가 되구요. 그런 면을 감
         안했을 때 마일스보다 반드시 못하다고는 볼 수 없는 선수입니
         다. 영상을 보면 볼수록 멘탈도 좋아보여요. (손가락으로 짚으면서)
         여긴데요. 2루수가 실수해서 주자가 만루가 됐는데 괜찮다고 손
         짓하고 삼진으로 경기 마무리하는 거. 마일스는 재미있는 사람이
         긴 한데 다혈질이라서 한 시즌 내내 폭탄을 안고 가는 기분이 들
         거 같은데...

S#15   **미국 숙소 복도 / 밤**
         재희가 먼저 짐 들고 방으로 들어가고.
         세영도 뒤따라서 방으로 들어간다.
         재희가 들어간 방으로 들어가려던 승수가
         다른 방에 들어가려던 길창주를 보고.

승수	저기 로버트 길.
길창주	네?
승수	오늘 고생 많았습니다. 앞으로 잘 부탁해요.

승수가 악수를 청하면 길창주도 손 내밀어 악수하고.
각자 방으로 들어가고.

S#16   미국 연습장 2 외경 / 낮

S#17   미국 연습장 2 / 낮
선수들 저마다 연습하는 사이로
그리핀, 자신의 이름이 박힌 유니폼을 입고 마운드 위로 올라간다.
현장에서 연습 풍경을 지켜보는 승수, 세영, 재희, 길창주.
그리핀의 실전 투구가 시작되고.

세영	베테랑답게 훈련에서도 안정적인 자기 루틴이 있는 거 같네요.
길창주	코너웍을 찌르는 제구도 좋네요.
승수	(신중하게 지켜보는)
김종무	백승수 단장님.

승수 일행, 돌아보면 김종무가 놀란 얼굴로 서있다.

승수	김종무 단장님, 여기 어떻게 오셨어요.
김종무	나 캘리포니아로 간다고 했잖아요. 근데 누구 보러 오셨어요?

세영의 얼굴에 불안한 기운이 스친다.

김종무	혹시... 그리핀...?

눈을 질끈 감는 세영.

S#18 미국 연습장 2 주변 / 낮
승수와 김종무 두 사람만 서서 심각한 대화 중.

김종무	단장님. 알게 된 지는 얼마 안 됐지만 서로 응원하는 마음에서. 까놓고 얘기합니다. 얼른 세 번째 용병 알아보러 가세요.
승수	...
김종무	우선권을 주장하는 게 아니라 우리 입장에서도 놓치면 대안 없어서 놓치지 않을 건데. 우리 의지가 얼마나 강한지 얘기하는 거예요.
승수	알겠습니다.
김종무	(미안한) 오기 전에 서로 다 얘기했으면... 시간 낭비 안 했을 텐데. 그니까 그 셋 셀 때 얘기 하지 그랬어요.
승수	한국에서 뵙죠.

S#19   미국 연습장 2 주차장 / 낮

분위기가 가라앉은 승수 일행.

승수   바이킹스는 그리핀을 무조건 잡을 겁니다.

재희   그래도 미팅 한 번 못하고 가는 건가요.

승수   너희 돈 없잖아. 이 말을 최대한 배려해서 돌려서 친절하게 해줬
습니다. 뺏을 수도 없는 선수를 더 흔들 이유 없겠죠.

세영   10만 달러 차이라고 이제 생각 안 하세요? 포기하신 거예요?

승수   생각보다 공도 느려요. 영상에서 봤던 삼진 잡는 모습은 이제 자
주 보기는 어려울 거 같네요.

세영   삼진은 못 잡아도...

승수   커터*로 땅볼을 만들어내는 선수지만 우리는 내야 수비가 취약한
편입니다. 메이저리그에서 방출된 마지막 팀도 내야 수비가 약한
팀이었습니다. 김종무 단장도 그걸 알 겁니다. 바이킹스는 내야
수비가 탄탄하니까 마음 쓰지 않는 거죠. 오늘은 쉽시다.

차량에 올라타는 승수 일행.

무거운 마음으로 운전석에 가장 늦게 타는 길창주.

S#20   미국 주유소 / 낮

주유구에 기름 넣는 길창주.

● 타자 앞에서 살짝 떨어지거나 우투수가 던졌을 때 좌타자 몸쪽으로 날카롭게 휘어 들어가며 정확히 맞추기 어
려운 속구.

기다리며 휴대전화 꺼내서 통화한다.

재희   그러면 커피 셋, 이온음료 하나 맞죠?

편의점으로 들어가는 재희.
차량과 조금 떨어진 곳에서 어깨 정도 풀고 있는 승수.
본의 아니게 길창주의 통화가 들린다.

길창주   으슬으슬해? 약은... 아, 약도 못 먹잖아. 여기 분위기가 안 좋아서...

승수, 통화가 안 들릴 만한 곳으로 조금 떨어져서 다시 서는데
세영이 다가온다.

승수   마음 약해질 무렵이죠.
세영   천만의 말씀이십니다. 용병 농사라는 말이 있잖아요. 진짜 지독하
        다 싶게 할 거예요! 저 아직 기운이 넘쳐납니다!
승수   ... 그래요. 다행이네요. 혹시 저녁 식사는...
세영   제가 봐둔 식당이 있어요.
승수   메뉴가 뭐죠?
세영   멕시코 요린데요.
승수   한식 먹죠.
세영   아, 다행히 근처에 한식집도 있어요. 찌개 전문인데...
승수   찌개도 별로에요. 뭔가... 아무튼 먼저 차에 들어갑니다.
세영   (작게) 뭐야... 맛 칼럼 쓰러 왔어? 어이없어.

승수, 차 안으로 들어가면 세영도 따라 들어가다가
주유구 닫는 길창주 본다.

세영   운전하기 힘드시죠?
길창주   아닙니다.

차 안의 승수 자리 창문이 열리고.

승수   운영팀장님, 그래서 저녁 어디서 먹는데요?
세영   (짜증이 밀려오는) 아니, 대체 뭐 드시고 싶어서 그러시는데요?

S#21   길창주 집 안방 / 밤
길창주, 집에 들어오면 좁고 어두운 방 안 풍경.
그 가운데 길창주 온 줄도 모르는 길창주 아내 인경이
공예품 같은 것 만들다가 놀란다.

길창주   아픈 사람이.
인경   아픈 거 잊으려고 잠깐 좀 만졌어.

돌아보는 인경의 배가 만삭이다.

길창주   손님들 오셨어. 밖에 계셔.
인경   여기서 좀 떨어진 데 아니었어?

길창주	단장님이 라면이 너무 먹고 싶다고 해서.
인경	(갸우뚱) 들어오시라고 해.

S#22   길창주 집 주방 / 밤

선 채로 어색한 인경.
길창주가 끓인 라면 냄비를 식탁 위에 올려놓고.

세영	(어색한) 같이 드시죠.
인경	(마찬가지 어색한) 아닙니다. 괜찮아요.

재희는 승수 눈치보고
승수도 어색한 상황에 얼굴이 벌게진 채로 라면을 먹으려는데

세영	사진 찍으셔야죠.
승수	아, 네.

승수, 휴대폰 카메라로 라면이 차려진 상을 사진 찍고
인경만 어리둥절.
세영, 재희, 길창주는 익숙한 듯 사진 찍기 기다린다.

S#23   길창주 집 현관 / 밤

승수, 세영, 재희를 배웅하는 길창주와 인경.

승수	내일 뵙죠. 로버트 길 씨는 집에서 쉬세요.
길창주	그래도 제가 하는 일이...
승수	아뇨, 경비를 아껴야 될 거 같아서요. 저희 구단 가난합니다.
길창주	(배려를 느끼고) ... 감사합니다.

승수 일행의 뒷모습을 한참을 보는 길창주.

S#24　미국 연습장 3 외경 / 낮

S#25　미국 연습장 3 / 낮

허버트가 공 던지는 모습.

'나이스' 등의 소리가 울려 퍼지는데 하품하며 보는 세영.

자기도 모르게 하품이 나왔다 싶어 놀라서 승수를 보니

승수도 하품 중이다.

피식 웃으며 안심하는 세영.

승수도 조금 민망한데.

승수	허버트랑은 미팅 안 해도 될 거 같아요.
세영	음... 이제 그 다음은 사실 허버트보다 기대가 안 되는 선수들밖에...
승수	(생각하다가) 이동하시죠.

S#26   미국 도로 / 낮

　　　　　　달리는 승수 일행 차량.

S#27   차량 안 / 낮

　　　　　　컴퓨터로 영상 보는 세영.

　　　　　　졸고 있는 재희.

　　　　　　그리고 운전 중인 길창주를 보는 승수.

　　　　　　승수, 길창주의 뒷모습 보면서 생각이 많은데.

　　　　　　길창주가 당황한 기색을 느낀다.

승수　　　무슨 문제 있습니까.

길창주　　기름이... 차가 곧 멈출 거 같습니다.

　　　　　　승수, 창밖을 보면 허허벌판.

승수　　　(당황했지만 감추려 애쓰며) 이런 일도 있는 법이죠.

　　　　　　차량이 멈추고.

S#28   미국 허허벌판 사이 도로 / 낮

　　　　　　차량 밖으로 나온 승수 일행.

　　　　　　주변을 둘러보고 땅을 발로 차는 재희.

시계를 보고 심각한 표정의 세영.

누구보다 난처한 길창주 표정.

깊은 생각에 빠진 승수.

S#29　　**비행기 외경 / 밤**

S#30　　**비행기 안 / 밤**

세영, 재희는 나란히 앉아서 책을 보고 대화를 하는 모습.

크게 밝지도 어둡지도 않은 표정.

그리고 조금 떨어진 자리에서 눈 감고 잠을 청하는 승수.

그리고 그 뒷자리에서 신문을 보고 있는 마일스.

S#31　　**미국 연습장 / 낮**

자막〉3일 전

마일스를 데리고 가는 에이전트.

망연자실하게 바라보던 승수와 세영, 재희.

승수　　(영어로) 어떤 구단인가.

에이전트　대답해줄 의무가 없다.

<플래시백, 4씬>

오사훈   마일스를 저희가 데려가면 곤란해지시는 거잖아요.

승수   오사훈 단장님, 내기하실까요. 귀국길에 웃는 게 누군지?

오사훈   저요. 돌다리 하나하나 다 두들겨 보는 답답한 성격이에요. 마일
          스는 우리가 데려갈 수밖에 없는데. 하시죠. 그 내기.

승수   (미소)

///

S#32   차 안 / 밤
        조용한 분위기 속에서 길창주 운전.
        각자 노트북으로 일정 체크하는 세영, 재희.
        고민 많은 얼굴로 창밖을 보는 승수.

S#33   미국 숙소 복도 / 밤 (15씬 그대로)
        승수가 악수를 청하면 길창주도 손 내밀어 악수하고.
        각자 방으로 들어가고.

S#34   미국 숙소 승수 방 / 밤
        침대에 눕자 피로가 몰려오는 듯 눈을 감은 승수.
        그러다가 벌떡 일어나서 노트북을 켠다.

〈시간 점프〉

　　　　뭔가 타이핑도 하면서 노트북 화면 보는 승수.

　　　　그때 제법 크게 들리는 복도 걸어가는 발소리.

　　　　승수가 문 쪽으로 잠깐 시선이 간다.

　　　　승수, 일어나서 문을 열어서 보면.

S#35 　　**미국 숙소 복도 / 밤**

　　　　문을 열고 보는 승수의 눈에 복도 모퉁이로 돌아가는

　　　　옷을 갈아입은 길창주 뒷모습 보인다.

　　　　승수, 빠르지 않은 걸음으로 복도 모퉁이로 걷는다.

S#36 　　**미국 숙소 주변 공터 / 밤**

　　　　편한 옷차림으로 산책을 하는 세영.

　　　　세영을 발견하고 천천히 다가오는 뒤쪽의 재희.

재희　　이렇게... 한국에서도 안 해본 데이트를 해보네요.

세영　　(친근하게 웃으며) 뭐야, 이 한국산 밤톨이는. 꺼져. 인마.

재희　　외국 무서운 줄 모르고 혼자 다녀요?

세영　　안 피곤하냐.

재희　　팀장님은 왜 안 쉬고요.

세영　　잠이 오냐. 허버트 투구 영상 보다가 나왔는데... 허버트는 잘 모
　　　　르겠어. 차라리 앤디를 잘 설득할 걸 그랬나.

재희	... 단장님 결정이잖아요.
세영	단장님도 그런 생각 하면 더 문제지. 단장님이 수습해야 될 일들이 한 두 개가 아닌데.
재희	...
세영	왜.
재희	아니에요. 근데 로버트 킬. 그 사람 야구 많이 좋아하나 봐요.
세영	...? 뭔 소리야.
재희	어제 마일스를 보고 말할 때도 뭐 좀 아는 척을 하던데요?
세영	길창주 선수 몰라? 로버트 길이 길창주 선수잖아.
재희	(기억을 더듬다가/생각난) 아!!

S#37   미국 숙소 주변 공터 / 밤

좁은 공간에서 러닝 중인 길창주.

호흡에 신경 쓰며 진지한 표정으로 러닝 중인 표정.

길창주 어깨너머로 보이는 세영과 재희.

세영	(혀를 끌끌 차며) 아직 멀었다, 넌.
재희	잠깐 깜빡했죠. 길창주 선수를 제가 왜 몰라요. (길창주 쪽으로 걸음 옮기는데)
세영	너 가서 아는 척 할 거면 그냥 들어가서 잠이나 자라.
재희	(뜨끔) 왜요.
세영	아직 은퇴 안 했어. 지금 어떻게든 선수 생활 이어가려고 하는 훈련인데 방해하지 마.

승수	(소리만)피곤할 텐데 아직 안 잤습니까.

재희, 세영 누군가 돌아보면 승수다.

세영	단장님도 산책하세요?

길창주가 매트를 질질 끌며 벽에 기대 세워둔다.
그리고 한구석에 있던 가방을 들고 와서
지퍼를 열어보면 잔뜩 든 야구공.
가방 옆에 서서 공을 하나씩 집어서
매트를 보며 와인드업하는 길창주.
세영, 재희가 승수 보며 대화를 나누는 중.

승수	그냥 잠이 안 와서 나왔습니다. 근처에 밝은 곳도 없어서...

승수, 말 마치자마자 그들에게 들릴 만한 큰 소리가 들린다.
일정한 간격을 두고 들리는 매트에 공이 맞고
떨어지는 찰진 소리.
길창주 쪽에 시선이 멈춘 승수.
뭔가 이상함을 느끼고 돌아보는 세영과 재희.
길창주가 와인드업 이후에 강력한 직구를 뿜내며
매트에 꽂힌 공이 흘러내리고 있다.
재희가 벙찐 얼굴로 세영을 보면 세영 역시 시선을 못 떼며.

세영   어, 내 생각도 그래.

           길창주의 투구에 집중하는 승수.

S#38   **미국 숙소 승수 방 / 밤** (35씬 이어서)
           노트북으로 검색 중인 승수.
           길창주 검색어 입력하고 웹서핑하면.
           '조국을 등진 남자의 쓸쓸한 추락' 제목의 기사가 눈에 띈다.
           기사를 클릭하면
           '길창주가 방출당했다. 한때 그는 메이저리그에서
           9승 4패 방어율 3.53의 제법 괜찮은 성적을 남기기도 했다.'

S#39   **미국 숙소 주변 공터 / 밤**
           길창주의 투구를 지켜보는 승수, 세영, 재희.
           공이 매트에 꽂히는 찰진 소리가 일정 간격을 두고 들려오고.

승수   저 정도면...
세영   미국 와서 본 공 중에서...
재희   ... 저 잠시 숙소 다녀올게요.
세영   (아직도 놀라 고개 돌리지도 못하고) 야, 어디... 가..

S#40　　미국 숙소 승수 방 / 밤

　　　　자신의 짐을 헤집어 찾는 재희.

S#41　　미국 숙소 주변 공터 / 밤

　　　　눈치 못 채고 실전 같은 투구를 계속하는 길창주.

　　　　지켜보는 승수와 세영.

승수　　처음부터 알고 있었습니까.

세영　　단장님한테 말씀드릴까 했는데 코디 일이랑은 상관없는 거 같기
　　　　도 하고 해서... 어떻게 아셨어요?

승수　　분석하는 거 보면 그렇죠. 선수가 아니면 좀 이상한 정도로 많이
　　　　알아서. 혹시나 싶다가 악수해보니까 투수 손이고.

　　　　포수 장비 갖춰서 입고 나오는 재희가 멀리서 다가온다.

재희　　하하, 코디님.

　　　　놀라서 돌아보는 길창주.

　　　　마찬가지로 놀라서 돌아보는 승수와 세영.

〈시간 점프〉

　　　　매트 앞에 자리한 재희.

재희	풀 파워 피칭 해주세요. 꼭.
세영	야, 너 진짜...
재희	장비 빨이라는 게 있잖아요. 안 다쳐요.
승수	...
길창주	풀 파워까지는...

와인드업해서 공 던지는 길창주.
엄청난 소리와 함께 공을 받아내는 재희.
괴성을 지르면서 바로 글러브를 바닥에 내팽개친다.

세영	(혼잣말하듯) 속이 시원하네요. (재희 보며) 야, 괜찮냐.
재희	아, 괜찮아요.
길창주	또 받을 수 있어요?
재희	(놀라서) 노노. 아뇨.
세영	저희가 훈련 방해했죠?
길창주	괜찮습니다.
승수	이제 팔꿈치는 괜찮습니까.
길창주	네?
승수	인대 수술...
길창주	(알고 있구나) 네. 그게 불안해서 매일 던지고 있습니다. 의사 말대로 괜찮은 건지. 계속 확인하고 싶은 거죠. (웃으면서) 괜찮습니다.
승수	성실하시네요.
길창주	이거밖에 없으니까요.
재희	제 손은 거짓말 못 하거든요. 저 얼마 전에 마일스 공 받아본 거

	아시죠?
길창주	아, 감사합니다.
재희	근데 그게 전력투구 아니라는 거?
길창주	(웃으며) 전력투구였어요.
재희	아니, 선수도 아닌 저한테... 저 죽으라고 전력투구하셨어요?

재희의 너스레에 세영, 길창주도 피식 웃는 분위기.

재희	은퇴하기엔 너무 아까우신데... 미국 아니면 국내라도...
세영	(눈치 주며) ... 야.
길창주	그렇게 얘기해주셔서 감사합니다. 근데 제가 현재는 미국 국적입니다.
재희	다시 귀화하는 건 안 되나요?
길창주	네. 국적 회복도 어렵고 돌아간다고 해도 저는 야구협회한테 징계가 걸려서 활동할 수 없는데 누가 저를 데려갈까요.
승수	...
재희	징계요?
길창주	제가 미국에 오는 과정이 매끄럽지 못했습니다. 저도 몰랐지만 소속팀은 야구협회에 신분 조회 요청 과정이 없었고... 고2 때 했던 계약은 규약에도 어긋난다고 해서 야구협회에서 무기한 자격 정지 중입니다.
재희	아...

어색해진 분위기 속에서

승수	미국에서 뛰면서는 징계 해제 요청을 안 했습니까. 한국으로 돌아올 수도 있다고 생각을 하면...
길창주	그 징계 문제를 해결한다 해도... 전 병역을 기피한 죄인입니다.
승수	9승을 거뒀을 때 다음 시즌은 15승쯤 하겠다 싶었겠죠. 이제 적응이 다 됐는데 꿈을 눈앞에 두고 군대를 가게 되는 게...
세영	그때 사람들도 길창주 선수는 귀화해도 이해한다고 그랬어요.
길창주	(머뭇거리다) 아내 심장에 종양이 생겼습니다. 심장 이식 수술을 해야 하는데 한국에서는 대기자가 너무 많았어요. 저만 돌아와서 군대를 갈 수가 없었습니다. 제가 그때 돌아왔다면 아내는 지금 제 옆에 없었을 겁니다.
세영	왜 언론에 해명도 한 번 안 하셨어요?
길창주	아내 옆을 지킨 건 제 선택인데 아내가 비난받게 할 순 없습니다.
승수	...
길창주	지금은 아내도 건강해졌어요. 후회는 없지만 욕은 먹어야죠. 이기적으로 보였을 거고... 이기적인 거 맞습니다. 용서 받는 건 기대도 안 하고... 야구로 속죄하겠다는 말은 안 해야죠. 제가 남들한테 박탈감 줘놓고 좋아서 하는 일로 속죄하는 건 말이 안 되죠.
승수	용서 안 받고 그냥 미국에서 야구하고. 그런 계획이십니까.
길창주	(멋쩍게 웃으면서) 네. 가끔 메이저에서 뛰었던 선배나 후배들이 그런 말을 하잖아요. 은퇴는 한국에서 하고 싶다고. 저는 그런 말 하면 안 돼요.
세영	꿈도 못 꾸나요, 뭐...
승수	부상 이력에다가 방출 직전 성적도 안 좋았죠.
세영	(그걸 굳이! 찌푸리며 보는)

길창주   근데 자포자기한 건 아닙니다. 아내가 임신을 해서요. 책임질 사
          람이 하나 더 늘었어요.
세영   축하드려요!
길창주   감사합니다. 책임감 때문에 어깨가 무겁긴 해도 힘이... 생겨요.

          길창주, 가족을 생각하는 듯 미소 짓고.

S#42   미국 연습장 2 주변 / 낮 (18씬 회상 + 추가 대사)
          승수와 김종무 두 사람만 서서 심각한 대화 중.

김종무   (미안한) 오기 전에 서로 다 얘기했으면... 시간 낭비 안 했을 텐데.
승수   한국에서 뵙죠.
김종무   미안해요.
승수   (돌아보며) 미안해하지 마세요.

S#43   미국 연습장 3 / 낮 (25씬 회상 + 추가 대사)
승수   허버트랑은 미팅 안 해도 될 거 같아요.
세영   음... 이제 그 다음은 사실 허버트보다 기대가 안 되는 선수들밖에...
승수   허버트 정도면... 괜찮다 싶으세요?
세영   그렇진 않죠.
승수   (생각하다가) 이동하시죠.
세영   그날 길창주 선수 투구를 괜히 봤나 봐요. 눈만 높아져서.

승수	눈높이에 맞는 선수가 아니면 데려가지 말아야죠. 괜히 보다뇨.

S#44 **미국 주유소 / 낮** (20씬 회상 + 추가 대사)

차 안의 승수 자리 창문이 열리고.

승수	운영팀장님, 그래서 저녁 어디서 먹는데요?
세영	(짜증이 밀려오는) 아니, 대체 뭐 드시고 싶어서 그러시는데요?
승수	뭐 얼큰한 거 있잖습니까. 집에서 끓여먹어야 되는 그런 거.
세영	(황당) 라면이요?
승수	(대답 없이 끄덕이면)
길창주	(고민하다) 저희 집이 멀진 않은데...

S#45 **길창주 집 주방 / 밤** (22씬 회상)

선 채로 어색한 인경.

길창주가 끓인 라면 냄비를 식탁 위에 올려놓고.

세영	(어색한) 같이 드시죠.
인경	(마찬가지 어색한) 아닙니다. 괜찮아요.

재희는 승수 눈치보고

승수도 어색한 상황에 얼굴이 벌게진 채로 라면을 먹으려는데

세영	사진 찍으셔야죠.
승수	아, 네.

승수, 휴대폰 카메라로 라면이 차려진 상을 사진 찍고
인경만 어리둥절.
세영, 재희, 길창주는 익숙한 듯 사진 찍기 기다린다.
(22씬에서 추가) 그러다 고개 들어 주변 둘러보는 승수.
길창주의 선수시절 투구 사진이 담긴 작은 액자들이 보인다.
승수, 라면 그릇을 보는데 승수의 그릇에 이가 빠져있다.
길창주도 그걸 보고

길창주	그릇이... 잠시만요.

길창주 일어나려고 하는데 승수가 그릇 돌려서 국물을 마신다.

승수	아무 지장 없습니다. 드세요.

안심하고 라면 먹는 길창주.
승수, 주변을 둘러보면 낡은 살림들이 마음에 박힌다.

S#46   미국 숙소 승수 방 / 밤

통화 중인 승수.
그 주변에는 작은 테이블에 노트북을 두고 통화 중인 세영과 노트북으로 공문 파일 작성 중인 재희.

승수   작년도 외국인 선수 고용 규정 9조 10조, 9장, 10장 다 확인해봤
       는데 문제가 될 만한 요소는 없습니다. 네, 맞습니다. 로버트 길,
       한국이름은 길창주.

재희   선배님, 공문 준비 됐습니다. 확인 좀...

세영   (통화하며 손짓으로 오케이 사인)

승수   외국인 선수로 고용하면 규정에 어긋난 부분은 없고 한 가지... 지
       금 얘기하신 그 무기한 자격 정지 중... (힘주어) 징계 해제를 요청
       드립니다.

       간절한 마음으로 보는 세영, 재희.

S#47   **미국 허허벌판 사이 도로 / 낮** (앞의 28씬 이어서)
       차량 밖으로 나온 승수 일행.
       주변을 둘러보고 땅을 발로 차는 재희.
       시계를 보고 심각한 표정의 세영.
       누구보다 난처한 길창주 표정.
       깊은 생각에 빠진 승수.
       각자 휴대폰, 노트북 등으로 뭔가 검색해보는데.

길창주   다행히 5키로 거리에 주유소 있습니다.

재희   아, 다행이다.

길창주	뛰어갔다 오겠습니다. 삼각대 세웠으니까 저쪽 안전한 데서 쉬고 계세요.
세영	혼자 가시게요?
재희	저보고 가란 얘기처럼 들리는...
세영	아냐, 내가 한번 죽어라고 뛰어볼게.
재희	제가 갈게요.
길창주	어차피 제 속도 못 따라오시면 혼자 가는 게 편합니다.
재희	(자존심 발동) 아유, 저도 선수인지 프런트인지 아직도 헷갈리는 사람 많습니다. 출발하시죠.

길창주, 재희 뛰어가고
승수, 세영만 남는다.

세영	성실한 사람이죠.
승수	(끄덕)
세영	(승수 흘끔 보다가) 원래 남자들은 결혼을 하고 나면 저렇게 무한 책임감을 갖나봐요.
승수	그런 사람도 있고 안 그런 사람도 있겠죠.
세영	아, 네.
승수	결혼을 하든 안 하든 내가 약하면 주변 사람이 힘들어지니까요.

앞장서서 뛰는 길창주의 뒷모습 위로.

승수	내가 대단한 사람이다. 그런 환상 같은 건 버린 지 오래일 겁니다.

옆에 있는 사람들은 지킬 수 있는 사람이길 바라는 거죠.

그 위로 벨소리(E) 울리고.
승수, 전화기 바라보면.

세영   사장님이에요?
승수   아뇨.
세영   (알겠는) 아, 그럼...

전화 받는 승수.

승수   백승수 단장입니다. (듣고) 정말입니까. 알겠습니다. (끊고) 팀장님.
       일 시작하시죠.

S#48   **드림즈 회의실 / 밤**
           성복과 최용구, 이철민, 양원섭이
           노트북으로 투구 영상을 플레이한다.

양원섭   투구 영상 보고 빨리 피드백 달라고 했습니다. 보는 즉시.
이철민   마일스? 걔는 뭐 부상만 아니라고 하면 데려오면 되지. (하다가)
         어? 저거 뭐야. 누구야?

길창주의 와인드업부터 시작되는 영상.

묵직하게 꽂히는 공.

최용구 길창주 아냐?

성복   ...

최용구 이거 왜 보낸 거예요?

성복   우리 2선발.

최용구 용병 뽑는다면서요?

이철민 ... 쟤 미국인이잖아요.

최용구 아니, 근데... 그래도... 그게... 그게 돼?

양원섭 야구협회 승인은 떨어졌다고 하네요.

이철민 아니, 된다고 해도. 도덕적으로... 법은 최소한의 도덕이다. 몰라?

최용구 (이철민 보고) 모처럼 맞는 말 하네. (성복 보며) 이건 아니죠.

양원섭 (최용구 말이 안 들리는 듯) 좋았을 때 폼 찾았네요. 중심 이동도 자연
        스러워졌고.

성복   공 끝에 힘이 있는 게 보이네.

이철민 적응 잘한다는 보장도 없잖아요. 타자 없이 던지는 피칭만 보고...

양원섭 최소한 타자 파악은 더 빨리 하지 않을까요.

공이 미트에 꽂히는 소리가 연달아 들려오고.
모두가 숨죽여 영상을 보다가.

이철민 시즌 내내 욕먹으면서 야구할 거예요?

최용구 단장, 미친놈 아니에요?

양원섭 (꿈틀하는) 야구 못해서 욕먹는 건 안 무섭구요?

최용구   뭐, 인마?

양원섭   야구 못해서 욕먹는 거 그만하고 차라리 다른 걸로 욕먹어 봅시다.

성복   용구, 철민이.

이철민. 최용구   네.

성복   저거 잘 보라고.

화면에 무섭게 꽂히는 빠른 직구.

성복   저거보다 좋은 용병... 100만 달러 주고 데려올 수 있을까? 난 없
          을 거 같긴 한데...

이철민, 최용구 대답은 못 하고.

S#49   미국 허허벌판 도로 / 낮
          멀리서 달려오는 모습 보이는 길창주와 재희.
          길창주 오른손에는 기름 담은 통이 들려있고
          땀을 조금 흘리는 상태.
          재희는 한참 뒤처져있고 빈손에 휘청거린다.
          그 모습을 보는 승수와 세영.

길창주   (헉헉거리며) 시간이 너무 많이 걸렸네요. 얼른 기름 넣고 주유소로
          갔다가 거기서 충분히 채워 넣고 출발하겠습니다.

승수   아뇨, 그렇게 급하지 않습니다.

길창주	네? (시계 보고) 갈 길이 멀어서요. 얼른...
승수	길창주 씨. 궁금한 게 있는데...
길창주	네?
승수	야구협회의 징계가 8년 전에 이미 해제된 거 알고 있습니까.
길창주	... 아뇨.
승수	저도 방금 알았습니다. 외국인 선수 고용 규정 9조, 10조, 9장, 10장 다 확인해봤는데 문제가 될 만한 요소는 없다고 느껴서 제가 징계 해제를 요청했고...
길창주	그걸 왜...
승수	그래서 한 가지 제안을 하려고 합니다.

멀리서 달려오는 땀범벅인 재희의 시선에서
다리에 힘이 풀려 주저앉은 길창주.
당황하며 일으켜 세워주는 승수.
상황을 눈치챈 재희, 환하게 웃으며
세영을 보고 겨우 양팔 들어 만세 부른다.

| 승수 | 연봉은 50만 달러를 제시합니다. 이유는 여러 가지입니다. 첫째, 지금 길창주 선수는 다른 곳에서 아직 오퍼를 받지 못했습니다. 깡패 같지만 협상은 불리한 쪽이 피해를 감수합니다. 둘째, 길창주 선수를 데려갈 경우에 비난 여론을 예상했습니다. |

어두워지는 길창주의 표정.
초조한 세영, 재희.

승수	시즌이 시작되면 왜 길창주 선수를 데려왔는지 모두 이해하겠지만 그때까지 시간이 너무 많이 남았습니다. 50만 달러로 데려왔다고 하면 명분이 강화됩니다.
길창주	...
승수	셋째, 우리는 애초에 50만 달러로 15승을 할 수 있는 투수를 데려오기로 했었습니다. 우리는 이 목표를 달성해서 돌아가고 싶습니다.
길창주	제가...
승수	(?)
길창주	제가 뭐라고 해야 할까요. 이런 믿을 수 없는 상황에서 드릴 말씀인지 모르겠지만... 선뜻 사인을 하기가 어렵습니다.
승수	금액이 너무 적어서요?
길창주	군대 간 사람들이나 그 가족들이 저를 어떻게 볼까... 한국에 돌아가고 싶을 때마다 이 생각을 하면서 참았거든요. 근데 그 생각이 박히고 나니까 이젠 못 갈 거 같습니다. 여기서... 꽃을 못 피워서 용병이란 이름으로 돌아가면... 로버트 길이라는 이름으로 공 던지면 부모님한테 못 할 짓 하는 거고... 안 되니까 돌아왔다 이런 시선도 두렵습니다.
세영	세상에.
길창주	...
세영	그럼 뭘 바라고 이렇게 운동한 건데요? 메이저리그 복귀 하나만 보고요?
길창주	메이저에서 납득할 만한 성적을 거두고 나면 환영받으면서...
승수	그 사람들이 길창주 선수를 미워하는 이유가... 성적이 안 좋아

서... 그런 겁니까? 아뇨, 병역의 의무를 다하지 않아서겠죠.

길창주   ...

승수   아무한테도 미움 받지 않고 싶은 마음이 남아있다면... 정말 절실
          한 건지 모르겠네요. 저는 절실한 길창주 선수의 공을 기대하고
          제안한 겁니다. 저는 쉽게 결정해서 제안한 거 같습니까. 길창주
          선수, 절실할 이유가 정말 없습니까?

          흔들리는 길창주의 표정.

S#50   길창주 집 / 밤
          문을 열고 들어가면
          공예품 만들고 있던 인경.
          길창주 보고 웃으며 맞아주려고 하는데
          눈물이 먼저 흐르는 길창주.
          당황한 인경을 길창주가 안아주고.
          길창주에게 몇 마디를 들은 인경은
          앉은 자리에서 그대로 엎드려 울고
          웃으며 눈물 닦는 길창주가 등을 쓸어내려 준다.

인경   (흐느끼며) 나 때문에 당신이 다시는 야구를 못 할까 봐 너무 무서
          웠어.

S#51   **미국식 펍 / 밤**

통화 중인 승수.

승수   홍보팀장님, 저희 용병 계약 마쳤습니다. 우리가 먼저 보도자료
제공하시죠. 호의적으로 유도해야 됩니다. 그리고 원한다면 길창
주 선수와 함께 기자회견도... 준비해주세요.

통화 마치고 나면 말없이 건배하는 승수, 세영, 재희.
맥주를 들이켜는 모두의 표정이 후련해 보인다.

S#52   **비행기 안 / 밤**

먼저 내리는 승객들 앉아서 기다리는 승수.
그 뒷자리의 마일스가 일어서고.
마일스의 어깨를 두들기며 같이 나서는 오사훈.
승수가 돌아보면 길창주도 짐을 꾸려 나오고 있다.

S#53   **공항 입국 게이트 / 낮**

승수, 세영, 재희, 길창주가 들어서는데
그들의 눈앞에 터지는 카메라 플래시 세례.
놀라는 길창주, 세영, 재희.
그 뒤를 따라오던 오사훈과 마일스도 놀란다.

승수	제가 내기하자고 했죠. 우리가 웃게 될 거라고.
오사훈	(자존심 상한) 기자들이 지금 꽃다발 들고 환영하는 거 같으세요?
	말 하나만 잘못하면 물어뜯으려고 칼을 갈고 온 거 같은데?
승수	그래서 기자회견을 잡았습니다.
오사훈	(놀라는)
승수	그러니까 먼저 나가시죠.
오사훈	노이즈 마케팅을 즐기시나봐.

오사훈, 냉소를 보이며 마일스를 데리고 나간다.
많은 취재진을 보고 고개 숙이는 길창주에게
승수가 가까이 다가간다.

승수	고개 들어요.
길창주	... 네.
승수	수만 관중 앞에서... 마운드 위에서 공 던지려고 온 거 아닙니까.
	이까짓 거 아무것도 아니잖아요.

쏟아지는 여러 가지 질문들에 승수는 입을 꾹 다문 채
길창주의 등을 가볍게 두들기고..
터지는 플래시와 인파 속으로 결심한 듯 걸음을 떼는
길창주와 승수의 뒷모습.

S#54   **기자회견 장소 / 낮**

승수, 길창주가 가운데 앉아있고

주목받지 않는 조금 떨어진 거리에 세영 앉아있다.

마주 보고 앉은 수십 명 기자들.

기자1, 손을 들면 백승수가 그 기자를 향해 손짓하고.

기자1   파이낸스모던, 김정구 기자입니다. 저는 짧고 굵게 질문하겠습니다. 왜 길창주입니까?

승수   불 같은 강속구를 자기가 원하는 곳에 던질 수 있습니다. 길창주 선수가 그렇습니다.

기자2   종합일보, 이진수 기자입니다. 한 해를 좌우하는 용병 농사라는 말이 있는데 이 선택이 최고의 선택이라고 생각하시는지 궁금합니다.

승수   저희에게 주어진 선택지 중에서는 그렇다고 생각합니다.

기자2   최고의 선택이었다고 얘기하시는데 거기에서는 국민 정서에 대한 고려도 있었습니까?

승수   저는 선택할 수 있는 최고의 투수를 데려왔고. 과거까지 완벽한 사람을 데려오지는 못했습니다.

기자2   야구를 잘하는지도 검증이 안 됐지만 어쨌든 야구를 잘하면 그만이라는 얘기로 해석해도 될까요?

길창주   (가시 방석에 앉은 기분)

승수   야구를 잘할 거란 판단으로 데려왔겠죠. 그리고 야구만 잘하면 그만이다? 그렇게 생각하는 사람이 있을까요?

기자들 술렁이고.

세영, 불안감을 느끼며 승수와 기자들의 표정을 살피다

마이크를 잡는다.

뭐지 싶어 보는 승수.

세영   운영팀장 이세영입니다. 가까이에서 지켜본 길창주 선수는 화려
     한 과거를 돌아보지 않는 책임감 있는 가장이었고 과거를 부끄러
     워하고 후회하는 사람이었습니다. 기회가 적은 미국에서 한국에
     돌아올 엄두를 내지 못한 것은 그것 때문이었고 저희가 설득했습
     니다.

기자3   정동일보의 정순근 기자입니다. 병역 기피를 위해 귀화를 한 길
     창주 선수가 다시 우리나라에 와서 야구를 할 수 있게 된다면 국
     내의 군입영자들의 박탈감은 어떻게 하실 겁니까.

승수   정동일보요... 길창주 선수가 그 박탈감에 일조했다는 걸 부정하
     지 않겠습니다. 그 부분은 저도 알고 길창주 선수도 알고 있습니
     다. 본태성 고혈압 같은 내용으로 면제를 받은 언론사 사주의 아
     들이라거나

기자3   (뜨끔한)

승수   유력 정치인의 아들보다도 더 엄격한 시선도 감수해야 합니다.
     그런데요... 고등학교 2학년, 장래가 촉망되는 어린 선수가 있었
     습니다. 청소년 국가대표로 뽑혀서 선발 승도 거두고 준우승에
     일조했습니다.

길창주   ...

기자들, 무슨 소린지 싶어 술렁이고.

승수   고등학교 3학년이 되니 청소년 대표팀 에이스가 됩니다. 예선 두
         경기 포함해서 총 네 경기를 던집니다. 준결승전 승리 투수인데
         결승전 구원 투수로 나와서 팀은 우승을 하고 팔꿈치 인대를 다
         칩니다. 그 상태로 미국에서는 수술 이후 재활에만 전념하다가
         재활을 마치고 성적이 나오고 인정을 받습니다. 그런데 군대에
         갈 시간이 다가옵니다. 꿈에만 그리던 메이저리그에서 주목받는
         신인이 됐는데.

         몇몇 기자들, 말을 끊으려는 듯 손을 들지만 승수 외면한다.

승수   그 무렵 여론조사에서는 귀화를 해도 이해한다는 응답이 70%가
         나옵니다.
기자1   (큰 소리로) 그러면 그 귀화가 정당합니까?
승수   (기자1을 빤히 보다가) 정당하다고 판단하지 않기 때문에 이렇게 길
         게 돌려 얘기하는 거겠죠?

         기자, 몇몇이 피식 웃고.

승수   그 여론을 믿어서인지는 몰라도 귀화를 하는 실수를 저지르고 나
         서 다시 팔꿈치 부상이 도집니다. 청소년 대표 때 우리나라의 우
         승과 맞바꾸며 손상된 팔꿈치겠죠. 그래서 팀에서 결국 방출되고
         야구 커리어가 중단된 상태였습니다.

기자2	나라를 위해 희생한 팔꿈치라는 겁니까. 그래서 보상이라도 해줘야 된다는 걸로 들립니다.
승수	... 아니요. 그냥 그런 사람이 야구를 계속하겠다는 얘기를 하는 겁니다. 용병 신분으로라도 야구를 하겠다는 거죠.
기자2	용병 신분으로 야구를 한다는 게 굉장한 희생처럼 얘기를 하시는데요. 그게 야구팬들한테 와닿을까요.
승수	아시안게임에 처음 참가를 해도 금메달을 따면 한 번의 국가대표로도 병역을 면제받고 선수 생활을 이어갑니다. 최근 국회에서도 현 제도를 국가대표 활약에 따라서 마일리지 누적제로 개선하는 방안이 논의되고 있습니다. 청소년 대표팀 2회, 메이저리그에서 자리 잡을 무렵에는 WBC 대회 두 번 참가. 총 4회의 국가대표 이력을 가지고 있습니다.
기자3	아시안게임 금메달을 폄하하시는 겁니까.
승수	마일스. 그리핀.
기자3	(??)
승수	우리나라에 와본 적도 없는 다른 국적의 선수들이 용병이라는 이름으로 마운드에 오를 겁니다. 총 4회의 국가대표를 뛴 길창주 선수에게 이들과 동등하게라도... 야구를 할 수 있는 기회를 주시기를 바랍니다. 길창주가 아닌 로버트 길이 마운드에 올라가는 겁니다.
길창주	...

조용해진 기자들.
이때 유일하게 높이 올라간 손.

손의 주인공은 승수와 시선이 마주치는 김영채.
'김영채 아나운서다' '왜 왔대' 정도
기자들이 속닥거리는 소리.

김영채	저 딱 한 가지만 마지막으로 질문해도 될까요?

김영채   저 딱 한 가지만 마지막으로 질문해도 될까요?

승수   (세영 보고)

세영   (어딘가 불안한 마음에 고개 가로젓고)

김영채   '야구에 산다' 김영채입니다. 용서를 받을 수 있는 방법이 있지
           않을까요?

길창주   (멍하니 보면)

김영채   지금이라도 군대를 가는 건... 어떻게 생각하세요?

           정적과 긴장감이 흐르고
           길창주가 마이크를 잡으려는 순간
           승수가 마이크 집어 든다.

승수   (눈살 찌푸리며) 시간 관계상 기자회견 여기서 마치겠습니다.

세영   (승수에게 다가가서) 이렇게 끝내시면... 도망가는 것처럼 보여요.

승수   도망가는 거 맞습니다.

세영   당당히 대응하셔야죠. 우리 다 각오했잖아요.

승수   목덜미 물린 채로 싸우는 법은 모릅니다. 이길 수 있을 때 싸워야죠.

길창주   (승수 보며) 저 하고 싶은 말이 있습니다.

승수   나중에 하세요.

승수와 세영의 에스코트를 받으며
어쩔 수 없이 기자회견장을 빠져나가는 길창주.
지키겠다는 결연한 의지가 빛나는 승수의 눈빛에서.

"많이 고생했고 힘들었다는 내용은 없죠. 근데 다 보이잖아요.
그 몇 년간 비어 있는 공백 기간 동안 얼마나 힘들었을까.
겨우 이겨내고 이렇게 이력을 다시 쌓아나갔구나.
통계학과 졸업이라는 한 줄까지만 봐도 박수 받아 마땅하죠. 그거 아세요?
다 극복한 백영수 씨가 단장님을 기다리고 있었던 거예요. 계속."

STOVE
LEAGUE

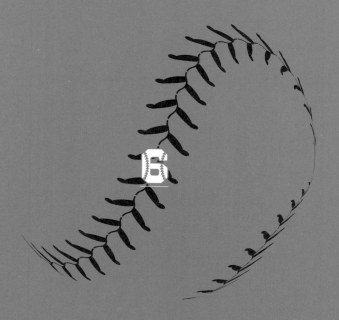

6부

S#1   사장실 / 낮
       신문 1면을 차지한 기사.
       '미국인 길창주, 용병으로 돌아온다'
       경민, 신문에는 손도 대지 않기로 작정한 듯이
       팔짱을 낀 채로 신문을 본다.
       왜 저러나 싶어서 보는 강선.

경민   90만 달러까지 된다고 했잖아요.

강선   네, 그렇게 하셨죠.

경민   근데 50만 달러만 써서 허접한 애를 데리고 온 거예요?

강선   그래도 메이저리그에서 뛰던 애라서요.

경민   그렇게 잘난 놈이면 50만 달러에 왔겠어요? 자기 몸값이 자기 능력이잖아요.

강선   네, 그것도 그렇죠.

경민   그럼 백승수가 오면 저는 칭찬을 해줘야 돼요? 혼을 내야 돼요?

강선   일단 여론 상황을 지켜봐야 될 것 같습니다.

경민   아니, 나는 이런 무식한 용기는 일단 칭찬을 해주고 싶어요. 백승
       수, 하여튼... 애 좀 웃겨요. 그쵸?

S#2   **TV화면 + 승수 집, 거실 / 밤**
       승수의 기자회견 장면이 소개되면서
       유니폼 입은 길창주가 공 던지는 과거 화면들이 나온다.
       소파에 앉아 몰입하며 화면을 보던 영수.
       비밀번호 누르고 문 열리는 소리 들리자
       영수는 급히 TV를 끈다.
       승수, 캐리어 끌고 집으로 들어온다.

승수   밥 먹었냐?

영수   아니, 같이 먹어야지.

       영수, 몸 일으켜서 휠체어 타고 주방 쪽으로 가면서.

영수   밥 안 먹었지? 밥 차릴 동안 편히 쉬면서 선물부터 꺼내봐. 뭐 거
       창한 거 말고 마음이 담긴 거 말고 비싼 선물.

승수, 피식 웃다가 영수가 있던 자리와 TV를 번갈아 보다가
리모컨으로 켜보면 스포츠 뉴스 화면.
승수, 음식 준비 중인 영수 뒷모습을 본다.

S#3   **고교야구장** (꿈속) / 낮
고교야구 경기장의 적당한 양교 응원단의 응원 열기.
몸을 푸는 양 팀 선수들.
그중에서 두 다리로 서서 몸을 푸는 영수 보인다.
영수 몸을 풀고서 뛰기 시작한다.
한참을 직선으로만 뛰는 영수의 모습에서.
(E) 강렬한 충돌 효과음

S#4   **승수 집, 승수 방 / 밤**
움찔하면서 눈을 번쩍 뜨는 승수.
빠르게 주변과 현재의 상황을 인지하고 한숨 쉰다.

영수   **(소리만)형, 밥 먹자.**

S#5   **승수 집, 주방 / 밤**
간단한 국, 밑반찬에 김 정도 올라간 밥상에
밥 먹고 있는 승수, 영수.

말없이 밥 먹던 두 형제.

영수	피곤한가 봐. 그 잠깐 사이에 잠이 들어.
승수	거기 일정이 좀 그랬어.
영수	고생 많았겠네. 선물을 사오지도 못할 만큼 바쁜 일정이라니.
승수	(웃으며) 시험공부는 잘 되냐?
영수	잘 되기는 하는데 밥 먹다가 자랑할 만큼은 아냐.

S#6   세영 집, 거실 / 밤

세영, 미숙이 보는 앞에서 집밥 먹는 중.

세영	(음식물 입 안에 가득 넣은 채로) 아, 나는 내가 한식 생각이 안 나서 어메리칸 스타일이 맞구나 생각했는데 이 맛을 내가 잊고 살았던 거구나.
미숙	아, 드러워 죽겠어. 다 먹고 말을 하던가.
세영	엄마, 나 내일 TV에 나올 거 같으니까 마스크팩 좀 꺼내줘.
미숙	니 얼굴에 수박씨를 다섯 개를 붙이고 가도 아무도 못 알아봐.
세영	(눈 흘기며) 으휴, 말을 해도 진짜.
미숙	좋은 사람 데리고 온 거 맞어? 시끌벅적하더만.
세영	사람은 좋아. 책임감도 있고.
미숙	책임감이 있는 사람이 그렇게...
세영	엄마. 우리끼리는 최소한 편들어줘야지. 그리고... 그거 말고 가족들한테 책임감이 있는 사람이야. 아내가 임신 중이래. 그래서 우

리 코디 일 해주면서 돈도 벌고 운동은 매일 밤마다 하면서...

미숙   잘하겠네.

세영   엄마가 어떻게 알아?

미숙   니 아빠도 그랬어. 뱃속에 너 있는 거 알고 나서 돈 제일 많이 벌
          어왔어.

세영   아빠는 나 낳기 전에 너무 한량이었던 거고. 야구는 그냥 열심히
          하고 '나 잘해봐야지' 다짐한다고 잘하는 건 아냐.

미숙   (바닥 걸레질하며 무심히) 야구랑은 다르겠지마는 그래도 어깨에 묵
          직한 게 얹혀있으면 안심해야지. 그 사람 혹시 못해도 너무 탓하
          지 말어. 알았지?

세영   감정이입하지 마. 나보다 연봉 훨씬 많이 받어. 훨씬 훨씬.

미숙   니가 워낙 적게 받잖아. (일어서면)

세영   에헤이, 또 월급 타박한다.

S#7   드림즈 홈 경기장 외경 / 낮

S#8   드림즈 홈 경기장 / 낮
          선수들 몇몇이 훈련하고 드림즈 직원들도 소수 섞여있는 경기장.
          기자들 네다섯 명이 추위에 떨며 기다리고 있다.
          세영 들어서면서 막대 사탕 빨고 있는 변치훈 잡고.

세영   기자들, 조금 더 오기로 했죠?

변치훈	기자회견 떡밥 보니까 제일 민감한 얘기는 대답할 것 같지도 않
	고... 기자들도 안 내키겠지. 기다려봐.
세영	뭘 기다려요.
변치훈	히든카드 있어. (막대 사탕 빠드득 씹으며) 여기요!

변치훈이 손 흔드는 곳을 보면
청바지에 수수한 차림의 김영채가 걸어오고 있다.

변치훈	여기는 우리 운영팀장, 알죠?
김영채	이세영 운영팀장님 알죠. 기자회견 때도 봤고 원래도 알아요.
변치훈	어떻게 알아요?
김영채	우리나라 최초의 여성 운영팀장님 모르면 이 바닥 일 접어야죠.
세영	근데 기자회견 때... 너무 짓궂으셨어요.
김영채	제가요? 저는 그냥 모두가 궁금할 이야기를 물어본 거예요.
세영	... 저희 입장이 아닌 길창주 선수 입장을 배려하신다면 귀국하자
	마자 그 질문은 안 했어도 좋았을 거 같은데요.

이때 직원들 인사 소리가 들려서 고개 돌려보면
승수가 인사에 목례로 답하며 들어오는 중.
승수에게 머무는 김영채의 의미심장한 시선.
세영은 본능적으로 불길한 예감이 들어서 보고.

김영채	단장님 인터뷰는 정말 안 되나요?
변치훈	내가 김영채 아나운서 부탁인데 한 번만 말했을까요. 안 한대.

김영채	그럼 제가 직접 섭외해볼까요. 면 대 면으로.

승수에게 다가가는 김영채의 민첩함에 황당한 세영과 변치훈.

김영채	안녕하세요, 단장님. 김영채입니다.
승수	네, 안녕하세요. (바로 시선 돌리며) 전력분석팀도 카메라 준비됐는지 체크해주세요!

승수, 반응 없이 가버리면 민망하게 남은 김영채.
변치훈, 세영도 민망해서 김영채가 고개 돌리기 전에
잽싸게 고개 돌린다.
민망함을 금방 털어내고 승수에게 다가가는 김영채.

김영채	단장님한테 궁금한 게 너무 많은데요.
승수	홍보팀을 거쳐주세요.
김영채	홍보팀 거쳐서 거절하시려구요?
승수	네.
김영채	(피식) 가장 많은 변화를 준비하는 구단이 드림즈인데 감독님을 바꾸지 않은 데는 혹시 이유가 있으신가요?
승수	피디가 김영채 씨를 안 바꾼 이유랑 비슷하겠죠.
김영채	(어안이 벙벙하다가/웃으며) 좋은 말씀 감사합니다. 정식으로 홍보팀 거쳐서 거절당하겠습니다.

드림즈 홈 경기장 마운드 / 낮

마운드 근처에서 성복과 대화 중인 길창주.

길창주   긴장되네요.

성복   잘 던진다고 돈 더 주나.

길창주   단장님이요. 왜 저를 데려왔는지 시즌이 돼야 모두 이해할 거라
         고 그러셨거든요. 근데 저는 지금 당장 이해를 시키고 싶어서요.

성복   ...

길창주   단장님 더 욕먹게 하면 안 될 거 같아서. 전력투구해도 괜찮을까요?

성복   길창주가 조금 잘 던진다고 드림즈를 견제하고 분석할 팀이 어디
         있어. 양껏 던져.

         어깨 두들겨주고 내려오는 성복.

         마운드 위로 천천히 걸어 올라가며 기도하는 길창주.

         성복을 비롯한 코칭스태프들의 시선이 집중되고.

         와인드업하는 길창주.

         지켜보는 승수 얼굴.

S#10   드림즈 홈 경기장 홈플레이트 / 낮

        김영채와 인터뷰하는 길창주.

김영채   길창주 선수, 한국에 돌아오게 된 소감 부탁드립니다.

길창주   제가 이 마운드에 서게 된 것도 기자분들이 모여주시면서 관심

보여주시는 것도 그리고 지금 저를 길창주라고 불러주신 것까지
도 다 감사드립니다.

김영채   (웃으며 끄덕이고) 방금 굉장히 긍정적인 투구 내용을 봤거든요. 사
실 긍정적이라는 표현은 말하면서도 제가 깍쟁이 같네요. 자제하
지 않고 말할게요. 정~~말 위력적이었습니다.

길창주   그 전에 제가 사과부터 드리고 싶습니다. 저는 변명의 여지없이
많은 야구팬들을 실망시켰고... 그로 인한 비난은 달게 받겠습니
다. 다시 한 번 깊은 사과의 말씀을 드립니다.

S#11   **재송그룹 대회의실 / 낮**

권일도 회장 이하 사장단 회의 풍경.

나이 지긋한 사장들의 한구석에 자리한 경민.

회의가 끝나고 사장들 일어서는데

자리에 앉아서 일도를 보며 앉아있는 경민.

일도, 경민을 보고 손짓한다.

빠르게 뛰어가는 경민.

일도   야, 나도 요즘 애들처럼 스마트폰이 손에 쥐어진다고 계속 내 이
름도 검색하고 우리 회사도 검색하고 그러는데 이거 어쩌면 좋냐.

경민   (경직된 웃음) 아, 예.

일도   근데 자꾸 스포츠란에서 우리 기업 이름이 떠.

경민   ... 네.

일도   이거 왜 이러냐?

경민	죄송합니다.
일도	돈 들어오는 곳도 아니고... 있으나마나 한 게 왜 이렇게 요란해?
경민	죄송합니다.
일도	미국에서 뭐 문제 있는 애 데리고 왔어?
경민	네, 지금 단장이 일을 좀... 시끄럽게 벌이긴 하는데 다 약속된 내용입니다. 크게 보면 다 회장님이 원하시는 대로...
일도	야, 권경민.
경민	네.
일도	넌 나랑도 피가 섞여서 일 잘하는 거야. 알지?

경민, 대답을 못 하는데 일도가 피식 웃으며 경민 배를 툭 치고는
일어나서 회의실 빠져나가는데 일도가 앉았던 옆옆 자리에서
이 상황을 다 지켜보고 있었던 것 같은 경준이 보인다.

경준	아이구, 이러다 우승하는 거 아냐? (비웃으며)
경민	(쓸쓸하게 웃고)
경준	아버지가 어제 형 칭찬했어. 안심해.
경민	뭐라 시든?
경준	지 애비보다 낫대.
경민	(눈에서 불길이 일고) 야...
경준	아니, 우리 아버지가 한 말이잖아.
경민	(참자) 그래...
경준	와, 눈빛이 거의 사람 잡겠네.
경민	오바하지 말고.

경준	우리끼린 이러지 말자. 친형제 간도 아니고 사촌 간에는 우애 있
	게 지내야지. 형이랑 나는 각자 목표치가 다르잖아.
경민	누가 뭐래냐.
경준	(씨익) 밥이나 먹으러 가자.

경준, 자연스럽게 경민의 어깨에 손 올리며.

S#12 드림즈 사무실 건물 앞 / 낮

승수, 혼자 걷던 중에 유경택과 이진범 대화하는 모습 보이고.
무심한 듯 보이지만 승수의 눈길이 잠시 머물고.

유경택	그래서?
이진범	이제 더 일 못 하게 될 거 같습니다.
유경택	그래, 알았어.

유경택, 돌아서면
이진범 그 냉정함에 새삼 놀란 듯 고개를 절레절레하고.

S#13 전력분석팀 사무실 / 낮

유경택, 사무실에 들어오면
뒷자리에 앉아있던 전력분석팀원이 유경택 눈치보고.
유경택은 빈자리(이진범 자리)에 있는 출력된 프린트물들

자기 자리로 가져가서 쌓아놓고

본인 컴퓨터로 투수 영상 분석한다.

장면 하나하나 캡처하면서 영상 속 투수들 팔의 각도를

비교해보는 모습.

S#14   회의실 / 낮

승수, 세영 외에 유경택, 변치훈, 임미선 팀장들 참여한 회의.

변치훈이 브리핑 준비하는데 승수는 다른 생각 중.

눈치보던 변치훈과 눈 마주치고 시작하라고 손짓.

변치훈   김영채 아나운서가 길창주 선수 인터뷰한 건은 다음주 즈음 방송
         예정입니다. (세영 보며) 아, 근데 진짜 길창주 잘 던지긴 잘 던지드
         라. 김영채 아나운서가 올겨울에 구단 순회하면서 본 공 중에 제
         일 좋다던데요?

승수   (생각난) 김영채... 그 사람, 인터뷰 내용 옆에서 체크했습니까?

변치훈   그럼요.

승수   문제될 질문은...

변치훈   신신당부했습니다. 오늘 투구 내용 위주로 얘기했구요. 앞으로 각
         오랑 뭐 그런 것들.

승수   인터뷰 말고도 스튜디오에서 주관적인 멘트를 덧붙이던데.

변치훈   단장님도 팬이세요? 그게 인기 비결이잖아요. 미모보다는 저널리
         즘으로 승부 보겠다. 근데 또? 이뻐.

승수   (끊으며) 스튜디오에서 덧붙이는 다른 얘기가 우리를 곤란하게 만

	들 수도 있습니다.
변치훈	에이. 우리 구단 취재 포기할 것도 아니고...
승수	단속했습니까.
변치훈	... 아뇨.
승수	우리 아픈 데를 계속 찌르면 그게 저널리즘이라고 생각할 텐데요. 제가 전화할까요?
변치훈	아뇨, 제가 확실히...
유경택	선수들 연봉 협상 곧 시작이라서요. 연봉 협상 관련 로우 데이터 완료되는 대로 운영팀에 인계하겠습니다.
승수	... 네.
세영	네, 인계 받을 준비하겠습니다.
임미선	고생스러우실 거예요. 야구 못하면서 돈 밝힌다고 생각하는 윗대가리들 때문에 성적이 안 좋은 거 이상으로 연봉 총액이 짜거든요.
세영	(한숨) 그래도 매해 어떻게든 끝내는 일인걸요.
유경택	그리고 저희 전력분석팀에 이진범이 그만두게 됐습니다.
변치훈	진범이가 왜? 걔 착실했잖아.
유경택	걔네 집이 과수원을 좀 크게 해서요. 그거 한대요.
임미선	(웃음 터지고/싸한 분위기 느끼고) 그만두는 핑계들이 가지가지다. 증말. 그나저나 어떻게 해요. 자꾸 팀원이 바뀌어서. (유경택 보며) 요즘 애들은 그렇게 괴롭히면 못 견뎌요.
유경택	오래 일할 놈 다시 뽑아야죠.
변치훈	스카웃팀이랑 전력분석팀은 자주 바뀌면 안 돼.
세영	이번엔 공개 모집하시는 거 어떨까요?
유경택	왜요?

세영	진범 씨가 하던 일이 데이터 영역이라서 선수 출신보다는...
유경택	저랑 일할 사람인데요.

변치훈, 임미선 (분위기 냉각에 눈치 보며)

승수	...
세영	알죠. 아니까 제안만... 말이 나와서 말인데 우리 팀은 세이버메트 릭스*에 대해서 너무 닫혀있는 거 같아서요. 이번에는 그쪽 전문 가도 지원을 하면 만나는 보는 것도 좋을 거 같아서요.
유경택	누군지도 모르는 사람하고 어떻게 일해요. 저는 운영팀에 누굴 뽑든 하나도 관여 안 했고 앞으로도 안 할게요. 삼진 한번 못 잡 아보고 홈런 한번 못 쳐본 사람하고 같이 일하기 싫은데.
승수	검은 고양이든 흰 고양이든 쥐만 잘 잡으면 되는 거 아닌가?

모두 시선이 승수에게 집중되고.

승수	저도 삼진 한 번 못 잡아보고 홈런 한 번 못 쳐봤습니다.
유경택	...
세영	(조심스럽게) 메이저리그에서는 비선수 출신 코치도 늘어나고 있 는데 전력분석원은 선수단과 가까운 프런트입니다. 펠리컨즈에 서는 세이버메트릭스 전문가가 전력분석원으로 활동하는 걸로 아는데요. 실적도 나쁘지 않고요.
유경택	(승수 보며) 야구는 직접 뛰어본 사람이 보기도 잘 본다고 믿습니다. 그리고 저 아직도 맨날 운동합니다. 제가 왜 운동하는지 아세요?

● 야구를 통계학적/수학적으로 분석하는 방법론.

승수	모르죠.
유경택	제가 몸이 안 만들어져 있으면 현역 애들이 제 말 듣지도 않아요. 제가 아무리 분석해서 보여주면서 이런 점을 고쳐봐라. 영상으로 설명을 해줘도 자기 몸은 자기가 더 잘 안다는 애들이에요. 일반 인이 야구 영상 좀 봤다고 설명을 해요? 그걸 듣겠어요?
승수	저라면... 몸을 만들어서 선수들의 기준에 맞추기보다는 선수들의 잘못된 생각을 고칠 겁니다.
유경택	...
승수	(담담하게 보고) 공개 모집하시죠. 그 공개 모집에 팀장님 추천인도 지원하면 되니까요. 회의 마치겠습니다.

승수 먼저 일어나고.
어색해진 회의 분위기.

S#15   실내 야구장 / 낮

포수 미트에 꽂히는 공.
포수 장비 갖추고 여유 있게 공 받는 사람,
일어나서 포수 마스크 벗어보면 재희다.
건너편에서는 공 던져주는 코치를 보면서.

재희	이제 형 공은 눈 감고도 잡겠어요.
코치	뭐래. 내가 지금 그냥 캐치볼 해주는 거 모르냐?
재희	진짜 던져보세요.

코치	아오, 내가 아무리 은퇴했어도 인마.

코치, 전력으로 공 던지고 재희가 받는데
손가락을 잘못 맞은 듯 공을 놓치고 주저앉는다.
코치가 놀라서 달려가서 보고.

코치	아, 오늘은 그만. 오늘은 레슨비 안 받을게.
재희	제가 잘못해서 다친 건데 그런 게 어딨어요. 레슨비 내야죠.
코치	거 자식이. 가만 보면 참 경우가 바르고... 멋지고... 근데 너 왜 이 렇게 열심히 하냐?
재희	뭘 열심히 해요.
코치	다 야구 좋아서 배우는 사람들인데 너처럼 레슨 자주 받고 꾸준히 하는 사람 없어. 몸도 안 사리고. 사회인 야구 하는 것도 아니고.
재희	아, 그게요.
코치	(?)
재희	이렇게 하면 좋아질까 싶어서요.
코치	뭐가. 야구가?
재희	뭐, 그런 비슷한 거요.
코치	소프트볼?

S#16 드림즈 사무실 / 낮

세영, 컴퓨터 보며 업무 중에

세영   재희야, 전력분석팀에 로우 데이터 보내기로...

하다가 문득 재희가 없는 것 인지하고 다시 업무 보는데.
그 모습을 보고 웃고 있는 임미선.

세영   (민망) 왜 웃으세요?
임미선   없으면 또 없는 대로 아쉽지?
세영   아뇨? 지 몫은 하는 애예요.
임미선   낙하산이라고 괴롭힐 땐 언제고. 이제는 좀 도움이 돼?
세영   낙하산...

세영, 옛날 일이 떠오른다.

S#17   **신입사원 면접장 대기실 (과거 회상) / 낮**
다소 작은 규모의 일반적 신입사원 면접장 대기실 분위기.
세영이 미소를 띠며 사람들에게 안내를 하다가 시선이 고정된다.
면접자들 가운데 혼자 졸고 있는 재희가 유독 눈에 띈다.

S#18   **신입사원 면접장 (과거 회상) / 낮**
면접관들에게 신입사원들의 이력서와
자기소개서를 전달하는 세영.
귀에 들려오는 '사장님이 얘기한 애가 얘죠? 한재희?'

조심스럽게 나오는 세영.

S#19   **신입사원 면접장 대기실** (과거 회상) / 낮

졸고 있는 재희의 이름 확인하면 한재희가 맞고.

세영, 코웃음을 치고 돌아서는데 슬슬 열이 오른다.

졸고 있는 한재희를 찬찬히 뜯어보면 구두부터 시계까지

온통 비싼 것들로 치장을 한 모습이다.

S#20   **신입사원 면접장** (과거 회상) / 낮

면접장 문 열리고 세영의 안내로 재희가 들어온다.

나가지 않고 문 앞에서 대기하며 문을 닫는 세영.

면접관1이 안 나가냐는 손짓하는데 세영은 못 본 척하고

면접이 진행된다.

면접관1	한재희 씨는 어떤 포부를 가지고 야구단에 지원했습니까.
재희	열심히 하겠다는 포부요.
면접관2	혹시 희망하는 부서가 있습니까?
재희	부서가 뭐뭐 있죠?
면접관2	우선·운영팀하고...
재희	아, 그럼 운영팀 할게요.

세영의 눈에 불이 붙는다.

S#21   드림즈 사무실 계단 (과거 회상) / 낮

계단을 내려가는 재희를 잡아끄는 세영.

영문도 모르고 끌려가는 재희.

재희   뭔데요.

세영   죽을래?

재희   아, 뭐냐고요!!

세영   저기 너랑 같이 앉아있던 사람들이 여기 왜 왔을까.

재희   ... 뭔 소리야. 아, 씨!! 놓으라고!

세영   너보다 더 많이 공부했고 더 절실하게 일하고 싶어하는데 너 같
        은 놈이 한자리 차지해서 떨어질 거 아냐.

재희   ...

세영   낙하산 새끼야. 너 저기 사람들한테 사과하고 집에 가. 그리고
        너... 합격해도 오지 마. 합격 안 시키게 내가 만들 건데. 혹시 만약
        에 합격이 되면 너 오지 마. 너 나한테 죽어.

S#22   드림즈 사무실 복도 / 밤

어둑해진 창밖 풍경 보면서

양치한 칫솔과 컵에 물기 털어내면서 걸어가는 세영.

S#23   드림즈 사무실 / 밤

자연스럽게 편한 차림으로 기계적으로 일하는 현재의 재희.

주변에는 다들 퇴근한 분위기.
양치 컵 들고 들어오던 세영이 재희를 발견하고 밝아지는 표정.

세영   야, 낙하산.

재희   왜요.

세영   너 낙하산 아닌데 왜 낙하산이라고 부르는데 대답해.

재희   술 드셨어요? 술 드셨으면 조용히 집으로...

세영   야, 너 나 때문에 낙하산 추락하고.

재희   그 얘기를 왜 해요.

세영   1년 있다가 다시 시험 본 거 억울했냐?

재희   아뇨, 그렇게 뽑혀서 아는 거 없다고 갈굼먹는 것보단 낫겠던데
       요. 쥐잡듯이 잡는 어떤 분 때문에.

세영   너 오늘까지 휴간데 왜 나왔어.

재희   (툴툴거리는 척 너스레) 여기가 유럽입니까. 일은 많은데 제 직속 상
       사가 일하는 손이 좀 더디고...

세영   이 자식이... (피식 웃고) 너 어디까지 했어.

두 사람, 화기애애한 분위기.
승수가 다가오면 인기척 느끼고 돌아보는 세영.

세영   단장님. 아직 퇴근 안 하셨네요.

승수   네.

세영   전력분석원 이력서 마감됐는데 확인하시겠어요?

승수   많이 들어왔어요?

세영	아뇨, 급하게 구하느라 한 열 명...?
승수	다 면접 보죠. 내일.
재희	다요?
승수	지원한 사람들이 많으면 몰라도 직접 대면하고 판단하는 게 낫죠.
세영	네, 알겠습니다.

S#24   승수 집 / 밤

승수, 번호키 누르고 들어오는데 닫힌 영수 방문이 보인다.

영수 방문을 노크하고.

승수	나 왔다.
영수	어.
승수	얼굴 좀 보여줘. 내일 시험이라 이거냐.
영수	이따가 얘기해.

영수의 닫힌 방문을 보는 승수.

옛 기억이 떠오르고.

S#25   과거 승수 집, 승수 방 (과거 회상) / 밤

유니폼 입고 승수 방 노크하는 앳된 영수.

승수, 매우 바빠 보이는 모습으로

회사에서 가져온 서류 정리하고 있다.

영수   뭐 해.

승수   (보고 웃어주고) 죽자고 일하지. 뭐 할말 있냐?

영수   ... 아니.

승수   (뭐지 싶은데) 야구 재밌어?

영수   ... 응. 재밌긴 한데.

승수   한데?

영수   나도 좋아서 한 건 맞는데 온종일 야구만 하니깐 내가 뭐하는 건
        지 잘 모르겠어.

승수   (돌아서 눈 마주치고) 영수.

영수   어.

승수   약한 소리 하지 마, 인마. 너 내가 하루라도 일찍 와서 TV 보고 쉬
        는 거 봤어?

영수   아니.

승수   사회는 더 전쟁터야. 넌 좋아하는 일 하잖아.

영수   ... 맞어.

승수   다른 어려움은?

영수   없어, 형.

승수   그래, 그럼 얼른 가서 땀 냄새부터 해결하고. 엄마한테 딸기 달라
        고 해. 아까 올 때 사왔다.

억지로 한 번 웃어주고 어색하게 방을 나가는 영수.

S#26　　**전력분석팀 사무실 / 밤**

영상이 아닌 복잡한 숫자 분석표와 그래프들을 보고 있는 유경택.

유경택　　하...

검색을 통해서 사이트에 접속하는데
'야구만세' 홈페이지가 뜬다.
'폭염은 야구를 어떻게 바꿨는가'라는 글을 클릭하고.
진지하게 읽어나가는 유경택.

S#27　　**승수 집, 주방 + 거실 / 낮**

국과 밥에서 연기가 올라오는 따뜻한 식사 차려진 밥상.
승수, 영수 방 노크하면 영수가 피곤에 찌든 얼굴로 나온다.

승수　　컨디션 안 좋아 보인다. 오늘 꼭 합격 안 해도 돼.
영수　　합격해야지.

자리에 앉아서 밥 먹기 시작하는 영수.
승수는 출근 복장 차려입으면서 그런 영수를 보고.

승수　　계리사 되고 나면...
영수　　...?
승수　　니 월급 내 월급 합쳐서 어머니랑 아버지, 더 가까운 데로 모시자.

영수	...
승수	부담됐냐? 부담 좀 느끼고 살아라. 소파에 카드 두고 간다. 오고 가는 길에 고생하지 말고 택시 타.

영수 머리 헝클어뜨리고 나가는 승수.
숟가락을 들지 못하는 영수.

S#28 **단장실 / 낮**

승수, 모니터로 드림즈 선수들 영상을 보면서 메모 중.
승수 앞에는 작년 선수들 연봉 관련 엑셀 파일 등이 출력돼 있다.
노크 소리 들리고.

승수	네.
세영	단장님, 면접 진행해도 될까요?
승수	(일어서며) 가겠습니다.

승수, 나가려다가 휴대폰으로 영수에게 문자 메시지 보낸다.
'합격 못 해도 경험이다 생각해. 열심히 했잖아'

S#29 **면접장 / 낮**

승수, 세영, 유경택 나란히 앉아있고.
재희가 문 앞에 선 채로.

재희	첫 번째 면접자 입장해도 될까요?

세영이 승수 보면 승수 고개 끄덕하고.
첫 번째 면접자가 들어온다.
면접자가 앉고 승수가 질문을 시작한다.

〈시간 점프〉

안경 끼고 비쩍 마른 남자 면접자가 초점 없는 눈으로 앉아있다.
세영, 걱정스러운 표정으로 보다가.

세영	세이버메트릭스를 공부 중이라고 들었는데요.
안경	네.
세영	관련 질문 드릴게요. 타자 능력을 평가할 수 있는 기록상 최소한의 샘플 사이즈에 대해서 아는 대로 얘기해주시겠어요?
안경	우리나라 리그 맞죠? 그게... 지표마다 다른데...
세영	그렇죠. 아시네요.
안경	분석 기법에 따라 다르지만 제가 파악한 건 삼진은 한 200타석 정도... 볼넷이 400... 장타율은 300...
세영	네, 메이저리그는 이보다 표본이...
안경	이것보단 더 적게 필요한 걸로 아는데...
세영	왜요?
안경	그건 저도 잘...

S#30　면접 대기실 / 낮

대기실에 머리를 긁적이며 들어오는 안경 남.

더욱 긴장하는 표정의 영수.

S#31　면접장 + 면접장 문 앞 복도 / 낮

세영, 열심히 준비한 면접 질문지 정리하는데.

승수	아까 그거 정답이 뭡니까.
세영	네? 아... 정답은 없구요. 그냥 통계 해석하는 능력을 보고 싶어서요.
유경택	... 그런 거 어디서 배우셨어요?
세영	책도 보고... '야구만세' 사이트도 참고하고...

문이 열리고 영수가 들어오려는데 문턱이 높다.

경계에 서있는 재희가 다가가는데

영수	잠깐만요. 제가 한번 해볼게요.
재희	아, 네.

영수, 끙끙대며 문턱을 겨우 넘으려는데 실패하고

어쩔 수 없다는 듯이 재희를 보면 재희가 웃으며 밀어준다.

그리고 이 광경을 모두 지켜보고 있는 승수, 세영, 유경택.

그 가운데 심장이 멎은 듯 굳은 표정으로 바라보는 승수.

영수 또한 그 표정을 보며 평정심 잃은 얼굴로 들어오고.

세영도 휠체어에 잠시 놀란 표정을 짓다가 이내 수습한다.

영수   안녕하십니까.

승수   ...

세영   면접 시작할까요.

무릎 위 가방에서 두꺼운 서류 뭉치를 꺼내는 영수.
수십 장짜리 서류 뭉치 세 개를 휠체어를 끌고 다가가서
세 사람에게 하나씩 나눠준다.
승수는 다가오는 영수를 애써 외면하고.
세영, 서류 뭉치를 보고 놀라서 영수를 다시 본다.

세영   '야구만세'... 로빈슨... 님이세요? '폭염과 야구 상관관계'랑 '피타
        고라스 승률 데이터' 쓰신 분 맞죠? 팀장님도 모르세요?

유경택 모릅니다.

세영   모르시는구나... 되게 유명한데...

승수   (눈을 질끈 감는)

영수   (애써 승수 쪽을 보지 않고) 네. 저는 로빈슨이라는 이름으로 '야구만
        세' 사이트에서 활동한 백영수라고 합니다. 지금 드린 서류는 제
        가 그간 집필한 글 중에서 팀 전력 분석과 가장 관련 있는 글들만
        모아봤습니다.

유경택 (서류 보면서) 많이도 썼네. 이런 게 야구에 도움이 됩니까?

세영   (유경택의 말이 불편한)

영수   전력분석 팀장님이시죠?

유경택	그런데요.
영수	사실 이미 세이버메트릭스를 어느 정도 반영하고 계실 겁니다. 선수들 세부 기록을 만드는 작업을 하시잖아요? 다만 통계 해석에 따라서 선택을 조금 다르게 하는 거죠.
유경택	야구를 해보면 알 텐데 야구는 숫자 뒤에 다른 이유가 엄청 많아요. 후배들이 야구를 갑자기 못해서 왜 그런지 알아보면 여자친구랑 헤어졌고 집에 일이 생겼고 이런 게 거의 다인데. 세이버메트릭스가 이런 걸 어떻게 아냐고요.
영수	스포츠 중에서 저는 야구가 숫자로 분석하기 제일 좋다고 생각합니다. 농구, 배구, 축구는 모든 플레이가 우리팀 동료들의 다른 움직임의 영향을 많이 받는데 야구는 투수가 삼진을 잡거나 타자가 안타를 치는 건 그냥 혼자 잘해도 가능하거든요.
유경택	...
영수	세이버메트릭스는 정식 학위를 주는 것도 아니고 그냥 이 공부를 업으로 하지 않으면 조금 억울할 만큼은 준비해왔습니다. 그래서 과감하게 얘기하자면... 현대 야구에서 세이버메트릭스를 도입하지 않는다는 건 '건강해지기 싫다'라는 말과 같다고 생각합니다.

이런 질문과 대답이 승수의 귀에는 들어오지 않는다.
영수를 보는 승수의 표정이 흔들리며.

S#32 　승수 과거 회사 흡연장 (과거 회상) / 낮
승수, 상사들 앞에서 바른 자세로 종이컵 들고 경청하는 모습.

상사1	너 거기 주식 샀다며. 신규 이사회 후보가 네 명인데 이게 정관
	변경이 될지 모르겠네.
상사2	기존 이사회에서 가만 안 있겠죠.
상사1	왜 시끄러운 회사 주식을 샀어. 소액이야?
상사2	몰빵은 아닌데 비중이 좀 높아서...

이때, 전화벨 소리 요란하게 울리고.
승수, 눈치 보며 확인하는데 받으라고 손짓하는 상사.
승수, 전화 받으면.

영수	형, 뭐해?
승수	일하지.
영수	형, 나 야구 그만하면 형이 나 공부 알려주면 안 돼?
승수	... (상사 눈치 보며) 영수야. 니가 야구 잘하는 만큼 공부를 잘할 수
	가 없어. 이제 와서 무슨 공부야. 너 공부 머리 없어. (대답이 없자)
	전화 끊어야 돼. 영수야.
영수	형, 나 근데 오늘 경기거든.
승수	(답답한) 어, 근데 왜?
영수	근데 어제부터 골반 쪽이 좀 아픈데...
승수	(말 끊고) 영수야... 너희가 하는 건 진짜 대단한 운동이야. 사람의
	몸이 원래 그 폭발적인 움직임을... 감당을 할 수가 없어서 안 아
	픈 선수가 없대. (대답 기다리다) 힘내고 앞만 보고 달려. 알았지?
	그냥 막 달려버려.
영수	어...

승수   그래, 끝나고 형한테 보고해. 안타 몇 개 쳤는지.

전화 끊고 상사들 앞에서 웃으며 다시 이야기 듣는 승수.
몇 마디 추임새로 거들고.

상사1   짧게는 6개월 길게는 3~4년도 보고 사야 돼.

상사2   이제 급등주 무서워서 못 사겠네요.

상사1   빽승수. 넌 주식 안 하냐?

승수   네. 저는 아직... 공부는 시작했는데요. 너무 어렵더라구요.

상사1   뭘로 공부하는데?

S#33   면접장 / 낮

세영   지난 시즌 우승팀인 세이버스도 세이버메트릭스를 본격 도입한
        팀은 아니라고 알고 있는데요.

영수   세이버스는 분석 담당 정규직이 없어서 그렇게 아는 분이 많은데
        요. 제가 아는 바로는 분석 담당 비정규직 직원이 두 분이 계시고
        요. 그 두 분은 정규직을 본인들이 거절한 케이스입니다. 최근 연
        봉이 크게 인상된 걸로 알고 있습니다.

유경택   근데 그 숫자 놀음 좀 공부하면 홈런 한 번 안 쳐보고 삼진 한 번
        안 잡아본 사람들도 야구판에 뛰어들어도 되나.

영수   ... 전 홈런도 쳐보고 삼진도 잡아봤습니다.

유경택   동네야구 말고요.

영수   네, 동네야구 말고요.

유경택	(이력서의 출신학교 이름 보고) ... 명정고?
영수	네, 그리고 저는 홈런 한번 안 쳐보고 삼진 한번 안 잡아본 다른 사람이 세이버메트릭스 이해도가 저보다 높으면 그 사람이 뽑혀도 된다고 생각합니다.
세영	어우, 확신...
영수	분석 능력 차이가 팀별 순위에 100% 직결되는 건 아니에요. 팀 순위를 결정하는 건 다른 요인들도 있겠죠. 하지만 최소한 드림즈처럼 통계 분석을 등한시했던 팀들한테는 좀 더 유의미한 상승 효과가 있을 거 같거든요.
세영	세이버메트릭스 하면 요즘 WAR* 얘기가 기본적으로 먼저 나오는데 투수보다 타자가 WAR이 더 높게 나오는 이유는 뭐죠? 야구는 투수 놀음이라고 말하는데.
유경택	이런 것 때문에 현장에 있는 우리가 믿기가 힘들다니까.
영수	타자들의 기록은 공격과 수비 모두를 포함하기 때문에 그런 수치가 나오는 것이 첫 번째입니다. 그런데 공을 많이 던지는 선발 투수들은 격차가 크지 않습니다.
세영	불펜 투수들은 그게 엄청 적게 나오던데. 중간 계투 잘 던지는 투수 영향력이 상당히 크지 않나요.
영수	그래서 불펜 투수들에게는 WAR보다는 WPA라고 하는 승리 확률 합산이라는 다른 계산법으로 평가하는 것이 더 정확하다는 게 제 의견입니다.
세영	(눈치보다가) 단장님은 질문 없으세요?

● 세이버메트릭 스탯의 하나로, 선수가 팀 승리에 얼마나 기여했는가를 표현하는 종합적인 성격의 스탯이다. 가령 WAR이 2.0이라면 일반적인 대체선수가 나오는 대신 나와서 2승을 더 올리게 해주는 실력이라고 볼 수 있다.

승수	...
영수	...
승수	저 문턱이 몇 센티일 것 같습니까.
영수	...
승수	아까 백영수 씨가 들어오는 길에 있던 문턱이요. 결국 남의 도움을 받아서 들어온 그 문턱.
영수	6센티 정도 될 것 같습니다.
승수	그렇게 작은 것 하나도 힘든 업무가 될 겁니다.
세영	단장님.
승수	(무시하고) 백영수 씨가 우리의 상황을 더 잘 알아야 어떤 결과든 이해하고 받아들일 수 있지 않을까요.
영수	재키 로빈슨을 제가 좋아하거든요. 그래서 제 아이디가 로빈슨입니다.
승수	...?
영수	흑인 중에 최초로 메이저리그에서 뛴 사람이에요. 심판 판정도 불리했고 일부러 몸에 던진 공도 많이 맞았습니다. 흑인이라서. 지금 생각하면 말도 안 되죠. 아마 장애인 전력분석원이 되면 제가 최초일 겁니다. 대단한 미담인 양 기사를 내보내기도 좋을 거예요.
승수	우리가 지금 미담 만들자고...!!
세영	(승수 말 끊으며) 백영수 씨가 만약에 떨어지면요.
승수	(?)
영수	...
세영	분명히 알아두세요. 능력이 더 나은 사람이 있어서 떨어지는 거

	예요. 드림즈는 차이를 가지고 차별하지 않을 거예요.
영수	믿겠습니다.
세영	저 한 가지만 더 질문...
승수	다치게 된 건... 어떻게 다치게 된 겁니까.
영수	... 네?

세영은 또 왜 이러냐는 듯한 표정으로 보고
유경택 또한 지나치다는 듯한 경멸의 시선으로 보는데
담담한 영수의 얼굴과 대조되는 굳은 승수의 표정.

S#34   고교야구 경기장 벤치 앞 (영수 회상) / 낮
몸을 푸는 선수들 사이에서 소극적으로 몸을 풀고 있는 영수.

S#35   고교야구 경기장 (영수 회상) / 낮
전광판을 보면 백영수 이름이 올라오고.
영수가 타석에 등장한다.
투수가 던지는 공을 영수가 받아치는데
타구가 쭉쭉 뻗어 나가다가 펜스 상단을 맞고 떨어진다.
외야수가 공을 잡으려다 미끄러지고
3루에서 팔이 빠져라 돌려대는 주루코치.
다리의 통증을 느끼는지 잠깐 멈췄던 영수가 다시 뛰는데.

승수	(소리만) 힘내고 앞만 보고 달려. 알았지? 그냥 막 달려버려.

이를 악물고 뛰는 영수.
공을 받을 준비를 하는 3루수 앞으로 슬라이딩을 하는데
유독 체구가 큰 3루수와 강력한 충돌을 하고 그대로 넘어지는 영수.
그대로 넘어진 영수는 누워서 눈을 뜨지 못하고.

S#36 **면접장 / 낮**
담담한 표정의 영수.

영수	(멋쩍게) 야구 하다 다쳤습니다.

놀라는 세영과 유경택.

승수	엄청나게 많은 경기 영상들을 봐야 됩니다. 실제 경기 영상들을.
영수	네.
승수	그 일이 아니었으면 저렇게 뛸 수 있었을 거라는 생각이나... 충돌이 일어났던 그 기억. 아름답지 못했던 추억들을 감당할 수 있습니까?
영수	네.
승수	가족들도 그걸 바랄까요.
유경택	(인상 찌푸리고)
세영	(왜 이러나 싶어 보고)

| 영수 | 가족들은 몰라요. 그냥 제가 하고 싶어서 하는 거예요. 저는 괜찮거든요. |

영수의 담백하고 담담한 대답에 숙연해지는 분위기.

S#37   면접장 복도 / 낮

영수, 재희와 가볍게 눈인사하고.
천천히 멀어지는 뒷모습.

S#38   면접장 / 낮

승수, 세영, 재희, 유경택이 면접 현장 정리하는 중.
승수가 무슨 말을 할지 눈치를 보는 유경택과 세영.
재희는 영문 모른 채 해맑은 표정으로 정리하고.

| 승수 | 백영수 지원자, 제 동생입니다. |

세영과 재희, 유경택 모두 멍해서 승수를 보고.

| 승수 | 동생이 지원한 줄도 몰랐고 합격을 바라는 사람도 아니에요. 철저히 객관적으로 판단해주세요. |
| 세영 | (승수의 채점표를 보면서) 근데 단장님은 객관적으로 판단하지 않으신 것 같은데요. |

승수   제가 이렇게 점수를 주는 건 백영수 씨가 감안을 하고 나왔겠죠.

세영   아무리 동생이라도 아까 선 넘으신 거예요. 그렇게 말하는 단장
        님 마음을 짐작한다고 해도요.

        승수, 못 들은 척 문 닫고 나가면.

유경택   어쩌겠어요. 그냥 점수 합산한 이 결과 대로 발표하겠습니다.

재희   뭐라고 했는데요?

        세영, 원망의 마음에 표정이 찡그려진다.

S#39   드림즈 사무실 / 밤

        어둑한 사무실.

        세영 자리에만 불이 켜져있고.

        영수 관련 기사를 검색해서 보고 있는 세영.

        '유망주의 야구 생명을 끝낸 하지 말았어야 할 도루'

        '부상 참고 달리다 더 큰 부상, 학원 스포츠의 어두운 그림자'

        '아무도 책임지지 않는 유망주의 은퇴'

        선수 시절 영수의 사진과 함께 담긴 기사들.

        복잡한 마음으로 기사를 보는 세영.

        무슨 생각이 들었는지 그 자리에서 벌떡 일어난다.

S#40 드림즈 주차장 / 밤

터벅터벅 걸어서 차 문을 열려는 승수.

다가오는 인기척 느끼고 보면 세영이다.

승수   뭡니까.

세영   사무실 문턱 높이 조사했어요. 문턱이 없거나 2센티 미만인 곳은
       여덟 곳이에요. 여기는 휠체어로 넘을 수 있습니다.

승수   ...

세영   그리고 문턱 높은 곳에는 경사로 진입판을 설치하면 되구요. 문
       을 다시 설치하는 예산보다 아주 많이 싸게 해결됩니다.

승수   그래도 안 뽑아요.

세영   단장님을 돕고 지킬 수 있는 사람을 뽑아야죠.

승수   도와요? 누가 누굴... 각자 자리에서 남들 만큼만 해주세요. 누가
       누굴 지켜요.

       그대로 차에 타는 승수.

S#41 승수 차 안 / 밤

시동을 걸려는 승수.

보조석 문이 열리고 세영이 앉는다.

승수   뭐 하는 겁니까.

세영   본인 할 말만 하고 가시니까요.

승수	(피곤한) 할 말이 뭔데요.
세영	... 동생 분 좋은 선수였던데요.
승수	없는 과겁니다.
세영	전 아버지랑 야구장에 왔었어요. 다른 사람들하고는 온 적이 없었어요. 그러다가 나중에는 야구장을 한 2년 끊었어요. 야구장에 오면 아버지가 계실 거 같은데 안 계시니까 그걸 못 견디겠더라구요.
승수	...
세영	아버지가 좀 일찍 돌아가셨거든요. 그러다가 어떤 날, 왜 그랬는지는 기억도 안 나는데 야구장에 제가 왔어요. 그렇게 다시 야구장에 오다가 제가 이 일을 하고 있네요.

세영, 영수의 이력서를 승수에게 건네는데 승수 받지 않는다.

세영	백영수 씨 이력서 제대로 보셨어요?
승수	우리가 이런 얘기할 만큼 가까운 사입니까. 우리 가족 얘기 그만하고 싶은데요.
세영	저는 지금 전력분석팀 직원 선발에 대한 얘기를 하는 거예요. 단장님을 보니까 가깝다고 해서 다 아는 것도 아니네요. 다 아는 거 같아도 안 보이는 게 있고.

승수, 그제야 이력서 받아서 보면

세영	많이 고생했고 힘들었다는 내용은 없죠. 근데 다 보이잖아요. 그

몇 년간 비어있는 공백 기간 동안 얼마나 힘들었을까. 겨우 이겨 내고 이렇게 이력을 다시 쌓아나갔구나. 통계학과 졸업이라는 한 줄까지만 봐도 박수받아 마땅하죠.

승수   누구 이력서는 안 그래요? 이력 한 줄 한 줄 다 편하게 적은 사람 없습니다.

세영   동생 다치게 한 야구장에서 일을 하는 단장님이 아무 결심 없이 아무 망설임 없이 들어온 게 아니었겠죠. 근데 단장님이 그 결심을 했던 것보다 훨씬 더 당사자는 대단한 결심을 하지 않았 을까요.

승수   ... 내리세요.

세영   백영수 씨가 그동안 단장님 눈치봤죠? 단장님도 걱정되니까 이 러시겠지만 동생분이 이렇게 말도 안 될 만큼 멋있게 극복을 해 오고 있었는데 어느 정도는 인정을 하셔야죠. 그거 아세요? 다 극 복한 백영수 씨가 단장님을 기다리고 있었던 거예요. 계속.

세영, 문 열고 내리고 멀어지는데.

S#42   **승수 집, 영수 방 / 밤**

영수, 컴퓨터 보면서 이것저것 클릭하는데 공허한 표정.

이때, 현관문 열리는 소리가 들리고.

S#43   **승수 집, 거실 / 밤**

승수가 찌푸린 얼굴로 들어온다.

영수가 어정쩡한 표정으로 승수를 맞이하고.

승수, 시선도 마주치지 않고 방으로 들어간다.

한숨 한 번 쉬고 방으로 들어가려는 영수.

그러나 승수 방문이 다시 열리는 소리 들리고.

승수   언제부터 그런 글을 썼냐.

돌아보면 방문에 기대서 영수 보고 있는 승수.

영수   좀 됐어.

승수   가족들 속이고...

영수   ...

승수   계리사 공부는? 시작은 했어? 진짜 하긴 한 거야?

영수   야구 좋아한 거 말고는 거짓말한 거 없어. 열심히 했어.

승수   너 공부해서 좀 편하게 살라고 내가...

영수   선수 때는 야구 지긋지긋했는데. 이렇게 되고 보니까 언젠가부터 보는 게 재미있더라. 그래서 그때 내가 형한테 얘기하려고 했어. 나 이제 야구 봐도 괜찮다고.

승수   왜 안 했는데.

영수   형이 다 버렸잖아. 야구 관련된 거. 형은 야구에 맨날 침 뱉고 저주하는데 야구가 좋다고 어떻게 말할까.

승수   저거 때문에 니가...!!

영수	말은 그렇게 하면서 사실은 형 때문이라고 생각하니까 그랬겠지.
승수	(!!)
영수	벌써 몇 년이 지났는데. 그리고 우리나라에서 야구가... 안 보고 피하려고 한다고 피해져? 그럴 거면 야구단은 왜 들어갔는데. 야구단 단장이 동생은 야구 중계도 못 보게 해. 얼마나 위선적이야.
승수	돈 벌려면 무슨 짓을 못 해. 돈이 있어야...
영수	(점점 화가 나는) 그딴 소리 좀 그만해. 형 인생 다 던져서 우리 가족한테 매몰되면 그거 지켜보는 우리도 지옥에서 사는 거 몰라? 못 걸어 다니는 건 난데 왜 형이 죄책감에서 허우적대고. 내가 또 왜 그걸 기다려줘야 되는데. 난 이제 빠져나왔는데 형은 왜 계속 거기서 나를 보는데. (답답함이 치밀고) 내가 진짜 앞으로 가길 바라는 사람이 할 짓이야, 그게? 내가 희생할 테니까 너는 다른 안정적인 직업을 선택해. 이거잖아. 그딴 소리가 듣는 입장에서 얼마나 숨 막히는 줄 알아?
승수	니가 내 입장이면...
영수	다 같이 행복하자는 게 이렇게 눈치볼 일이야? 그만 좀 나와. 그래, 나 안 뽑아도 돼. 그니까 밝게 좀 살자. 형 책임이 아니잖아.
승수	니가 나였어도 내 책임이 아니라고 생각할 수 있냐.
영수	있어. 진짜 형 책임이 아니니까.
승수	너만 다친 거면 혹시 모르지. 근데 아니잖아. 내가... (꾹 삼키고)

방으로 들어가버리는 승수.
문 닫히는 소리가 영수 마음에 박힌다.

S#44 　승수 집, 승수 방 / 밤

　　　침대에 누워서 눈을 감고 있는 승수.

S#45 　병원 응급실 (과거 회상) / 밤

　　　침대에 의식을 잃고 누워있는 영수.
　　　의사와 대화 중인 승수.

의사 　경과를 지켜봐야 되지만... 몸에 왜 멍 자국이 저렇게 많은지 혹시
　　　형님은 아십니까.

승수 　아뇨...

의사 　야구 선수라고 했죠. 체벌이 좀 있었던 거 같습니다.

승수 　(참담한)

의사 　다친 부위랑 무관하게 발목도 심하게 부어있었어요. 그렇게 빠르
　　　게 뛰는 게 쉽지 않았을 텐데. 발목은 아픈데 억지로 뛰자니 중심
　　　축이 무너지면서 목을 심하게 다쳤어요. 운이 너무 나빴던 거죠.

　　　의사가 가고 승수 휴대폰에 문자가 수십 개 쌓여있다.
　　　영수와 주고받은 문자함을 내려서
　　　과거의 문자 하나를 열어보면

승수(E) 　영수야, 안 힘든 사람 없어. 앞만 보고 달리자. 넌 우리 자랑이야.

　　　자신이 보낸 문자 메시지가 한심해서

고개를 파묻고 흐느끼는 승수의 어깨.

S#46   드림즈 사무실 외경 / 낮

S#47   자판기 앞 / 낮
자판기 옆 의자에 앉아서 멍하니 커피 마시는 세영.
자판기를 똑똑 두드리는 소리에 놀라서 보면 유경택.

유경택   합격자 어떻게 할 거예요.

세영, 뭔가 결심한 듯 자리에서 벌떡 일어난다.

S#48   단장실 문 앞 / 낮
긴장한 모습으로 노크를 하는 세영.

승수   (소리만)네.

세영, 문을 열면 승수가 보고 있다.

S#49   초등학교 운동장 / 낮

영수, 벤치 옆에서 누군가 기다리고 있는데.

멀리서 걸어오는 사람 보고 웃으며 손 흔든다.

자연스럽게 주먹으로 툭 치며 인사하는 정인이다.

정인   왜 갑자기 왔어. 오후 수업도 있는데.

영수   누구 욕을 좀 하려는데 마땅한 사람이 없잖아.

정인   (웃으며) 그 누구가 내가 생각하는 그 답답한 인간이면... 마땅한
       사람이 나밖에 없긴 하지.

⟨시간 점프⟩

운동장에서 방망이랑 공 든 아이 두 명이 어설프게 노는 모습 보는 영수.

정인   언젠간 터뜨릴 일이었나 싶기도 하고. 좀 괜찮아?

영수   그 언젠가를 너무 미뤘을지도 몰라. 나는 괜찮아. 누나는?

정인   나는... 미루다가 곪아서 이렇게 됐잖아. 우린 무촌이지만 너희는
       형제니깐 헤어질 수도 없어. 잘 극복해봐.

영수   형한테 숙제가 너무 많다.

정인   풀릴 때까지 집에서 좀 어색하겠지만... (어깨 두들겨주면서) 승수한
       테 꼭 필요한 충격이었을 거야.

영수   나는 그냥 날 위해서 그런 거야.

정인   그래, 니 형은 우리가 우선 행복한 걸 못 보면 평생 우울하게 살
       고도 남을 인간이지. 근데 그것과는 별개로 그냥 넌 재미있게 살
       아야 돼. 많이 웃으면서.

이때, 영수 옆에 둔 전화벨이 울리고
발신 번호를 확인하는 영수.

S#50   드림즈 사무실 / 낮

자리에 앉아서 사무실 전화기로 통화 중인 세영.

세영   네, 합격을 진심으로 축하드리구요. 언제부터 업무 가능하세요?
        네, 그럼 내일 뵙겠습니다.

S#51   초등학교 운동장 / 낮

영수, 기쁜 표정.
수화기를 든 채로 몇 번이나 목례를 하는 모습.
정인도 대충 파악하고 눈물 글썽이면서
영수 머리를 헝클이며 쓰다듬어준다.

S#52   단장실 / 낮

책상에 선 채로 몸을 기대며 통화 중인 승수.

승수   엄마, 영수 이제 괜찮대요. 영수가 괜찮으면 나는 다 괜찮아.

S#53   사장실 / 밤

창밖을 보며 선 채로 뭔가 골똘히 생각하고 있는 경민.

〈플래시백, 11씬〉

일도	야, 권경민.
경민	네.
일도	넌 나랑도 피가 섞여서 일 잘하는 거야. 알지?
///	

경민, 돌아보면 준비된 심부름꾼의 표정으로
강선이 바라보고 미소 짓고 있다.

경민	백승수 단장 불러봐요.
강선	네? 무슨 일이신지...
경민	간만에 보고 싶네.

〈시간 점프〉

노크 소리 들리고 문 열고 들어오는 승수.
경민과 강선이 테이블에 앉아있고.

강선	앉아봐.

승수, 앉으면서 경민과 눈 마주친다.

경민	작년 연봉 총액이 얼마죠?
승수	55억 3천만 원입니다.
경민	대규모 삭감이 필요할 거 같은데요? 그렇게 많이 돈을 쓸 수가 없어요.
승수	...

S#54   와인 바 / 밤

고급스러운 분위기의 와인 바.

이런 분위기가 익숙하지 않아 보이는 곽한영.

능숙하게 주문을 하는 장우석이 맞은편에 앉아있다.

곽한영	남자끼리 무슨 와인입니까.
장우석	이따 오는 분이 와인을 좋아한다.
곽한영	누구 오는데요?
장우석	너도 아는 사람.

장우석, 가방에서 작은 USB 꺼내서 테이블에 올려놓는다.

곽한영이 멍하니 보다가

곽한영	그게 뭡니까?
장우석	우리 팀 연봉 고과 산정표.
곽한영	그걸 왜 선배님이.
장우석	운영팀에서 빼왔지.

곽한영	운영팀도 알아요? (대답 없자) 그걸 유출해도 됩니까.
장우석	아, 자식. 되게 까칠하네. 이걸 왜 내가 니들 보여주겠냐.
곽한영	(불편한) 저는 이런 거 엮이기 싫습니다. 가볼게요. (일어서면)
고세혁	**(소리만) 앉아. 이 새끼야.**
곽한영	(고개 돌려 노려보면)

고세혁이 들어서서 곽한영 옆자리에 착석하며,
USB를 주머니에 자연스럽게 넣는다.

고세혁	분위기 뭡니까. (딴에는 너스레) 일단 앉아보세요. 곽한영 선수. 어?
곽한영	(마지못해 앉고)
고세혁	내가 에이전트 사업을 새로 시작해서 너는 내가 계약을 해서... 연봉 협상을 진행하려고 하거든.
곽한영	저는 근데 연봉이 적어서 수수료가 얼마 안 될 텐데요.
고세혁	그냥 술 한잔 사. 너 맨날 계약 그렇게 하는 거 안타까워서 그래.
장우석	그래, 언제까지 그냥 부르는 대로 도장 찍을래.
고세혁	너 만나기 전에 이양율, 정태수, 유민원이랑 도장 찍고 왔어. 드림즈에서만 나 무시하지. 다른 팀에서는 나 좋게 봐.
장우석	다 골든글러브상 받은 선수들이야. 네 명 계약하신 거 맞죠?
곽한영	한 명은 또 누구예요?

고세혁, 씨익 웃으며 임동규 계약서 꺼낸다.

S#55   사장실 / 밤

경민   어? 당황했어요? 백 단장이? 내가 좀 어려운 얘기를 했나봐요.

승수   네, 어렵습니다.

경민   (피식)

강선   (황급히) 물론 갑자기 30%라고 하면 좀 크게 느껴질 수도 있어. 근데 저마다 입장이 다른 걸 잘 이해시켜야지.

승수   선수단 연봉 총액이 30% 삭감됐고. 이 돈으로 어떻게든 선수단 전원과 연봉 계약을 마치라는 말인가요.

경민   네.

승수   (착잡한) 10% 삭감 정도로 제안 드립니다.

경민   30%라고 했잖아요.

승수   15%요.

경민   시장에서 흥정하듯이 그렇게 가볍게 돈 얘기할 거예요?

승수   시장에서 흥정하듯이 가격을 제시한 건 상무님 아닙니까.

강선   (사색이 된) 뭐 하는 거야!!

승수   합리적인 이유도 없이 어떻게 이런 식으로 찍어 누릅니까.

경민   이유 얘기할까요? 우리는 야구를 못해요. 그리고 또 우리는 야구를 더럽게 못해요. 그리고 또 우리는 야구를 몇 년째 더럽게 못해요. 그리고 또 우리는 야구팀에서 적자가 나고 있어요.

승수   작년에도 재작년에도 제일 못했고. 그래서 제일 적게 연봉 받고 있습니다. 갑자기 이만큼 줄이면 반발이 없겠습니까.

경민   (말 끊으며) 똑똑한 분이 왜 되물으실까 싶어서 얘기하는데요. 지금 제가 말한 건 의견이나 조언이 아니구요. 꼭 그렇게 해야겠다는 구단주, 우리 그룹의 의지입니다.

복잡한 심경으로 경민을 응시하는 승수의 표정.

비웃듯 바라보는 경민의 표정.

54씬에서 웃고 있는 고세혁.

화면 3분할 되며.

"승미 엄마도 그렇고
거기 사모랑 내가 했으면 좋겠다고 그러잖아."

"안 돼."

"하든 안 하든 미숙 씨가 했으면 좋겠다는 말을 들은 게 기분이 좋다구.
자격증 필요한 일이 아니라도. 아니, 자격증 필요한 일이 아니라 더 그래.
아무나 다 할 수 있는 일인데 미숙 씨가 해주면 좋겠다고
말해주는 사람이 있는 게 그냥 그게 기분이 좋아."

STOVE
LEAGUE

7

S#1   **단장실 / 낮**
차분하게 담담한 듯 말하는 승수.

승수   이번 연봉 협상... 더 치열하게 준비해주세요.

세영   (?) 아... 네.

재희   저희야 원래...

승수   삭감 폭이 좀 큽니다.

세영   (불안한) ... 얼만데요?

승수   30%.

경악하는 세영과 재희.

승수   이 돈으로 선수단 계약을 모두 마쳐야 됩니다.

       승수, 두 사람의 반응을 보다가

승수   많은 반발이 있겠죠. 야구선수라는 직업은...

S#2   드림즈 훈련장 / 낮
       몸 풀고 있는 유민호.
       몸 풀면서도 아슬아슬하게 구멍이 나려는 러닝화에
       시선이 고정돼 있다.

승수   **(소리만)장비를 구입해야 돼서 더 많은 연봉이 필요한 직업이라고 주**
       장할 수도 있고...

S#3   드림즈 투구 훈련장 / 낮
       가볍게 롱 토스 훈련 중인 장진우.

승수   **(소리만)냉정한 현실은 파악 못하고 과거의 영광에만 얽매여서 자존심**
       을 내세울 수도 있죠. 야구선수들은 연봉이 전국에 까발려지니까요.

S#4   단장실 / 낮

승수   그런데 우리 팀에는 연봉 하락 요인이 훨씬 많습니다. 꼴찌가 익
　　　숙해진 지도 오래고요.

세영   그걸... 받아들이셨어요?

재희   성적 안 좋았던 선수들도 30% 정도 삭감한다고 하면 분위기 싸
　　　해지는데요...

승수   ...

세영   원래 연봉 협상에서 죽자고 싸우는 거 당연히 각오하죠. 각자 이
　　　해관계가 다르니까 서로 기분도 상하고 전지훈련도 미뤄지고. 별
　　　일 다 겪어봤는데요... 그 금액으로는 협상... 못 해요.

승수   4년 연속이죠? 드림즈가 꼴찌한 지도...

세영   (!!)

승수   4년 연속 최하위 성적은 어쩔 수 없이 받아들이고. 돈은 남들만
　　　큼은 받아야 됩니까? 프로의 세계라면서? 충분한 명분이 있는 거
　　　같은데요.

세영   이렇게 깎일 만하다고 동의하시는 거네요.

승수   가치관 차이입니다. 더 좋은 방법도 있어요.

　　　승수, 툭 던지는 서류 파일철.
　　　세영, 불안한 시선으로 파일철을 조심스럽게 열어보고 놀라는.
　　　그곳에 적힌 선수들의 명단.

세영   이거 혹시...

승수   네, 방출 명단입니다.

세영	이미 선수들 1차 방출이 있었는데요!
승수	인건비 줄이는 제일 쉬운 방법 아닙니까.
재희	(세영이 든 명단 보며) 열 명... 너무 많은데요.
승수	내일 오후, 연봉 협상 관련 회의합니다. 되게 하는 의견들 나누 시죠.

세영, 재희 뭔가 반박하고 싶지만 꾹 참고.

S#5   **단장실 복도 / 낮**

재희	아... 이거 진짜 말이 돼요? 선수 열 명을 어떻게 또 방출해요. 우 리 11월에 방출한 선수들도 어렵게 정했는데.
세영	우리가 여태까지 말이 되는 일만 했니.
재희	근데 이만큼 말이 안 되는 일은...!!

재희, 한숨 쉬고
세영 역시 근심이 남은 표정.

S#6   **전력분석팀 사무실 / 낮**

전력분석 팀원들이 각자 영상 보면서 분석하는 중.
영수도 자리에서 선수들 영상을 어깨너머로 흘끔흘끔 보는데.
유경택, 전화 받는다.

유경택	네. (듣다가) 네.

유경택, 전화 끊고 한숨 쉬고.
눈앞에 놓인 서류 들고 영수에게 다시 걸어간다.

유경택	야, 이거... 다시 정리해봐.
영수	네. (받은 서류 보는데)
유경택	그리고 넌 영상 보지 말고 숫자만 보라고.
영수	아, 네.
유경택	그때까지 니가 있을진 모르겠지만 시즌 시작되면 원정 기록원 역할이 있는데 넌 그거 못 해.
영수	할 수 있습니다.
유경택	아니, 넌 그냥 숫자나 봐.

선수들 기록지에 이름이 수정액으로 다 덮여있고.

영수	여기 이름이 다 지워져 있는데요.
유경택	(짜증 삼키며) ... 숫자만. 니네 통계쟁이들은 그것만 보면 되잖아.
영수	... 알겠습니다.

유경택, 말하고 나서 영수 뒷모습을 보는데 미동도 없다.
뭐지 싶지만 자기 책상에 앉아서 영상 분석 시작한다.

S#7   복도 / 밤

승수, 걸어가며 잠시 시선 돌리는데 전력분석팀 사무실이 보인다.

업무에 열중하고 있는 영수가 보이고

그런 승수와 시선이 마주친 유경택.

승수, 최대한 담담하게 지나가고.

유경택은 영수 한 번 보고 승수가 이미 지나간 자리 흘겨본다.

S#8   승수 집 거실 + 주방 / 밤

승수, 집에 들어와 보면 아무도 없는 불 꺼진 집.

무표정하게 요리하고 있는 승수.

혼자 오므라이스를 만들어서 사진을 찍고 먹기 시작하는 승수.

S#9   전력분석팀 사무실 / 밤

영수 혼자 업무 중인 사무실.

작업을 모두 마친 듯 메일 전송하는 화면.

영수, 문득 주변을 둘러보면 아무도 없음을 느끼고.

휠체어로 조금씩 이동하며 다른 사람들 자리 둘러보면

모두 정리된 자리.

영수, 복지콜택시를 부른다. (앱이나 전화로)

시계 보고는 피로한 듯이 의자에 기대어 눈 감는 영수.

S#10　　**사무실 복도 / 밤**

　　　　　전체적으로 어두운 복도.

　　　　　영수, 시계 확인 후 이동하는데

　　　　　좀 떨어진 거리의 엘리베이터가 닫히려는 찰나.

　　　　　다음 걸 타려고 포기하는데 엘리베이터 문이 열린 채 고정돼 있다.

　　　　　영수, 의아해서 천천히 다가가면

　　　　　천천히 고개 내밀어 보이는 얼굴, 경민이다.

　　　　　영수, 엘리베이터에 타고.

영수　　　감사합니다.

경민　　　(정중하게) 별말씀을. 어떻게 오셨어요?

영수　　　아, 전력분석팀 직원 백영수라고 합니다. (되물으려다가 참는)

경민　　　(잠시 멈칫하다) 아... 그렇구나.

S#11　　**엘리베이터 / 밤**

　　　　　엘리베이터 문이 열리고 먼저 내리라는 듯이 손짓하는 경민.

　　　　　영수, 목례하고 먼저 내리고. 경민도 자연스럽게 내린다.

S#12　　**드림즈 주차장 / 밤**

　　　　　영수, 휠체어를 탄 채로 나가서 기다리면

　　　　　복지콜택시 도착하고.

　　　　　올라타는 과정까지.

자기 차로 걸어가면서 지켜보는 경민.

S#13 **승수 집, 거실 / 밤**

땀 흘리며 도착한 영수.

굳게 닫힌 승수 방문을 보면서 욕실로 가다가 주방을 본다.

오므라이스가 만들어져 있는 식탁.

영수 입가에 미소.

S#14 **승수 집 외경 / 낮**

S#15 **승수 집, 주방 / 낮**

승수, 막 일어난 모습으로 식탁을 보면 다 정리된 모습.

그리고 열려있는 영수 방문을 슬쩍 보면 텅 빈 방 안.

S#16 **드림즈 사무실 외경 / 낮**

S#17 **회의실 / 낮**

승수, 세영, 재희 회의 준비 중.

승수	(시계 보고)

회의실 문이 열리고 성복, 유경택이 들어온다.
성복을 보고 재희, 세영이 얼른 일어나서 고개 숙여 인사하고.
웃으면서 인사하고 들어오는 임미선, 변치훈.
뒤를 이어 양원섭과 장우석이 들어온다.
양원섭, 승수를 보면 옅은 웃음으로 반가움이 드러나는데
그 모습을 지켜보는 장우석의 눈길이 곱지 않고.

양원섭	업무 복귀했습니다.

승수, 간단한 목례로 답하고.

〈시간 점프〉

회의 대형 갖춰서 모두 앉은 상황.

세영	바쁘신 분들을 모신 건 다름이 아니라 이번 연봉 협상 때문인데요. 음... 모기업의 지원이 대폭 삭감됐습니다. 작년 총액보다 30%.

성복, 양원섭, 임미선, 변치훈 모두 놀라는 반응.
유경택은 이미 알고 있었던 듯 심드렁한 표정.

세영	네, 그런 금액으로 연봉 협상을 진행해야 합니다. 쉬운 일은 아닌

거 같아서... 솔직히 많이 어려운 일이죠. 그래서 여러분 의견을 들으려고 모셨습니다.

재희, 노트북으로 연결된 화면 띄우면
클릭할 때마다 바뀌는 장진우를 비롯한 선수들의 사진과 프로필.

승수	총 열 명. 방출자 명단입니다.
양원섭	열 명이요?!
유경택	(짐작은 했지만 놀란) 아...
성복	(말없이 낮은 한숨)
세영	명단에 대해서 감독님, 그리고 팀장님들, 스카웃팀은 차장님까지.
장우석	...
세영	의견 좀 들어볼게요.
변치훈	아니, 일단 이렇게 방출되면 기자들이 물어볼 텐데. 이거 뭐라고 설명해야 돼요?
양원섭	저... 이 명단이 이해가 안 가는데요.
승수	왜죠?
양원섭	김찬희나 정배용이나 제가 쉽게 뽑은 선수들 아니고 지금 성장 중인 선수들인데 왜 여기 포함이 돼 있죠. 제가 향후 10년을 보고 뽑은 선수들인데요.
장우석	프로 들어오는 게 하늘의 별따기인데 안 뜬 놈 중에 애초에 10년 단서 붙이면 별로인 놈이 어디 있어?
양원섭	(불쾌하지만 참는)
유경택	이거 명단 누가 짰습니까? 단장님이에요?

승수	아닙니다.
양원섭	드림즈에 대해서 조금이라도 아는 사람이면 이따위로 안 했겠죠.

S#18 사장실 / 낮
찻잔을 티스푼으로 휘휘 젓다가 재채기를 하는 강선.

강선	(코 비비며) 에이. 뭐야.

강선은 손님 접대하는 의자에 앉아있고.
강선의 자리에 앉은 채로 커피 마시며
모니터 화면 보는 경민.

경민	열 명 방출하면 선수단이... 40명인데. 팀 돌아가요?
강선	뭐 어떻게든 한 시즌은... 돌아가지 않을까요?

S#19 회의실 / 낮
유경택	일단 명단 그대로는 절대 안 되고. 이경석 대신에 김종윤을 방출해야 될 거 같은데요. 근데 김종윤도 방출 할 애는 아닌데...
양원섭	이찬중도 방출하면 다른 데서 바로 주워가요.
임미선	강광배. 얘도 안 돼요. 잘생겼어요.

쏟아지는 경멸의 시선들.

임미선	아니, 유니폼 판매량이 4위예요. 주전 선수도 아닌데. 강광배 나가면 티켓 판매량 뚝 떨어져요. 왜 그런 표정으로들 봐요. 흙 퍼다가 야구 하는 줄 아나봐. 우리 프로야구예요!!
세영	저 그런데... 우리 이미 11월에 선수들 방출했습니다.

세영에게 모이는 시선.

| 세영 | 그렇게 방출된 선수가 열한 명이었죠. 예전보다 적지 않았습니다. 어쩔 수 없긴 한데... 추가로 또 열 명을 방출하면... |

세영의 말을 듣고 다시 선수 명단을 보고
고민에 빠지는 성복, 양원섭, 유경택.

세영	만약 열 명이 그대로 다 빠지면 우리 선수단 인원이 40명이 되는데요. (성복 보며) 여기에 선수들 부상까지 많아지면 선수단 구성 가능하신가요?
성복	(고개 가로젓는) 아뇨.

승수, 혼자 메모한 종이 보다가.
다들 생각에 잠겨있다가 승수를 보면.

| 승수 | 김찬희, 정배용, 이경석, 이찬중, 서기열, 유원재... 필요한 거죠? 그럼 방출해도 되는 선수가... 송명준 선수가 필요하다고 생각하시는 분? |

유경택, 세영이 손들고.

승수   성민재 선수.

      양원섭 손들고.
      이때, 성복이 자리에서 일어난다.

성복   제가 치는 펑고* 받으려고 뛰어다니고 제가 시키는 대로 번트 대
      고 도루하는 애들인데. 저는 여기 있어봤자 손 못 듭니다. 많이 불
      편해서 가봐도 될까요.

      급 냉각된 분위기.
      모두 승수 눈치 살피면.

승수   (끄덕이며) 수고하셨습니다.

      성복, 걸어 나가고 문이 닫히면

승수   장진우 선수가 꼭 필요하다고 생각하시는 분?

      손드는 사람 없이 고요한 가운데.
      세영이 손은 들지 않은 채로.

● 연습타구를 날리기 위해 공을 타격하는 사람. 혹은 이 타격으로 진행되는 수비 연습을 가리키는 말.

세영	장진우 선수는 예전에 19승으로 10년간 드림즈에서 유일한 다
	승왕 투수인데 방출할 거면 진작 통보하고 은퇴식이라도 해줬어
	야죠.
승수	우리가 가을 야구를 하는데 장진우 선수가 필요하다고 생각하시
	는 분만 손 들어주세요.

여전히 손드는 사람 없는 중.
세영도 안타까운 표정과는 별개로 쉽게 손을 들지 못한다.

S#20 장진우 집 거실 / 낮

상차림 중인 진우 아내 은영.
장진우, 땀 흘리면서 들어오자 은영이 반긴다.

은영	고생했네. 얼른 씻어. (하윤 방 보며) 하윤아. 아빠 오셨어. 밥 먹자.
장진우	어, 나 기범이 형네 가야 되는데...
은영	미리 말하지. (상 가리키며) 이거 다 뭐야.
장진우	(어깨 다독이며) 미안. 갑자기 연락이 와서.
은영	혼자 고기 먹고 올라고?
하윤	나도 고기!
장진우	아빠가 올 때 고기 싸 올게.
은영	언제야?
장진우	뭐?
은영	연봉 협상..

장진우	아직 좀 남았어.
은영	조금 깎이려나?
장진우	(멋쩍은) 올해도 그럴 것 같은데.
은영	(아차 싶어 어깨 두들기며) 그래도 우리 아파트에서 당신보다 연봉 센 사람 없는 거 알지?
장진우	(민망하고) 다녀올게.
승수	**(소리만)장진우 선수 방출해도 됩니까?**

S#21   회의실 / 낮

회의실 사람들 시선이 집중된 곳.

시선 따라가 보면 재희가 손들고 있다.

재희	저요.

재희, 주변 둘러보면 설명이 필요한 표정들.

재희	제가 선수 출신은 아니지만 포구*를 배우면서 투수들 공을 유심히 보는데요. 장진우 선수가 아직 던질 만한 거 같아서요. 공 끝이 더럽다고 해야 되나요. 정확히 맞추기가 어렵다고 기록 봐도 장타는 많이 안 맞았거든요.
승수	(잠시 생각하다) 방출보다는 선수 전원 협상하시죠, 그럼.

• 공을 잡음.

S#22   사장실 / 낮

커피 잔 들고 헛웃음 짓고 있는 경민.

경민   백승수 단장은 아무도 방출 안할 걸요.

강선   (?) 백승수가 얼마나 매정한 놈인데요?

경민   한번 보세요.

강선, 휴대폰에 진동이 오고 확인.

강선   (놀란) 전원 계약하겠다고 하네요.

경민   거 보세요. 그런 인간들 많이 봤죠. 신념이 있어 보이고 싶은 인간들.

강선   그냥 방출하라고 할까요.

경민   뭐 하러요. 변두리 선수 10명 눈치 보느라 나머지 중요한 선수들
        하고 등지겠다는데. 잘됐죠. 그럴 린 없지만 전원 계약 마쳐도 우
        리는 돈 아껴서 좋고.

강선   그렇죠? 잘 안 되면...

경민   팀장급 앞에서 회의를 하는 순간부터 말도 안 되는 우리 제안을
        받아들인 거예요. 시작 휘슬을 본인이 불었고 실패하면 무너지겠
        죠. 혹시 저 사람이라면... 뭐 그런 기대를 걸게 하는 가짜 리더십
        을 다 알게 되는 거고.

S#23   회의실 / 낮 (21씬 이어받아서)

승수   방출보다는 선수 전원 협상하겠습니다.

임미선	추가 예산 받는 거죠?
승수	안 줄 텐데요.
양원섭	(!?)
장우석	...
임미선	그럼 그 금액으로 전원 계약을 하신다구요?
변치훈	(눈치 보며) 그게 좀... 선수들이 안 그래도 우리 구단 짜다고...
세영	그럼 선수단 전원한테 균등한 연봉 삭감을 반영하는 건가요?
승수	아뇨, 더 깎을 수 없는 최저 연봉 선수들도 많지 않습니까. 연봉 산정 방식을 완전히 바꿀 겁니다.
유경택	... 반발 없겠습니까?
변치훈	어? 뭐 들은 얘기 있어? 왜 나한텐 말 안 해줬어.
승수	어차피 제가 이 팀에 온 이후로 단장실 화분 위치 바꾸는 거 말고는 뭘 해도 다 반발했던 기억이 있네요.
유경택	(말을 말자 싶어) 계속하십쇼.
승수	작년에 선수들이 얼마 받았는지에 대한 데이터는 지우고 계산했습니다. 그러니까... 모두 제로베이스에서 시작해서 지난 시즌 성적만 기준으로 정합니다.
변치훈	와... 너무...
유경택	큰일난다니깐...
승수	여러분이 알기 쉽게 실사례를 뽑아왔어요. 올해 3년 차였던 박정찬 선수는 우리 팀 결승타 1위였습니다. 작년 연봉이 8천이었는데 올해는 1억 5천을 제시할 수 있습니다.
세영	...
승수	그리고 올해 16년 차 장진우 선수는 지난 시즌 한 해 성적은... 다

들 아시겠죠. 별로 안 좋았습니다. 1억 3천이었는데 5천을 제시
할 수 있습니다. 한 해 야구 잘해서 16년 차 최고참보다 연봉이
높아지기도 하는 게 새로운 연봉 산정 방식입니다.

양원섭   반발이 많이 심할 거 같은데요...

승수   프로야굽니다. 동네야구 아니고. 잘하는 만큼 대접받는 게 싫은
사람은 그만둬야죠. 프로에 연공서열제가 왜 남아있습니까.

세영이 입을 다물고.
아무도 말을 않는 분위기.

재희   선수단... 브리핑 준비할까요?

승수   네.

재희, 재빠르게 멀티미디어 설치하는 사이에
저마다 오가는 우려의 눈빛들.

S#24   **화면 속 곽한영 (경기 화면 or 검은 배경)**
글러브 낀 채로 바쁘게 내야 수비를 하는 곽한영.
안정적인 포구.

세영(E)   내야 수비를 전부 다 잘하다보니 정해진 포지션이 없이 거의 주
전급으로 출장을 많이 합니다.

방망이 휘두르는 곽한영.
시원한 타격음 들리고.

세영(E) 타격도 2할 6푼 2리에 장타력도 있어서 홈런도 열세 개 쳤네요.
내야수들 중에 부상자가 생겨도 걱정이 없다고 감독님도 좋아
하시죠.

S#25 회의실 / 낮
노트북으로 선수들 브리핑 중인 세영.

세영 이번 협상에서 요주의 인물이 될 것 같은데. 우리 팀 주전 포수
서영주입니다.

S#26 화면 속 서영주 (경기 화면 or 검은 배경)
포수 복장의 서영주.
바운드 된 공을 모두 받아낸다. 완벽한 블로킹.
받아낸 공을 재빠르게 송구한다.

세영(E) 서영주 선수는 늘 'IF'라는 말이 따르는 선수인데요. 서영주가 건
강했다면 우리 팀이 꼴찌 아니고 9위는 했을 거란 말도 있고요.
풀타임으로 뛰기만 하면 수비형 포수로는 국내에서도 손꼽히는
선수라는 게 중론이구요. 도루 저지율은 국내 2위. 블로킹은 국내

에서 최고라고 할 정도예요. 투수 리드도 이제는 믿고 맡길 만하구요.

S#27   드림즈 웨이트 훈련장 / 낮

하체 훈련 중인 서영주.

땀에 젖은 채로 쉬고 있는 선수1이 서영주 훈련 지켜보다가.

선수1   이번 연봉 협상 좀 짤 거라고 하던데요.

서영주   너 다른 팀에서 왔어? 드림즈 짠 거 누가 몰라.

선수1   근데 새 단장이 좀 그렇대요. 성적만큼 받아야 되는 거 아니냐고.

서영주   나랑은 상관없어. 성적만큼 말고 실력만큼 받을 거니까.

S#28   회의실 / 낮

브리핑 중인 세영.

세영   지난 시즌에는 부상 때문에 많은 경기에 출전을 못해서 올해는 연봉 대폭 삭감이 불가피합니다. 다만 본인이 그걸 받아들일지는 모르겠습니다. 원래 늘... 협상이 어려운 선수기도 하구요.

승수   (메모하며) 다음요.

재희   이번에는...

S#29   **화면 속 장진우 (경기 화면 or 검은 배경)**
와인드업, 공 던지는 장진우.

재희(E)   드림즈 준우승할 때는 19승까지 했던 에이스였는데 어깨 수술하
         고 나서 구속이 폭락을 해서요. 피홈런도 많아졌고 장타도 많아
         졌습니다.

         땀으로 범벅이 된 죽을 것 같은 표정의 장진우.

재희(E)   이후 성적이 너무 안 좋아서 지도자 과정 밟기도 애매한데요. 본
         인도 은퇴를 생각하진 않는데 바뀐 연봉 산정을 받아들일지는 모
         르겠네요.

S#30   **회의실 / 낮**
승수, 화면 유심히 보는데.

세영   성실해서 후배들한테 좋은 귀감이 되는 부분도 있어요.
승수   좋은 귀감이요... 장진우처럼 되고 싶은 후배 투수 있습니까.
세영   지금은 없겠지만...
승수   성실하든 말든 귀감이 못 됩니다. 이미 강두기라는 성공 모델이
      우리 팀에 있어요. 강두기는 열심히도 하고 결과도 좋고. 그런 게
      귀감이 되죠.
세영   강두기 선수랑 비교를 하면 안 되죠.

승수	정확한 가치만 이야기하세요. 장진우 선수가 팀에 필요한 선수라는 건 다 아니까.
세영	(놀라는) 네?
승수	주자가 1루에 있을 때 잡은 병살이... 열 개. 수비 실책으로 놓친 병살이 일곱 개입니다. 수비 실책을 제외하면 리그 최고 수준이고. 승계 주자 실점율도 우리 팀 중간 계투 중에는 제일 나아요.
양원섭	(조금 놀란/미소)
재희	그럼 5천을 부르시면 안 되는 거 아니에요?
승수	자기도 모르는 자기 가치를 왜 우리가 인정해줍니까.
세영, 재희, 경택	(질렸다는 표정)

S#31   회의실 앞 / 낮

복도 앞을 서로 마주 보며 지나쳐가는 양원섭과 장우석.
장우석, 치켜뜨며 보다가 고개 돌리고 지나가는데

양원섭	장우석 차장님.
장우석	뭐.
양원섭	뭐?
장우석	(뭐지 싶어서 잠깐 움츠러드는)
양원섭	제가 드립즈 출신도 아니고. 고세혁 전 팀장님.
장우석	전 팀장?
양원섭	그럼 현 팀장이에요?
장우석	이 새끼가...

양원섭	아무튼 두 분처럼 현역 때 잘한 건 아니긴 한데. 이렇게까지 저한 테 반말하고 욕하고... 계속 이러시면.
장우석	어쩔 건데.
양원섭	계속 참아야죠.
장우석	(?)
양원섭	그러면 카리스마 없는 팀장 소리가 먼저 나올지 개차반에 위계도 모르는 차장 소리가 먼저 나올지 제가 답을 알거든요? 저는 장우석 차장님을 후배로서 존중해줄 거고. 장우석 차장님은 팀장으로 저를 존중해주셔야죠.
장우석	내가 야구 배트를 잡아도 너보다 새끼야. 몇 년을 먼저 잡고.
양원섭	장우석 차장이 야구 배트를 나보다 먼저 잡은 게 지금 하는 일이 랑 뭔 상관인데.
장우석	(기가 막힌) 하... 이 새끼가...
양원섭	폭력, 똥군기 그런 거 이제 좀 떠나보냅시다.

양원섭, 장우석 어깨 툭툭 쳐주고 뒷짐 지고 걸어가면
장우석 기가 막히고 열 받아 어쩔 줄 모르고.

S#32   기범 가게 / 밤

좌식 테이블 중심의 중간 규모 고깃집.
소탈한 차림의 기범과 장진우, 유민호 마주 앉아 있다.
기범과 진우는 소주잔이 더 바쁘게 움직이고,
유민호는 고기 위주로 먹는 중.

장진우	(민호 쪽을 고갯짓하며) 훈련 끝나고 라면 먹으려고 하길래 데려왔어요. (주변 보며) 장사 잘되네요.
기범	처음에는 좀 어렵다가 이제 자리는 잡은 거 같아. 가게 홍보할라고 사회인 야구도 뛰거든? 그니깐 여기서 회식도 하고 그런다. (민호 보고) 맛있냐?
유민호	진짜 맛있습니다.
장진우	(보다가) 마음이 편해 보이네요. 형.
기범	너 올해도 뛰냐?
장진우	뛰어야지, 그럼 내가 뭐해요.
기범	얼마 준대.
장진우	아직 안 만나봤는데 깎이겠죠.
기범	지금 1억 4~5천 받냐?
장진우	1억 3천이요.
유민호	(우와 하는 표정)
기범	(유민호 표정 보고) 너도 열심히 해. 3년 안에 장진우보단 많이 받아야지.
유민호	저는 그냥 조금만 올라도 좋죠. 아, 생각만 해도 좋은데요.
기범	(피식 웃고 다시 장진우 보며) 1억 3천... 근데 올해 또 깎일 거 아냐.
장진우	(자존심 상하지만) 그래도...
기범	한 3천 깎으면 1억인데. 너도 고깃집이나 안 할래?
장진우	아직 공 던져요. 저.
기범	야이, 씨. 공은 나도 던진다. (주방 쪽 보며) 여보!

기범, 물수건 뭉쳐서 던지면

기범 아내가 받고서는 엄지손가락 서로 들어올린다.

기범   우리 아내도 저 정도야. 던지면 뭐 하냐. 잘 못 던지는 게 문제지.

장진우   1억이라도 그게 어디에요. 아직은 던져야죠.

기범   야, 장난... 여보. 여기 와봐.

기범 아내, 옆에 와서 앉으면

기범아내   아, 바빠. (진우 보고는) 이따 손님들 가면 한잔해요.

기범   애한테 말 좀 해줘. 연봉 깎이면 1억까지 떨어지는데 뭔대.

장진우   1억도 큰돈이죠.

기범아내   모은 돈 좀 있죠?

기범   얘, 그렇게 안 많아.

기범아내   아무리 그래도 장사하니깐 저는 차라리 좋아요. 선수 때는 경기
           를 못 나가고 벤치에 있으면 우리 집 분위기가 장례식장이야. 근
           데 나가서 또 못하면 더 장례식장이고. 이이가 잘했는데 팀이 졌
           어. 그럼 또 그래. 집에 웃을 날이 없어. 맨날 훈련 가고 원정 가
           고... 아이고, 돈이 다가 아니에요.

기범 아내의 말이 마음에 박히는 장진우.
이때 승수와 세영, 재희가 가게 안으로 들어오는데
자리에서 벌떡 일어나서 인사하는 유민호 덕에
일행끼리 눈이 마주치고.
장진우도 반만 몸을 일으키며 목례하고

승수 일행도 목례만 하고 조금 떨어진 테이블에 앉는다.
기범 아내가 주문을 받으러 가면
준비된 자세로 주문하는 재희.

〈시간 점프〉

승수 테이블에 찌개와 밥 등이 내려지고.
재희가 손을 뻗으려다가 승수가 휴대폰 드는 거 보고 손을 쑥 뺀다.
이미 알고 있었던 듯 대기하는 세영.
승수는 휴대폰으로 밥 사진을 찍자마자

승수   드세요.

승수, 세영, 재희 모두 밥 먹기 시작하는데.
승수 테이블과 진우 테이블 사이에 있는 취객들이
장진우에게 시선이 멈춰있다.

취객1   장진우네? 맞지? 똥볼 장진우.
취객2   들린다. 작게 좀 말해.
취객1   운동도 안 하고 술만 처먹는 거 보니까 올해도 텄다.

장진우, 유민호, 기범이 돌아보면
직장인 서너 명이 취해서 풀어진 모습.

유민호   저기 말씀이 좀 지나치십니다. 저희 다 들리거든요.

장진우	야.
유민호	네.
장진우	먹어. 그냥.

찬물을 끼얹은 듯 조용해진 가게 안에서 저마다 민망한 표정들.
승수, 세영, 재희도 그들과 눈 마주칠까 고개 푹 숙이고
식사를 이어간다.

S#33 사무실 협상 장소 앞 복도 / 낮

지나가는 프런트 직원에게 목례하면서 걸어가는 유민호.
소회의실 앞에서 심호흡 한 번 하고 나서 노크하고.

S#34 사무실 협상 장소 / 낮

유민호가 노크하고 들어오고.
승수와 재희는 나름 구면이라
눈빛을 주고받으며 인사한다.

세영	안녕하세요. 여기 계약 내용 읽어보시고. 동의하면 사인해주세요.

곧바로 액수를 확인하는데 2,700만 원이 적힌 계약서.
실망하는 유민호 표정. 그러나 마음 다잡고.
승수와 재희 각각 유민호 표정 읽는다.

재희   (다정하게) 올해는 좋은 성적 내서 내년에 많이 올려 받아요.

유민호   네, 여기다 하면 되겠습니까?

세영   출장 경기가 워낙 적어서 어떻게 고과 산정을 해도 인상 요인이
　　　　 없었어요. 힘내요.

민호   괜찮습니다.

목례 후에 나가는 유민호.
승수, 목례 인사도 외면한 채로 다른 선수 자료를 본다.

S#35   사무실 협상 장소 앞 복도 / 낮
　　　　다시 아까처럼 인사하며 걸어가는 유민호.
　　　　아무렇지 않은 듯이 콧노래 불러보는데
　　　　흥이 나질 않아 계속 콧노래가 멈춘다.
　　　　멈춰 서서 할머니에게 전화 걸고.

유민호   할머니. 어. 많이 춥지? 여기도 좀 춥네.

S#36   사무실 협상 장소 / 낮
　　　　승수, 세영이 앉은 테이블.

세영   오늘 투수들이 좀 많구요. 투수들이 아무래도 개인주의 성향이
　　　　 좀 강합니다. 도장도 잘 안 찍고 자료도 자기들이 준비를 해요.

승수	오늘 타자 중에는 곽한영 선수도 있네요.
재희	네, 착한 형.
승수	형, 동생 하는 사입니까.
재희	곽한영 선수 별명이 착한 형이에요. 구단 입장도 이해해주고 최
	대한 빨리 도장 찍어주거든요.

곽한영의 자료에서 잠시 시선 멈추는 승수.
승수가 세영이 준비한 자료를 보고 있는데.
자신이 준비한 기록지를 보는 승수.

재희	아마 오늘도 금방 사인하고 갈 거예요. 점심 돈가스 어떠세요?

S#37   사무실 복도 / 낮

각자 유리컵 들고 좀 떨어진 거리에서
한담을 나누고 있는 임미선과 변치훈.
그런데 임미선이 무심코 고개 돌리다가
방금 본 것이 맞나 싶어 다시 한 방향으로 돌아보면
놀라며 인사하는 젊은 직원들에게 반갑게 흔드는 손.
놀라서 입을 못 다무는 임미선과 변치훈.
그 뒤로 뛰어오며 인사하는 장우석.

장우석	오셨습니까?

S#38　　**사무실 협상 장소 / 낮**

　　　　　　문이 열리고 여유있는 웃음으로 입장하는 고세혁.
　　　　　　백팩에서 노트북과 서류들을 꺼내기 시작하고.
　　　　　　옆에 멋쩍게 들어와 앉는 곽한영.
　　　　　　적개심과 의심으로 고세혁을 바라보는 승수,
　　　　　　놀라움을 진정시키려는 세영, 놀람을 감추지도 못하는 재희.

고세혁　　오랫동안 고생했다 싶어서 쉬려는데 후배들이 계약 시즌만 되면
　　　　　고민이 많은 거야. 아무리 자료라고 준비를 해봐도 자료는 구단
　　　　　이 더 많지. 막상 테이블에 앉으면 혀가 꼬이고 말도 안 나오는데
　　　　　정신을 차려보면 이미 사인을 하고 나와있더라는 거지. 운동만
　　　　　하는 애들이 능구렁이 같은 사람들한테 어떻게 이겨. 안 그래?

　　　　　　침묵이 흐르자 고세혁도 조금 진지하게 자세 고쳐 앉는다.

고세혁　　애들이 믿을 만하고... 발 넓고... 협상 잘하는 사람... 그런 사람이
　　　　　있으면 에이전트 맡길 만하다고 해서 나도 책임감을 가지고 왔어
　　　　　요. 잘 아는 사이에 합리적인 얘기들만 오고 가면 좋겠네. 감정 상
　　　　　하지 않게. 그치요?

승수　　　... 네, 그러시죠.

고세혁　　우선은 구단 측 제시안을 먼저 들어볼까요.

승수　　　네, 아시다시피 4년 연속 최하위를 기록해서.

고세혁　　개인의 연봉을 협상하는데 팀 성적 이야기를 먼저 꺼내는 건... 늘
　　　　　있었던 현상이지? (곽한영 보며) 맞지?

곽한영	아, 네.
고세혁	(여유있는 얼굴로) 구단 사정을 나도 모르는 거 아니긴 한데 드림즈가 서운하게 설마 1억 6천 제시하고 그러진 않을 거죠?

세영, 노트북 화면을 보면서 잠시 눈살을 찌푸린다.
화면에 적힌 선수별 연봉 협상 목록에 선명한 1억 6천.
재희도 세영과 짧은 시간 눈이 마주친다.
두 사람 다 애써 담담한 표정을 짓고.

승수	... 뭡니까. 그 구체적인 금액은.
고세혁	드림즈를 내가 모르나요. 드림즈 고과 산정 기준이면 대충 이 정도 되지 않을까 한 거죠.
승수	잘못 아셨는데요.
고세혁	그쵸? 설마... 그동안 곽한영이 착하게 도장 찍어왔던 걸 알아서... 나는 선배로서 안타까워서 이번에 제대로 받게 해줘야겠다 작정하고 왔는데 1억 6천은 좀 아니다 싶어서.
승수	얼마를 받으면 이건 좀 맞다 싶으십니까.
고세혁	글쎄요.

곽한영은 이 자리가 한없이 불편하고.

고세혁	확실한 건 그 액수는 받아들일 수 없다고... 말하려던 참이죠.
승수	4년 연속 최하위를 기록해서 당연히 연봉 지출 규모는 줄어들었습니다. 조금 더 합리적인 연봉 지급을 위해서 연공서열 다 배제

	하고 지난 시즌 성적 기준으로만 산정했습니다.
고세혁	내가 근 몇 년간 곽한영이 야구하는 거 지켜봤고 계약하는 것도 훑어보고 계약 대리인으로서 자료 다 읽어봤는데. (승수 보며) 단장님, 곽한영이 별명이 뭔지 알아요?
승수	...
고세혁	모르시나? 착한 형이에요. 착한 형. 난 그 별명이 너무 가슴 아픈데요.
승수	1억 6천 못 드립니다.
고세혁	... 1억 6천 안 받는다니까요.
승수	...
고세혁	스포츠 신문마다 나오죠? 연봉 대비 고효율 선수. 5년 동안 팀 내 1위 세 번. 억대 연봉인데도 매번 미팅 2회 안에 계약하는 착한 선수를 팀에서 대접을 더 해줬어야죠. 곽한영 선수가 느낄 박탈감을 생각해서... 이러면 안 되죠. 난 최소한 이런 액수를 또 이렇게 뻔뻔하게 들이밀 줄은 진짜 몰랐네.

승수가 곽한영을 보면 곽한영 고개 숙인 모습.

고세혁	다른 금액을 제시하셔야 돼요. 사실 이건 진짜 비밀인데 나 곽한영이한테만 수수료 한푼 안 받아요.
세영	왜요?
고세혁	(세영 보고) 왜는. 너무 안타깝잖아. 얘기 길어질 거 같은데 식사들은 했어요? 우리는 아직 식사를 안 해서...

가방에서 샌드위치 두 개 꺼내서 곽한영에게 건네고
자기 앞에도 하나 내려놓는 고세혁.
재희는 벙쪄서 보는데 고세혁은 샌드위치 포장 막 뜯고
한 입 먹으면서.

고세혁	야, 재희야.
재희	... 네?
승수, 세영	(뭐지 싶어 보는데)
고세혁	(샌드위치 한입 가득 문 채로 지갑에서 카드 꺼내며) 커피 좀 사와. 목 막힌다. 아메리카노 둘.
세영	뭐하시는 거예요.
고세혁	아, 너 먹고 싶은 것도 한 잔.
재희	(가야 하나 싶은데)
승수	바뀐 연봉 산정 방식도 설명했고 곽한영 선수 입장도 알겠습니다. 오늘 미팅으로는 좁혀지지 않을 격차인 거 같죠. 다음에 다시 얘기 나누시죠. 나가시면 됩니다.

고세혁, 샌드위치 먹으려다가 민망해서 헛기침하고.

고세혁	혹시나 싶어서 얘기하는데 내가 억울한 누명을 쓴 것에 대해서 복수하겠다고 이러는 거라고 오해하지들 마세요. 사명감 가지고 열심히 일하려는 사람한테...
세영	(슬슬 화가 나는)
승수	오해 안 합니다. 억울한 누명도 전혀 아니었고. 복수하겠다고 인

생 낭비할 만큼 한심한 사람은 아니겠죠. 나가주시죠. 다른 선수
들도 기다리고 있어서.

고세혁	정선구, 여재욱, 강태민, 권도율. 맞죠?
승수	(설마 싶다가/확신하고 불쾌한)
고세혁	(점점 언성 높아지는) 그 선수들 얘기도 오늘 온 김에 다 하시죠. 제가 대리인이니까. 한재희 너는 아직도 커피 사러 안 갔냐!!

고세혁, 시원하게 지르고 씨익 웃는데
승수도 이번만큼은 표정 관리가 어려운 불쾌함에 휩싸인다.

S#39   드림즈 주차장 / 낮
고세혁, 고급 세단 끌고 운전석에서 곽한영 보고.

고세혁	한영아, 너 평소 같으면 도장 찍었지?
곽한영	네.
고세혁	착한 놈들한테 더 잘 해줘야지. 꼭 착한 놈은 이용만 하려고 그래. 그치?
곽한영	...
고세혁	저거 니 차냐?

고세혁 시선 끝에 있는 다소 낡은 중형차.

곽한영	네.

고세혁	화가 난다. 화가 나. 니가 왜 저런 차를 끌고 다니겠냐.
곽한영	더 열심히 해야죠.
고세혁	차 바꿔야 돼. (사무실 쪽 보며) 나쁜 새끼들. 한영아. 형, 믿어라.
곽한영	(너털웃음) 아, 잘 굴러가요. 들어가세요.

S#40   복도 + 스카우트팀 사무실 / 낮

승수, 빠른 걸음으로 성큼성큼 걸어가면
여차하면 말릴 다짐으로 쫓아가는 세영과 재희.
승수가 스카우트팀 사무실을 보면
밀린 업무 정리 중인 양원섭의 뒤에서는
장우석과 팀원들이 낄낄거리고 있다.
장우석의 앞에까지 승수가 다가가면
그제야 이상한 기운을 눈치채고 본다.

장우석	(불량한) ... 왜요?
승수	...

장우석과 승수가 서로 팽팽하게 대치한 상황에
모든 직원들이 주목하는데.

승수	저는 세상에서 제일 쓰레기 같은 인간이 상식적인 말보다는 힘에 의한 굴복에 반응하는 인간이라고 생각합니다. 같은 일이 반복되면 인간 대접 안 합니다.

장우석	(찔리는 것이 있어 움찔하는데) 뭔... 소린데...
승수	알잖아.

뭐라 대꾸할지 장우석이 머리를 굴리는 사이에
승수가 장우석의 옆에 있는 텀블러를 툭 치고 지나가고.
텀블러의 음료가 쏟아져서 놀라는 장우석.
세영과 재희도 따라가며 뒤돌아본다.
장우석, 화가 나서 책상을 내리치고
양원섭은 심란한 마음으로 지켜본다.

S#41 사무실 협상 장소 / 낮

세영과 승수, 재희가 각자 생각에 빠져있다.

세영	연봉 고과 산정 방식을 아는 사람처럼 말하던데 그것 때문에 그러신 거예요?
승수	네.
재희	아무 말도 못 하는 거 보면...
승수	됐어요. 지난 일이고. 고세혁... 에이전트 한 명한테 너무 빠져들지 마세요. (명단 들어올리며) 이 사람들한테 다 사인 받아야 됩니다.
세영	알겠습니다.
재희	내일 협상은 중견급 선수들 협상인데요...
승수	(말 끊으며) 작년까지의 드림즈 연봉 계약은 아주 미묘한 특징이 있어요. 가정이 있는 선수들은 거의 대부분이 고과보다 아주 적

은 금액이라도 더 받았어요.

세영, 재희   (??)

승수   왜 그랬는지는 관심 없어요. 올해는 그런 거 없습니다. 혹시나 협
상하는 선수 어깨너머에 가족이 보인대도 그 선수 단점, 가치에
대해 제대로 평가할 겁니다.

세영   (멈칫)

승수   독기 품으세요. 욕먹을 각오해도 힘듭니다. 올해 테이블에는 휴머
니스트가 없길 바랍니다.

세영, 재희 끄덕이는 표정에 나름 결연함이 서려있다.

승수   내일 보는 서영주 선수는 적정 연봉은 3억으로 나왔지만 2억으
로 해결해야 됩니다.

재희   서영주 누군지 아시죠?

승수   계약할 때 제일 까다롭다는 주전 포수. 맞습니까?

재희   네, 조금 무례하게 굴 수도 있거든요.

승수   무례한 건 태도지. 결과는 아니니까 상관없습니다. 무례하라고
하죠.

S#42   단장실 / 밤
승수, 인터넷 스포츠 기사 보면
고세혁과 임동규가 함박웃음 짓고 있는 사진.
'드림즈에서 맺은 인연으로 같은 꿈을 꾸다'

'선수 입장에서 생각하는 최고의 에이전트'
임동규의 사진에 승수의 시선이 고정되고.
뉴스 기사 닫고.

S#43   **세영 집, 거실 / 밤**

미숙이 깔깔 웃으며 TV 보는 중.
그 옆에서 같이 TV 보는 세영, 문득 미숙 보며.

세영   무릎 괜찮아?

미숙   다 나았나봐. 오늘 청산공원까지 산책하고 왔어.

세영   엄마, 살을 뺀 다음에 걸어야지.

미숙   아, 됐고. 승미 엄마 있잖아. 요 앞에 거인 슈퍼에서 캐셔 하잖아. 그만둔다네. 거기 사장이랑 사모랑 착한 거 알지? 팔다 남은 거는 꼭 챙겨주고.

세영   안 돼.

미숙   남편도 없는 팔자에 그럼 전업주부 언제까지 하겠냐. 너보다 쌩쌩해.

세영, 포크 내려놓으면서 일어선다.

세영   무릎이나 다 낫고 그러든가.

방에 들어가는 세영을 보고는 콧방귀 뀌고 군것질 입에 넣는 미숙.

미숙	집에서 방 닦은 데 또 닦으면 뭐 해. 너만 커리어 우먼이냐?

방에 들어가려던 세영, 멈춰 서서.

세영	엄마, 내 월급이 너무 적어?
미숙	연봉 협상 또 시작했냐?
세영	둘이 살기에는 넉넉하진 않지? 쥐꼬리지?
미숙	연봉 협상 때만 되면 저 소리야. 너 쥐꼬리가 무슨 역할을 하는지 아냐? 온도랑 환경을 감지하는 거야.
세영	그게 무슨 소리야, 갑자기.
미숙	니 쥐꼬리 덕분에 엄마가 물가에 민감하고 생존 능력이 강화된 다고.
세영	아, 뭐래. 이상한 책 좀 읽지 마.
미숙	(웃다가) 걱정 말어, 니 월급 적어서 일하려는 거 아냐.
세영	그럼?
미숙	승미 엄마도 그렇고 거기 사모랑 내가 했으면 좋겠다고 그러잖아.
세영	안 돼.
미숙	하든 안 하든 미숙 씨가 했으면 좋겠다는 말을 들은 게 기분이 좋다구. 자격증 필요한 일이 아니라도. 아니, 자격증 필요한 일이 아니라 더 그래. 아무나 다 할 수 있는 일인데 미숙 씨가 해주면 좋겠다고 말해주는 사람이 있는 게 그냥 그게 기분이 좋아.
세영	...

S#44 드림즈 사무실 외경 / 낮

S#45 사무실 협상 장소 / 낮

승수, 세영, 재희 나란히 앉고
맞은 편 의자가 빈 상태에서.

재희 다음은 서영주 선숩니다.

재희 말 마치기 무섭게 문이 열리면서
서영주가 여유로운 표정으로 들어오고.

〈시간 점프〉

테이블에 마주 앉은 서영주와 승수, 세영, 재희.

서영주 (넉살 좋게) 이런 말 아세요? 투수는 귀족, 외야수는 상인, 내야수
    는 노비, 포수는 거지. 제일 고생하는 게 포순데 좀 잘 챙겨주세요.

세영 지난 한 시즌 동안 상당히 많은 경기를 결장했습니다. 저번에 말
    씀드린 대로 지난 한 시즌 활약을 기준으로 연봉을 책정할 겁니
    다. 오히려 삭감을 각오하셔야 할 거예요.

서영주 왜요?

세영 지난 한 시즌 동안...

서영주 (말 끊으며) 이번 한 시즌 동안 얼마나 잘할지... 그런 기대치로 주
    는 게 연봉 아니에요?

재희	그러면 왜 한 시즌 동안 성적을 기준으로들 협상을 해요.
서영주	새 시즌을 얼마나 잘할지에 대한 기대치의 근거로 제일 적합하니까. 근데 나는 부상으로 그 몇 경기 좀 못 뛰었어도 하반기 기록 보시라고요. 평균 기록 보면 내가 수비형 포수 1위인 거 안 보입니까? 드림즈 팬들이 뭐라고 하는지 아세요? 그래도 우리는 서영주 있다. 이래요. 네!?
승수	잘 얘기하셨습니다.
서영주	(!?)
승수	네, 그런 거죠. 부상 때문에 그 몇 경기 못 뛴 것처럼. 새 시즌도 부상으로 풀타임을 뛸 거라는 기대치가 적으니까요.
서영주	단장님, 처음 뵙는데요. 선수 출신 아니라면서요?
승수	...
세영	그 얘기를 왜 하시는데요?
서영주	아니, 그래서 모르실까 봐 설명을 드릴라고요. 내가 고질적으로 아픈 그런 거 때문이 아니라 불의의 사고로 다쳤다고요. 그래서 올해 또 그런 부상이...
승수	그 사고가 플레이 스타일에서 유발됩니다. 우린 그런 확률을 다 감안해서 평가를 합니다. 홈 블로킹을 할 때도 플레이트를 완전히 막아서는 서영주 선수의 습관, 홈으로 달려드는 주자를 태그할 때도 찍는 형태로 태그를 하는 습관도 고쳐야죠.

서영주가 승수를 예사롭지 않은 표정으로 바라보고.

S#46   **사무실 협상 장소 앞 복도 / 낮**

정장 차림의 장진우, 복도를 서성이는데

구단의 전성기 시절 환호하는 사진들 속에서

마운드에서 포효하는 장진우가 보인다.

복잡한 마음으로 바라보는 장진우.

S#47   **사무실 협상 장소 / 낮**

다섯 손가락을 모두 펴고 있는 서영주.

서영주	이런 걸로 머리 쓰고 싶지 않습니다. 5억이요.
승수	양측의 생각이 너무 큰 차이가 있는데요.
서영주	저도 억지 쓰는 사람 아니고. 우리나라 최고의 수비형 포수가 올해는 몸 관리 잘해서 풀타임 출장하면 나는 이것도 그렇게 비싸진 않은 거 같은데?
승수	우리가 책정한 금액을 지금 얘기하면 화내시겠네요.
서영주	(일어서며) 갑니다.

서영주, 자리에서 일어서서 나가면.

S#48   **사무실 협상 장소 앞 복도 / 낮**

장진우, 기다리던 중에 서영주를 마주한다.

서영주, 대충 고개만 까딱 하고 가고.

장진우는 문 앞에서 부르는 재희 보고.

S#49 **사무실 협상 장소 / 낮**
장진우와 마주 앉은 승수, 세영, 재희

승수 최고참 선수인 건 알지만 올해 고과에서는 지난 시즌 성적만 기준으로 책정했습니다.

장진우 예? (불길한 느낌이 들어서) 그래도 매해 연봉이 조정되고 있는데요...

승수 (끊으며) 저희가 책정한 금액은 5천입니다.

장진우 (충격받은) 네??

승수 제시하고 싶은 금액이 있으신가요.

장진우 아, 아뇨. 생각을 좀...

당황해서 어쩔 줄 모르는 장진우.

세영, 재희도 민망한.

분위기를 담담히 받아들이는 건 승수뿐.

S#50 **기범 가게 / 밤**
장진우, 기범과 같이 소주잔 기울이는 중.

기범 야, 5천 얘기 나올 거 같으면 너보고 나가란 얘기야.

장진우 ...

기범	너 내가 저기 중앙동에 2호점 봐둔 데 있거든. 그냥 거기다 니가 차려라. 모자란 거 대출받고.
장진우	(술 따르고)
기범	가게 관리하면서 가끔 포인트 레슨도 하면서 알바도 하면 5천이 뭐야. 훨씬 많이 벌어. 너 점점 몸 곯아, 그만해.

장진우, 취기가 올라서 끄덕이는지 알 수 없이 끄덕이는.

S#51 장진우 집 거실 / 밤

문을 열어주는 은영.

들어오는 장진우의 손에 치킨이 쥐어져 있다.

은영	(눈치채고/안쓰러운) 여보.
장진우	응?
은영	오늘도 수고했어.
장진우	뭐가.
은영	1년 동안 고생했는데 그 기록 같은 거 하나하나 따져가면서 타박 들었을 거 아냐.
장진우	(더욱 참담한)
은영	고깃집 차려도 되고. 만둣집 차려도 되고. 공 계속 던져도 돼.
장진우	고맙다.
은영	(다정하게) 뭐가 제일 하고 싶어?
하윤	엄마! 나 고기 먹고 싶어!

장진우   (하윤 들어올리며) 고깃집을 해야 우리 딸이 좋아하려나.

S#52   카페 / 밤

고세혁, 다리 꼬고 앉아서 여기저기 시선 굴리는 중에

누군가 보고 손 흔든다.

강두기가 입구로 들어와서 정중하게 인사하고 맞은편에 앉고.

고세혁   (친근한 척) 두기두기!

강두기   (자리 앉으며 반갑게) 무슨 일로 부르셨습니까.

강두기   에이전트 하신다고 들었습니다.

고세혁   (너털웃음) 이제 아주 제법 최신화가 빠르다? 두기도 나한테 맡겨
          봐. 지금 에이전트 좋아?

강두기   전 만족하고 있습니다. 근데 자격증 있으십니까?

고세혁   자격증 있는 변호사 고용했지. 나는 (입에 손대고) 털고. 걔는 확인
          하고. 생각 있어?

강두기   전 어차피 연봉 협상 해당 안 됩니다. FA계약한 대로 받습니다.

고세혁   너 오자마자 투수 후배들이 좀 따른다며. 장진우는 꼰대라서 안
          따르는데 강두기는 직접 보여주니까 다들 따른다고 소문이 자자
          하던데.

강두기   장진우 선배는 표현 방식이 다른 겁니다. 좋은 선뱁니다.

고세혁   뭐 그렇다 치고. 투수 쪽 후배들 좀 소개해줘.

강두기   선배님이 모르는 투수가 우리 팀에 있습니까.

고세혁   다 아는데 강두기 소개면 다르지. 나야 뭐 억울한 일로 나와서 지

금 구단 내에서는 나를 오해하는 사람도 있고 그럴 거 아냐.

강두기 아시다시피 우리 팀 투수 중에서 수수료 떼면서 계약할 만한 선수가 거의 없습니다. 다들 수수료가 부담스러울 겁니다.

고세혁 내가 돈 많이 받아다 준다고 해, 그냥. (혹시나 싶은) 너 백승수랑 친하냐?

강두기 얼굴 몇 번 봤습니다.

고세혁 백승수가 너 다시 데려온 건 잘한 건데 지금 일하는 거 봐라.

강두기 백승수 단장은 제 성적을 평가하지만 제가 백승수 단장을 평가할 일은 없습니다.

고세혁 이 새끼, 꽉 막혀가지고. 꽉두기야, 뭐야.

강두기 ... 지금 우리 팀에서 선수 여러 명 계약하신 걸로 알고 있는데요. 순수한 의도가 맞습니까, 선배님. 그냥 백승수 단장 방해하려는 거 아닙니까.

고세혁 이 새끼가...

강두기 제가 잊고 있었습니다.

고세혁 뭐를.

강두기 임동규랑 친했던 분인데.

고세혁 (정곡을 찔린 느낌. 불쾌함이 밀려오면서) 소개해주지 마. 이 새끼야. 더러워서...

강두기 중앙동 소갈비집 옆에 있는 막걸리집에 자주 오셨죠.

고세혁 (어떻게 알지 싶은) ... 뭔데.

강두기 저희 아버지 가겝니다. 제가 중학생 때 못 나가는 후배들만 데리고 소갈비 사주고 우리 가게 오셨습니다.

고세혁 ...

강두기	술은 거의 드시지도 않고 야구 얘기만 하셨습니다. 알아듣지도 못
	하는 후배들한테 어떻게 쳐야 된다고 몇 시간이고 떠드셨습니다.
고세혁	하고 싶은 말이 뭔데, 이 새끼야.
강두기	왜 이렇게 되셨습니까. 선배님.
고세혁	이 새끼가...

고세혁, 강두기를 향해 손찌검을 하려고 하는데
그 손목을 잡는 강두기.
고세혁이 안간힘을 써보지만 강두기의 악력에 쭈그러들면.

강두기	이딴 게 형님 리더십입니까.
고세혁	안 놔!?!?
강두기	(손 놓으며) 전 가을에 공 던질 겁니다. 드림즈를 흔들지 마십쇼.

강두기, 망설임 없이 일어서서 나가면
그 뒷모습을 노려보는 고세혁.
모멸감에 분노가 치밀어 오른다.

S#53   드림즈 사무실 / 낮
승수, 사무실에 들어서자마자 재희 달려오고.

| 재희 | 서영주 선수요, 연락 왔습니다. 지금 바로 보자고 하는데요. |
| 승수 | 어디예요. |

재희	병원이라는데 저는 오늘 도장만 찍으면 되는 선수들이 있어서...
세영	제가 같이 갈게요.
재희	그리고 장진우 선수는 제가 한번 만나봐도 될까요.
승수	(잠깐 재희 보다가) 그렇게 해요. 문자로 정확한 주소 보내주세요.

승수, 세영 서둘러 나가고.

S#54   대장항문외과 외경 / 낮

S#55   진료실 / 낮
승수, 굳은 표정.
세영은 놀라서 나가고.
항문 검진을 받고 있는 서영주,
놀라서 움찔하면서 얼굴 빨개지고.

서영주	왜 여직원이랑 들어와요!! 왜!!

문 열리고 세영이 잠깐 고개 내밀고.

세영	여직원이 뭐예요. 저 운영팀장입니다.
서영주	나가요!!

다시 문 닫히고.

승수   왜 여기까지 들어오라고 했습니까.

서영주   포수들 중에 치질 없는 사람 한 명도 없어요. 이거 보시라고.

        담담하게 보는 승수.
        서영주, 막상 승수가 시선을 피하지 않자 민망하고.

서영주   아, 뭐해요. 그만.

S#56   기범 가게 / 낮

        재희, 장진우 원형 테이블에 앉아서 대화 중이고
        기범과 기범 아내가 떨어져서 보고 있다.

기범   7번 테이블이 협상 테이블이 됐네.

기범아내 불판 없어도 뜨겁다.

        장진우는 재희가 꺼낸 변함없는 계약서를 담담하게 보고.

재희   상황이 안 좋을 뿐이지. 장진우 선수가 필요하지 않은 건 아니에요.

장진우   ...

재희   지금 은퇴하기에는 너무 몸 상태가 좋잖아요.

장진우   아픈 데 없는 선수가 어디 있어요. 아픈 데 있다고 하면 더 안 쓸

까봐 말을 못 하고 다 뛰는 거예요.

재희 ... 제가 야구랑 드림즈를 뒤늦게 알아서요. 그래도 드림즈 역사는 알아야지 싶어서 공부하다 보면 그 준우승했을 때...

장진우 ...

재희 그 드림즈 전성기는 장진우 선수가 만든 거잖아요. 그때 반짝하고 말았던 선수로 기억되면 너무 아까울 거 같아요.

장진우 어떻게 보면 그때 이후에 은퇴했으면 좋았는데.

재희 네?

장진우 추한 모습을 너무 많이 보였죠. 전 다 한 거 같아요. 은퇴하겠습니다.

재희 아, 그... (말을 하려다 포기하는)

재희, 망연자실한 표정과 반대로
내려놓고 나니 편해진 장진우 표정.

S#57   정형외과 진료실 / 낮

무릎에서 주사로 물을 빼는 광경.
인상 찌푸리는 서영주.
그 광경을 담담히 보는 승수.
착잡한 심경으로 보는 세영.

의사 엄지손가락 진료는 다음에 하시죠.

서영주 네, 다음 주에 올게요. (승수 보고) 시즌 끝나면 치료 받고 다시 훈

런이에요. 시즌 때 또 아픈 거 참고 굴러야 되니까. 이러니까 5억
달라는 거예요. 계약서 다시 가져오세요.

승수   (생각하다) 카페라도 가서 얘기하시죠.

서영주   글쎄요. 가족 모임이 있어서. 이따 저녁 때 술 한잔 하던가요.

세영   치료 중에 술은 안 되죠.

서영주   마음 치료도 해야죠. 이따 봅시다.

서영주, 멀어지면

세영   저런 개...

승수   (왜 이러나 싶은 표정)

세영   개... 성 상인인가. 흥정 하는 솜씨가 아주...

S#58   정형외과 건물 안 / 낮
승수, 세영 출입구 쪽으로 나가다가
세영 전화가 와서 잠깐 확인해보면 '낙하산'
세영, 전화기를 받고 대답하자마자 수화기를 들고 망연자실.

승수   (?)

세영   그래, 재희야. 너도 고생했어. 잘했어. 잘한 거야. 그것도 잘했어.
         조심히 들어와라. (전화 끊고/승수 보며) 장진우 선수 은퇴하겠답
         니다.

승수   ... 회사로 돌아갑시다.

S#59 　사무실 협상 장소 / 낮

승수, 세영이 고세혁과 마주 앉아 있는.

승수　　오늘 선수들 전부 다 얘기하시죠.

고세혁　많이 급하신가 봐?

승수　　언제까지 미룹니까.

세영　　(왜 이러지 싶은)

고세혁　제시해주세요. 먼저는 차이가 너무 컸으니까.

승수, 작은 종이에 메모해서 건넨다.

고세혁 메모 받아서 보는데 한참을 생각하다가

고세혁　아직 차이를 좁히기가 쉽지가 않을 것 같은데...

승수　　그렇습니까.

고세혁　다른 선수들 협상까지 다 하려다 보니까 정신이 없으신가 봐요.

　　　　협상 잘 마치고 나서 여유가 생기면 다시 얘기를 해도 되고요.

고세혁, 차 한 모금 들이켠 뒤에 일어선다.

승수　　고세혁... (고민하다) 선생님?

고세혁　(보면)

승수　　이거 거절하시면 저 다시는 이 금액 제시 안 합니다.

고세혁, 피식 웃고 손인사 하고 나간다.

승수, 고세혁이 두고 간 메모 종이를 세영에게 건넨다.

세영   오히려 금액을 선수들이 봤으면 오케이했을 텐데요.

승수   고세혁 씨 의도는 잘 알겠고... 어떻게 대응해야 할지도 확실해지
       네요.

세영   ... 네. 아, 참. 서영주한테 문자 왔습니다. 이따 단장님이랑 같이
       술 한잔 하자는데요...

S#60   드림즈 복도 / 낮

고세혁 걸어가는데

휘파람 소리 들려서 멈칫하고 고개 돌려보면 경민이다.

경민   어떻게... 잘 지내고 있어요?

고세혁, 씨익 웃으며 *끄*덕이고.

S#61   사장실 / 낮

상석에 앉은 경민, 측면에 앉은 고세혁.

커피 한 잔씩 앞에 두고.

경민   고세혁 팀장은 예전부터 참 맑은 물 같은 사람이에요.

고세혁   (커피 한 모금 마시며) 제가요?

경민	스카웃팀장 할 때는 감독해도 되고 단장해도 된다고 얘기가 많더니. 그렇게 마음 아프게 나가더니 이제 에이전트를 차려요? 어느 그릇에나 담기니까 물 같은 사람이고.
고세혁	(쑥스러운 듯 웃고)
경민	그 속이 다 들여다보이니까 맑은 물 같은 사람이지.
고세혁	(웃으며 보면)
경민	연봉 협상... 백승수 단장이 너무 쉽게 하진 않겠죠. 고세혁 팀장은 그냥 도장만 안 찍으면 되잖아요.
고세혁	제가 선수 때 다친 손가락 때문에 도장을 쉽게 못 찍습니다.
경민	그렇게 연봉 협상이 난항을 겪다보면 말이 나오겠네요. 뭐 전지훈련때까지도 연봉 협상이 안 되면 어떻게 하겠어요. 신뢰를 잃은 백 단장은 아마 도의적 책임을 지고 팀을 떠나려고 할 테고.
고세혁	(경민의 말이 음악처럼 듣기 좋은)
경민	그렇게 되면 그 빈자리를 메꿔줄 누군가가 또 필요한 거고. 맑은 물 같은 그런 사람이.
고세혁	잘못된 것을 바로 잡느라 너무 고생이 많으십니다.

고세혁과 경민 각자 다른 곳에 시선을 두고 미소 지으며.

S#62   고급 주점 / 밤

고급 룸살롱 분위기.
여종업원 둘을 양 옆에 앉히고 술 마시는 서영주.
문을 열고 들어와서 분위기를 살피는 승수와 세영.

이 자리가 불편해서 그대로 문 앞에 서있는데.

서영주   왜요. 같이 한잔하시지.

승수   이런 분위기면 내일 얘기합시다.

서영주   제 일정은 생각도 안 하시네. 얼마나 바쁜데. 여기서 얘기해요.

승수   불쾌할 거 모릅니까? (세영 보고) 나가세요.

세영   (서영주 노려보며) 아뇨. 저 운영팀장이에요. 계약 진행할 의무 있습
         니다.

서영주   계약서는요?

승수   5억은 무립니다. 그리고 치질 있으신 분이... 독주 드시네요.

서영주   일단 앉아요. 5억은 무리구나.

         승수, 서영주 옆에 앉으면서 계약서를 꺼내려는데
         서영주, 피식 웃다가 술잔에 술을 가득 따른 뒤
         승수의 무릎에 붓는다.
         서영주를 노려보는 승수,
         세영의 눈에도 불길이 일고.

서영주   이렇게 하면 무릎에 물이 찬 기분을 아실랑가. 공감을 하고 나면
         계약서를 새로 가져오실까 싶어서.

         승수가 술잔을 뺏기 전,
         세영이 그 술잔을 뺏어서 벽에다 던진다.
         술잔이 깨지며 모두가 놀라는데.

세영	지랄하네.
서영주	(잠깐 놀란 것이 분노로 바뀌며) 야!!! 팀장님. 선 넘었어. 지금.
세영	선은 니가 넘었어.

놀라서 세영을 보는 승수.
당황과 분노가 뒤섞인 서영주.
그리고 서영주를 똑바로 노려보는 세영의 표정에서.

"백승수 단장, 내 앞에서 얘기할 때는... 그... 말에 있는 뼈를 좀 빼.
진짜 그러다 큰일 나."

"계약을 하다보니까 화가 나던데요?
당신들이 터무니없이 깎은 돈에 아랫놈들끼리만
이렇게 진흙탕 싸움을 한다는 게...
그 진흙탕 싸움에서 이기고 나니까 더 화가 나고...
이렇게 즉흥적으로 줄 수 있는 돈 때문에
우리가 협상 과정에서 얼마나 서로 자존심을 건드리고
얼굴을 붉히는지 생각해보시죠."

STOVE
LEAGUE

8

S#1   고급 주점 / 밤
(7부 엔딩 이어서)
승수가 술잔을 뺏기 전,
세영이 그 술잔을 뺏어서 벽에다 던진다.
술잔이 깨지며 모두가 놀라는데.

세영   지랄하네.

서영주   (잠깐 놀란 것이 분노로 바뀌며) 야!!! 팀장님. 선 넘었어. 지금.

세영   선은 니가 넘었어.

놀라서 세영을 보는 승수.
당황과 분노가 뒤섞인 서영주.

그리고 서영주를 똑바로 노려보는 세영의 표정.

세영   협상은 결렬됐고 우리는 이제 다른 제안을 할 생각이 없어.

서영주, 얼굴 구겨지고

승수   그렇게 됐네요.

S#2   **공원 벤치 / 밤**

쓸쓸하게 앉아있는 승수와 세영.

세영, 오만 생각이 다 들어 미간 찌푸리고 있는데

승수   앞으론 선수 다칠 짓은 하지 마세요.

세영   (울컥해서) 단장님, 거의 단벌 신사잖아요. 그런 사람 바지에다가 술을 부으니까 화가 나서 그랬어요, 뭐.

승수   바지, 비싼 거 아니에요.

세영   저도 알아요. 딱 봐도... 싸구려... (하다가) 또 트레이드 하시려구요?

승수   일어나시죠.

세영, 승수의 꿍꿍이를 몰라 의문 남은 표정으로 보며.

S#3   **드림즈 사무실 / 낮**

운영팀 모여있는 사무실,

승수가 다가와서 모두가 인사를 하려는 찰나에

승수   오늘은 연봉 협상 쉽니다.

세영   (?) 그럼 저희는...

승수   2차 드래프트가 곧 있잖아요. 거기에 치중해주세요.

세영   단장님은 다른 일정 있으세요?

승수   서울 쪽 좀 다녀올게요.

세영   무슨 중요한 일정인가요? 계약도 얼른 마쳐야 되는데... 아직 미계

         약자들도 좀 있고...

승수   중요하니까... 이런 때 서울을 가겠죠.

S#4   **한정식 식당 / 낮**

적당히 조용하고 적당히 고급스러운 한정식 식당.

승수와 김종무 식사 중인.

승수   단장님, 백업 포수 있잖아요.

김종무   아니, 밥만 먹자면서요. 일 얘기 안 한다면서요.

김종무, 입에 음식물 문 채로 경계하며 인상 쓰고.

승수   (피식) 그게 뭐 경계가 있습니까.

김종무	우리 백업 포수 왜요.
승수	제가 알기로는 최민혁, 전수호 두 명이 백업 포수로 알고 있는데요.
김종무	아니, 아직 야구도 잘 모르고 자기네 팀도 잘 모르는 사람이 왜 그렇게 우리 팀은 잘 알아요. 우리 팀이 뭐 곳감이야? 뭘 그렇게 빼갈라고 그래.
승수	그냥 빼가진 않습니다.
김종무	한 시즌 갈려면 포수 세 명 있어야 든든하죠. 안 돼요.
승수	작년에 강원고에서 이강식 뽑아서 잘 키우고 있는데 이강식 선수한테도 기회가 필요하지 않습니까.
김종무	아니, 무슨 바이킹스 박사야? 2군 선수까지 이름을 외워요. 무섭게. 얼른 밥 먹고 일어나야겠네. 그 다음 일정은 없어요?
승수	중요한 사람 만날 겁니다. 한번 생각은 해보세요. 우리 같은 약팀에도 좋은 선수 있습니다.
김종무	(경계하면서) 나보다 더 중요한 사람이 있어요? 나도 아는 사람이에요?

S#5   **조용한 일본식 술집 / 밤**
승수와 오사훈 서로 술 한 잔씩 따라주고 건배하는.

오사훈	길창주 잘해요?
승수	마일스보단 못하죠.
오사훈	참나... 바꿀까요?
승수	그럴까요.

오사훈	(웃으며) 하여튼, 고단수시네요. 우리 팀에 누가 탐나시는데요.
승수	이렇게 단도직입적이면...
오사훈	그거 아니면 나랑 뭐 친하다고 여기까지 와서 술을 마시겠어요.
승수	두 번째 백업 포수요.
오사훈	우리가 포수 맛집이죠. 그게 다예요?
승수	외야 백업.
오사훈	(?!)
승수	내야수 멀티.
오사훈	서영주랑 곽한영이랑 또 외야수 애들이랑 계약이 잘 안 되세요?
승수	...
오사훈	재밌네요. 카드 한번 맞춰볼까나...

S#6   드림즈 회의실 / 낮

세영, 재희, 양원섭, 유경택, 임미선, 변치훈,

장우석 등이 모여서 회의 중.

세영	전력분석팀은 2차 드래프트 앞두고 우선 우리 보호 선수 명단 부터 만들어야 될 거 같구요. 이거는 우선은 공통분모부터 빨리 빼고.
재희	아, 단장님이 영입 선수는 포지션을 지정해주셨어요.
장우석	(귀 기울이는)
재희	포수하고... 외야수, 그리고 내야 멀티요.

다들 메모하고 각자 준비한 자료 뒤적이는 분위기 속에서
장우석 핸드폰 문자 보내는 모습.
세영이 보기에 거슬리지만 참고 회의 진행한다.

S#7   **드림즈 사무실 / 낮**
세영, 골똘히 생각에 빠져있고.
그 옆에서는 재희가 열심히 작업 중.

세영   너 아까 단장님이 말한 영입 우선 선수 포지션...
재희   (일하면서) 네.
세영   그거 진짜 맞어?
재희   그럼 제가 그런 걸 지어내서 말하겠어요.
세영   장우석 차장이 아까 그거 듣자마자 문자하는 거 봤냐. 엄청 티나게.
재희   <u>흐흐.</u> 제가 지금 검거해 올까요.
세영   ... 야, 그거 지금 미계약 포지션 선수들 아니냐.
재희   들으면 똥줄 탈 수도 있겠네요?

S#8   **고급 술집 / 밤**
고세혁이 미닫이문 열고 들어가면
기다리고 있던 곽한영 비롯한 미계약 선수들 일어나고.

고세혁	(웃으며) 어, 기다리면 되지. 뭘 이렇게들 모였어.

그러나 불안한 선수들 표정.

정선구	2차 드래프트에 저희들 포지션부터 보충한다는 거 아시죠?
고세혁	어디서 들었냐?
정선구	스카웃팀 애들이요.
고세혁	뭘 그런 걸 또 조사하고 다녀.
여재욱	그리고 바이킹스랑 펠리컨즈 단장들 만나고 다니는 거 아세요?
고세혁	들었어.
여재욱	거기서도 딱 여기 있는 우리들 포지션만 찾고 다닌대요.
고세혁	야, 오사훈이 백승수한테 당할 사람도 아니고. 백승수도 오사훈한테 안 당해. 걔네 둘이 트레이드가 되겠냐?
정선구	김종무 단장은요?
고세혁	김종무가 안 그래도 지금 강두기 보내고 임동규 받아왔다고 백승수한테 당했다고 까이는데 김종무가 또 계약을 하겠냐.
곽한영	혹시 백 단장이 원하는 액수에 빨리 맞춰주면 빨리 끝나는 거죠?
고세혁	왜...? 빨리 끝났으면 좋겠어?
곽한영	그래야 그냥 맘 편하게 훈련도 하고...
고세혁	그런 생각 자체가 노예근성이야. 그렇게 생각하면 더 받을 돈을 못 받아.
정선구	저희 다른 데 가면 출장 기회 없어지는 거 아시죠. 드림즈니까 주전이죠.
여재욱	전 1년만 잘 뛰면 FA 되는데 갑자기...

권도율   아파트 계약한 지 4개월밖에 안 됐고 애들도 친구 생겼다고 이제
       이사 안 간대요. 지금 서울 쪽으로 이사 가면 나 기러기 아빠 돼요.

강태민   저 바이킹스 배호준 감독한테 찍혀서 여기 온 건데... 다시 가면
       은퇴해야 돼요.

       선수들의 고민 토로에 골치 아픈 고세혁.

S#9   **승수 집, 거실 / 밤**
       승수, 지친 얼굴로 들어와서 방으로 들어가다가 고개 돌려보면
       주방에서 라면 먹으면서 어정쩡하게 마주친 영수가 있다.
       라면 옆에서 먹으면서 보던 것 같은 자료들이 보이고.

승수   밥 먹지.

       승수, 방으로 들어가고.
       영수, 잘못 들었나 싶었다가 미소.

영수   형, 2차 드래프트는 진짜 우리가 다 조졌다는 얘기 나오게 할게!

       영수, 대답 기다리지만 아무 대답이 없으니
       멋쩍다가 다시 라면 먹고.

S#10 승수 집, 승수 방 / 밤

옷 갈아입던 승수.

영수 말에 잠깐 멈춰 서서 피식 웃고.

S#11 사무실 복도 / 낮

가는 동안 사람들 시선.

고세혁, 불편하지만 참고.

S#12 단장실 / 낮

고세혁, 노크하고 들어가보니

어리바리한 모습으로 재희가 놀라며 응대한다.

고세혁   너 뭐야.

재희   단장님은 다른 업무가 있으셔서.

고세혁   (불쾌한) 언제 오는데.

S#13 공원 / 낮

트레이닝복을 입고 조깅로를 뛰는 승수.

저 앞에 강아지와 산책 중인 정선구가 보인다.

승수, 빠르게 뛰어서 자연스럽게 정선구 옆으로 다가간다.

승수	정선구 선수, 맞으시죠?
정선구	(얼굴 보지 않은 채 목례하며) 아 예에. 제가 바빠서

정선구, 승수를 피해 지나가려고 하는데

승수	제가 더 바쁠 것 같은데.
정선구	(그제야 보고) 단장님...
승수	정선구 선수. 대리인 때문에 얼굴 보기 힘드네요.
정선구	어떻게 오셨어요.
승수	운동하러 왔는데. 정선구 선수 본 김에 연봉 얘기해야죠.
정선구	저 죄송한데 얘기가 잘 안 풀려도 제가 이렇게 하면 안 돼요. 저희팀 직속 선배예요.
승수	고세혁 팀장이 FA 선수들을 놔두고 왜 이렇게 많은 드림즈 선수들의 협상 대리를 맡았을까요.

정선구, 아직 완전히 이해하지 못한 표정.

S#14 해장국 집 / 낮
해장국, 뚝배기째 들이켜고 깍두기 집어먹는 세영.

세영	으아, 이 집. 깍두기 진짜 죽이네. 이모, 깍두기만 따로 안 팔아요?

그런 세영과 떨어진 테이블에 있던 여재욱.

여재욱	운영팀장님, 뭐하세요.
세영	어? 여기 어떻게 오셨어요?

세영, 웃으면서 재욱 테이블로 뚝배기를 들고 옮겨 앉는다.
재욱, 당황스러운데

여재욱	그냥 밥...
세영	운동하다가요?
여재욱	네...
세영	그럼 얼굴 본 김에 밥값은 제가 내고 갈게요.
여재욱	잠시만요. 밥값은 됐고요. 어떻게 되고 있어요?
세영	뭐가요?
여재욱	협상이요.

세영, 기다렸단 듯이 씨익 웃고.

S#15   단장실 / 낮

고세혁, 재희와 마주 앉아 있고.
고압적인 표정과 자세지만 아이를 혼내듯 여유 있게.

고세혁	니네는 진짜... 이 금액이 말이 되냐. 얘보다 지금 성적 안 좋은 유
	성겸이가 지금 얼마 받냐. 유성겸이는 재작년에도 더 못했는데.
재희	근데 유성겸은 세이버스잖아요. 우승팀 프리미엄이 있는데...

고세혁	야, 그러면 팀 성적 안 되면 야구 뭐 하러 하냐.
재희	그러면 확인 드리자면... 정선구 선수는 1억 5천 이하로는 도장을 찍으실 수가 없다는 말씀이세요?
고세혁	어. 못 찍어.

S#16   공원 / 낮

공원 벤치에 앉아있는 두 사람.
1억 1천만 원에 사인하는 정선구.
표정은 뭔가 아쉬움과 홀가분함이 뒤엉킨.

S#17   단장실 / 낮

재희, 고세혁과 마주 앉아서.

재희	(준비한 서류 보며) 여재욱 선수는 어느 정도까지 생각하셨어요?
고세혁	(서류 뺏으며) 그거 줘 봐.
재희	아, 안 됩니다.
고세혁	줘 봐.

보고 나서 구겨버리는 고세혁.

| 고세혁 | 9천만 원은 좀 아니지. |

S#18   **해장국 집 / 낮**

7천만 원이 선명히 보이는 계약서.

천천히 훑어나가는 손가락이 이내 사인.

사인 중인 여재욱 앞에서 들뜬 세영.

세영   사인이 엄청 예쁘다.

S#19   **단장실 / 낮**

샌드위치 먹고 있는 고세혁.

문 열리면 커피 들고 오는 재희.

고세혁, 시선도 안 주고 자연스럽게 받아 마시면서.

재희   이번에 연봉 산정 방식이 크게 바뀌어서 연차나 팀 성적을 반영

        하지 않더라도 지금 강태민 선수 연봉은...

고세혁   야, 작년까지 쓰던 고과 산정을 내가 모르냐고.

재희   ... 근데 그 산정 방식은 어떻게 아시는 건데요?

고세혁   뭐? 이 새끼 이거... 야, 근데...

재희   ...

고세혁   너한테 협상 실무 권한이라도 있냐. 이세영 팀장도 아니고.

재희   ...

이때 테이블 옆의 재희 핸드폰에 울리는 진동.

재희, 핸드폰 확인(세영이 보낸 계약서 사진)하고 씨익 웃으며.

핸드폰 내려놓기 무섭게 다시 걸려오는 문자.

고세혁   야, 넌 예의가 없냐. 이 자식아.
재희   (조금 전과 다른 냉랭한 태도로) 권한도 없고 예의도 없습니다.

S#20   중국집 / 낮

도장 찍히는 소리. 승수, 음식 사진 찍는다.
강태민, 눈살 찌푸리면서 승수 보면.

승수   식사하세요.
강태민   맛있는 거라도 사주던가요.
승수   (종업원 보며) 군만... (생각하고) 탕수육 소자 하나 주십쇼.

S#21   헬스장 / 낮

도장 찍히는 소리.
세영, 헬스장의 허리 진동 벨트 하는 모습.

권도율   가져가세요. (반응 없자) 가져가시라고요!
세영   왜 소리를... (하다가 눈치 보며) 이해합니다.

S#22   단장실 / 낮

고세혁, 뭔가 있어 보이는 분위기를 느끼는데.

재희   권한이 없으니 다음에는 단장님과 같이 만나보시죠. 오늘 협상
        내용은 잘 전달하겠습니다. 그럼 저는 이만.

고세혁   이 새끼가... 지금 바쁜 사람 데리고 장난하나.

재희   고세혁 선생님!

고세혁   (?)

재희   최종 결정 권한이 없을 뿐 저는 단장님, 운영팀장님 대신한 협상
        대리인으로 여기 온 겁니다. 선수 대리인 만나려요.

고세혁   이 새끼가...

재희   고세혁 선생님 의견은 충분히 전달할 거예요.

S#23   드림즈 복도 / 낮

고세혁에게 문자 날아온다.

강태민   **(소리)선배님, 죄송합니다. 계약했습니다.**

        부재 중 전화 두 통.
        확인해보면 정선구와 여재욱.
        모든 상황을 짐작한 고세혁.
        앞에 놓인 전단 간판을 발로 차고 걸어가며.

S#24   드림즈 훈련장 / 밤

러닝 훈련 중인 곽한영. 승수 발견하고 멈춰 서는.

승수   늦은 시간에 미안합니다.

곽한영   고세혁 선배랑 얘기하시죠.

승수   얼마를 받아야 되는 겁니까.

곽한영   아무리 이러셔도 제가 뭘 합니까. 고세혁 에이전트랑 얘기하시죠.

승수   에이전트한테 듣고는 있습니까. 우리가 2억까지 불렀다는 것도요?

곽한영   (놀랐지만 애써 감추며) ... 네.

승수   (그 표정 확인하고) 그 거절이 맞다고 생각하세요?

곽한영   ... 네. 전 더 받고 싶습니다. 저 찾아오셔도 소용없습니다.

승수   지난 계약에 대한 보상도 다 받고 싶은 겁니까.

곽한영   누구나 다 그렇지 않을까요.

승수   이 협상이 어떻게 끝이 날지 모르지만 앞으로는 그때그때 본인이
          정신 차려서 계약을 하세요.

승수, 돌아서 가면. 곽한영 그 뒷모습 보다가 다시 러닝.
러닝하는 얼굴에는 복잡한 생각들이 드러난다.

S#25   단장실 / 밤

단장실에 승수 들어서면,
피로한 얼굴로 선수 계약자 명단 정리하는 세영, 재희.

재희	곽한영 선수 빼고는 다 계약했습니다.
세영	(눈치 보며) 아직이죠?
승수	네.
재희	곽한영 선수는 이번엔 고세혁한테 착한 거죠. 자기 빼고 다 계약 한 거 모를 리가 없는데.
승수	고세혁도 이제 곽한영 선수만 남았으니까 필사적일 겁니다.

S#26   기범 가게 / 밤

고세혁, 곽한영 같이 술 마시는 중.

곽한영	단장이 혹시 2억까지 얘기했어요?
고세혁	그런 말도 하냐. (술잔 들이켜고) 너 2억보다 더 받아야 돼.
곽한영	저 그 정도까지는 아니에요.
고세혁	아니, 너 그동안 니가 양보해서 못 받은 돈이 해마다 적게 받아도 2천이야.

S#27   기범 가게, 주방 / 밤

장진우, 고기 써는데 옆에서 지켜보는 기범.

기범	야, 그렇게 썰면 손 다쳐. (놀라며) 야!!

손에서 피나는 장진우.

S#28   기범 가게 / 밤

습윤 밴드 정도 붙이고 서빙하는 장진우.

고세혁, 곽한영 테이블에서 서로 알아보고.

곽한영   형이 왜 여기 있어요?

장진우   고기 먹으러 왔냐?

곽한영   비시즌이라도...

장진우   어, 좀 배워보려고.

곽한영   ... 야구 안 해요?

고세혁   (그제야 관심 갖는)

장진우   그렇게 됐다.

곽한영   형, 그건 좀 아닌 거 같은데요?

고세혁   너 연봉 협상 안 했냐?

기범   했죠. 했는데 5천 준다는데 어떻게 해. 나가란 얘기지.

고세혁   내가 해줄까.

장진우   누가 해주는 게 무의미하죠. 필요가 없다고 말한 건데.

기범   여기 오는 애들 말 들어보면 다 이번 연봉 협상 짜다고 난린데. 어려운가 봐요.

곽한영   어려워도 쓸 데에다가는 써야죠. 형한테 5천이 뭐예요.

장진우   기회 많을 때 잘해.

곽한영   형도 그래요. 아무리 연봉이 적어도 이렇게 은퇴하면 안 되죠. 19승 투수 장진우가.

장진우   야구 선수 아니라고 치면 연봉 5천. 큰돈이지. 그 돈이면 당장 우리 가족이 밥 굶는 것도 아니고. 알지. 근데 내 연봉은 내가 가족

들한테 대는 핑계야. 이만큼 받으니깐 같이 좀 고생하자는 핑계
가 돼. 근데 이제 핑곗거리로 5천은 좀 궁색하다.

곽한영   ...

S#29   **승수 집, 승수 방 / 밤**
컴퓨터 앞에서 업무 중이던 승수.
전화가 와서 받고.

승수   자고 있었던 건 아니지만 이 늦은 시간에...

S#30   **조용한 바 / 밤**
한 손은 전화기 들고 한 손으로 위스키 잔 들고 있는 서영주.

서영주   연봉 협상 끝난 거 아니잖수?

S#31   **승수 집, 승수 방 / 밤**
예상했다는 듯 안정적인 표정으로 전화 받는 승수.

승수   당연히 그렇죠.

S#32   **고세혁 차 안 / 밤**

스피커폰으로 통화 중인.

고세혁   백 단장님이 나와야죠. 결정권 없는 사람 내보내서 치사한 짓 하
지 마세요. 그럼 내일 만납시다.

S#33   **조용한 바 / 밤**

서영주, 휴대폰 들지 않은 손으로는 위스키 들이켜고.

서영주   내일 봅시다.

S#34   **드림즈 외경 / 낮**

S#35   **단장실 앞 복도 / 낮**

단장실 주먹으로 치듯 강하게 노크하는 고세혁.
'들어오세요' 소리 들리고.
문 열어보면 승수가 차분하게 차를 들이켜고 있다.

S#36   **단장실 / 낮**

고세혁, 승수 옆에 털퍼덕 앉으며

고세혁	단장님 일 잘하시던데요? 어리바리한 애 하나 앉혀놓고.
승수	어리바리하지 않을 텐데...
고세혁	(불안한 예감이 들고) 걔는 지금 어디 있는데요.
승수	협상 시작하시죠. 저는 저번에 분명히 말씀드렸습니다. 그 금액 이상을 부를 일은 없다고.
고세혁	...
승수	곽한영 선수가 얼마를 받게 해주면 만족하는 건지. 고세혁 씨는 왜 수수료도 받지 않으면서 이 협상에 임하는 건지. 많이 받고 싶은 선수, 적게 주고 싶은 구단 사이에서 수수료 한푼 받지 않는다는 중개자는 숭고한 이타심이 있는 겁니까. 아니면 어딘가 다른 속이 있는 겁니까.
고세혁	보세요. 나를 왜 탓합니까. 내가 어떤 속이 있든 간에 흥정을 하자고요. 어제 그 어리바리한테 커피 한 잔 가져오라고 하시고요.
승수	그 어리바리 바쁩니다.

S#37 헬스장 / 낮

헬스장에서 근력 운동 중인 곽한영.
재희가 조심스럽게 다가오고.

재희	열심히 훈련 중이시네요. 역시...
곽한영	(누군지 보고) 왜요.
재희	계약하려고 왔죠.
곽한영	대리인이 있는데... 왜 자꾸 저를 찾아오세요.

| 재희 | 진짜 계약 의사가 있는 사람끼리 얘기를 하고 싶으니까요. |

S#38　재활 치료 공간 / 낮

트레이너의 지도하에 재활 치료 중인 서영주.
지독한 훈련에 고통스러운 표정.
트레이너의 '여기까지' 한마디에 그 자리에 누워버리는 서영주.
발걸음 소리 듣고 한숨 쉬고.

서영주	단장이 안 오고...
세영	단장님은 확실한 건수에만 에너지를 쏟습니다. 이제 이런 건은 제가 와서 해야죠.
서영주	(몸 일으키며) 이런 건?
세영	서영주 씨, 7년간 이적할 수도 없고. 그리고 그 기간 동안에도 회사의 동의 없이는 다른 회사로 이적할 수도 없는 업종이 있어요. 말도 안 되죠. 그게 당신이 일하는 업종입니다.

S#39　단장실 / 낮

승수의 여유에 불안한 마음이 드는 고세혁.

승수	이 협상의 어디에 목표를 두고 계십니까.
고세혁	당연히 양자가 만족스러운 협상이 제일 좋죠.
승수	정말입니까.

고세혁	양쪽이 만족스럽지 못하다면 우리가 더 만족스러운 협상.
승수	얼마를 바라십니까.
고세혁	제시액은 어떻게 됩니까.
승수	충분히 얘기 드렸죠. 이 이상은 안 된다고 하면서 2억을 제시했습니다.
고세혁	3억.
승수	정말 곽한영 선수가 그만큼을 바라는 거 맞습니까?
고세혁	한영이 입장에선 다다익선이죠.

S#40 헬스장 / 낮

여전히 근력 운동에 치중하는 곽한영.

재희	야구 안 하실 거 아니잖아요. 얼른 계약하셔야죠.
곽한영	대리인과 신뢰를 지켜야죠.
재희	대리인이랑은 계약이 어려우니까 만만한 사람하고 계약하려고 이런다고 생각하세요? 고세혁 씨가 이 계약에 관심이나 있겠어요?
곽한영	고세혁 선배만 그런가요. 저도 많이 받고 싶어요.
재희	저희가 처음에 제시하려고 했던 금액에 5천을 더해서 2억 5천입니다.
곽한영	...
재희	우리가 이 금액을 왜 고세혁 씨에게 제안하지 않았을까요? 그분은 금액에 상관없이 단장님 괴롭히는 게 목표예요.
곽한영	...

재희	이 금액을 제시하는 건 처음이고 마지막이에요. 만족스러우면 바로 사인해주세요.

곽한영, 운동 기구 내려놓고 생각에 빠져있다.

곽한영	얼마 전 제시액보다 5천만 원이나 올려주셨네요.

〈플래시 컷, 28씬〉

장진우 ///	근데 내 연봉은 내가 가족들한테 대는 핑계야.

생각에 잠기는 곽한영.

곽한영	계약해요. 고세혁 선배한테는... 제가 빌어야죠.

웃으며 가방에서 계약서 꺼내는 재희.
계약서를 보는 곽한영.

곽한영	이거 계약서가...

재희, 계약서 받아들어 보면 2억 원이 적힌 계약서.

재희	아, 죄송해요. 이전에 계약서를 꺼냈네요.

재희, 새로운 계약서 2억 5천만 원이 적힌 계약서 확인하고
내려놓는다.
나란히 놓인 두 개의 계약서.

곽한영   돈 없다더니 5천만 원을 올릴 수 있었던 거예요?
재희   아뇨. 예상치 못한 이탈도 있었고요. 그리고 곽한영 선수보다 중
         요하지 않은 선수들의 금액이 깎일 거예요.
곽한영   불편하라고 그러는 거예요?
재희   에이, 곽한영 선수가 그만큼 핵심 자원이다. 그런 얘기죠.

         재희, 괜히 정수기로 가서 물 마시다가 돌아보면.
         사인하고 있는 곽한영.

S#41   재활 치료 공간 / 낮
세영   서영주 씨, 7년간 이적할 수도 없고. 그리고 그 기간 동안에도 회
         사의 동의 없이는 다른 회사로 이적할 수도 없는 업종이 있어요.
         말도 안 되죠. 그게 당신이 일하는 업종입니다.

서영주   무슨 말을 하려고.
세영   2억.
서영주   ... 미쳤어?
세영   1억 5천.
서영주   ... 뭐하냐.

세영	내가 잊고 있었더라고.
서영주	뭘.
세영	이래도 된다는 걸요.
서영주	...
세영	FA라서 다른 구단이 데려갈 수 있는 것도 아니고. 다른 구단이랑 계약을 할 수도 없고. 이렇게 터무니없는 금액을 제시해도...
서영주	연봉 조정 협상 몰라?
세영	여태까지 스무 번 중에 선수가 구단한테 딱 한 번 이겨본 건 모르죠?
서영주	적당히 하라고.
세영	이렇게 할 수 있어도 이렇게 안 했던 거는 우리가 같은 목표를 가지고 있다고 믿어서죠. 드림즈가 지난 시즌보다 좀 더 잘해보자는 목표를 가진 동료라고 생각해서. 근데 서영주 씨는 동료의식이 있었어요? 구단 운영의 수장인 단장을 이리저리 불러내고. 술을 뿌리고.
서영주	내가 이렇게 몸까지 상해가면서 야구하는데 내 권리도 주장 못해?
세영	금액 차이가 아무리 커도 상관없어요. 근데 의견 차이를 좁히는 방식이 그 따위인 사람은 동료가 아니에요. 선을 넘은 사람하고 다시 웃으면서 협상할 마음이 안 드네요. 이것도 사람이 하는 일이다 보니.
서영주	내가 은퇴하면? 지금 포수 하나 트레이드해서 빈자리 메꿀 수 있다고 생각하나 봐?
세영	소식도 빠르네. 어차피 우리가 우승이 목표인 팀도 아니고 그럭

저럭 돌아가게 만들 포수 하나 못 구하겠어? 그리고 반말 좀 그만

해. 어린놈이 싸가지 없이. (우렁차게) 인마!!!

자신의 사자후에 놀란 서영주를 내려다보는 세영.

S#42   단장실 / 낮

승수, 고세혁 마주 보고 앉은 상황.

승수   고세혁 씨가 왜 믿음을 못 줬는지 아세요?

고세혁   믿음을 못 준 것도 아니고 지금 한영이 협상이나 하자고요.

승수   누가 봐도 고세혁 씨의 목표가 따로 가잖아요.

고세혁   무슨 소리야.

승수   선수들은 고세혁 씨 복수에 관심이 없어요. 선수들은 구단이 트

레이드를 추진한다는 소식에 자기 포지션인가 걱정하고 있어요.

고세혁   단장님은 짚어 넘기는 걸 잘해서 의심 정황만으로 나를 쫓아내더

니 이번에는 또 본인 생각대로 판단하시네. 선수 출신이 아니라

같이 땀 흘린 사람들의 동료의식 같은 건 짐작도 못 하실 텐데.

이때 승수 전화로 문자 메시지가 오고.

승수, 확인하고.

승수   프로야구 선수들 몸값 아무리 많이 올랐어도, 선수들 계약 대행만

으로는 이미 레드 오션이죠. 그나마 많게는 100억도 오가는 대형

FA선수들 계약을 잘하셔야 할 겁니다. 거기에 치중을 하세요.

계약서를 받아드는 재희.

미소 띤 얼굴로 곽한영을 보고.

재희   솔직히... 이렇게 하실 줄 알긴 했는데요. 이번에는 착한 형 하지

         말길 바란 것도 있었어요.

곽한영   맘에 없는 소리 하지 마세요.

재희   이 계약서는 가져갈까요?

곽한영   제가 찢어버릴게요.

재희   네에.

곽한영   빨리 가요. 나 후회되려고 하니깐.

         재희, 고개 인사하고 나가면서

         2억 원 금액이 적힌 계약서를 가방에 넣고.

         곽한영, 자리에 앉아서 머리 감싸쥐다가.

         2억 5천만 원이 적힌 계약서를 찢어버리고

         다시 일어나서 훈련하러 간다.

승수, 세영 계약서와 명단 정리하는 중에

세영	서영주, 곽한영 두 선수 빼고 다... 정리 됐네요.
승수	서영주는 곧 여기 올 겁니다.
세영	아니, 미리 말씀 좀 해주시죠.
승수	(?)
세영	다시 안 볼 사람처럼 까불었는데.

이때, 노크 소리 들리고.

승수	들어오세요.

서영주 굳은 표정으로 들어온다.
세영, 아무렇지 않은 척 서류를 보는데 어색하다.
서영주, 다가와서 한 자리에 앉고.

서영주	제가 경솔했고.
승수	...
서영주	경솔한 건 경솔한 거고... (승복이 안 되는) 하...
세영	(귀 기울이면)
서영주	상식선에서는 챙겨주시죠.
승수	처음 제시했던 정도면 될까요.
서영주	(내키지 않지만) ... 예.

서영주, 계약서에 사인하고 힘없이 나가면
닫힌 문이 곧바로 열리며 재희가 들어오자마자 계약서 흔든다.

세영	곽한영 선수 꺼야?
재희	(끄덕/않고) 단장님 말대로 됐어요. 2억 짜리 계약서 먼저 꺼냈더니...
승수	(생각에 빠진) ...
재희	(승수 표정 보며) 이게 마지막 아니에요?
세영	맞어.
재희	근데 왜 그러세요?
승수	곽한영 선수한테 우린 뭘로 보였을까요.
세영, 재희	(왜 저러지)
승수	양아치로 보였겠죠?
세영	위에서 시켜서 어쩔 수 없었잖아요.
승수	그럼 우리도 위에서 시켰으니까 권경민 상무를 이해했나요?
세영	...
재희	(분위기 띄우려) 에이, 왜들 이러실까. 오늘 계약 다 마친 기념으로 술 한잔 하실까요?
세영	(눈치보며) 조오치~! ... 도 않고 나쁘지도 않은 제안이야.

승수, 대답 없이 생각에 잠기면
세영, 눈치껏 재희 팔뚝 잡고 일어서며 목례하고 나간다.
계속 생각에 잠긴 승수.

S#45   신문사 / 밤

지방 신문사의 허름한 사무실.
책상 위에 발 올리고 휴대폰 게임하던 김대호 기자.

이때 전화벨 울리는데 모르는 번호.

김대호	네. 김대호 기잡니다.
승수	(소리만)저 드림즈 단장 백승수라고 합니다.
김대호	(놀라서 발 내리며) 드림즈요? 단장님?

S#46   기범 가게 주변 / 밤

서서 통화하는 승수.

| 승수 | 미담 하나 기사화 해주시겠습니까. |

S#47   신문사 / 밤

김대호, 구미가 당기는 듯.

| 김대호 | 들어보고요. |

S#48   기범 가게 / 밤

혼자 고기 굽고 있는 승수, 휴대폰으로 사진 찍고.
눈치 보며 서빙하는 기범.

| 승수 | 장진우 선수요. |

기범	(놀란) 네?
승수	여기서 일 배웁니까.
기범	아, 예. 지금은 없어요. 오픈할 점포 위치 확인하러 갔어요.
승수	...
기범	오늘은 안 들어올 거예요.
승수	가게 오픈을 할 수 있다는 건...
기범	네?
승수	연봉 5천만 원 때문에 은퇴해야 될 만큼 생계가 어려운 건 아니라고 봐도 될까요.
기범	그렇게까지는 제가...
승수	지금 이렇게 그만두면 야구를 추억할 수 없을 겁니다.

기범, 뭐라고 대답해야 할지 모르겠고.

승수는 말없이 밥을 먹는다.

S#49 재송그룹 회장실 / 낮

일도, 비스듬히 기대앉아서 떨어지는 주식 차트 보고 있다.

그 앞에 경준이 앉아서 다리 꼬고 큐브 만지고 있고.

경민이 황급히 들어오는데

경민을 보는 일도의 싸늘한 시선.

피식 웃으며 손들어서 인사하는 경준.

일도, 한 손으로 책상 위의 명패를 손으로 쓸어 바닥에 떨구면.

경민, 바짝 긴장한 채로 서있고.

일도	권경민이.
경민	네, 회장님.
일도	머슴한테 볏짚을 옮기라고 시켰어. 이거 중요한 일이야. 아니야.
경민	... 아닙니다.
일도	그러면 그 볏짚 하나 옮기는데 그걸 제대로 못 해서 불이 붙었어. 그렇게 집 한칸이 날라가는 거야. 이건 무슨 상황이야.
경민	(겁이 나고/어리둥절한)
경준	형이 머슴이고 드림즈가 볏짚이야.
경민	(모멸감이 치미는)
경준	(웃으며 짜증내듯) 내가 아니라 아버지 말씀이~!!
일도	가장 하찮은 일 때문에 중요한 일을 망치면 내가 권경민이랑 일을 할 이유가 있나.
경민	없습니다.
일도	내가 사람을 믿어서 여기까지 온 거 같냐. 나는 사람을 사람으로 안 봐서 여기까지 왔어.

경민, 그제야 정신 차리고 일도의 모니터를 보면 상황이 파악되고.

경민	제가 언론에 조치하겠습니다.
일도	내일까지 원래대로 돌려놔.
경민	알겠습니다.

일도, 회장실을 빠져나가면. 경민과 경준 눈이 마주치고.
피식 웃는 경준, 자리에서 일어나서.

경준	형.
경민	...

경준, 경민에게 가까이 다가가서.

경준	형.
경민	...

경준, 회장 자리에 앉아서 경민을 보며
딴에는 가장 위엄 있는 자세로.

경준	권경민 상무.
경민	... 왜.
경준	나는 가끔 형이 실수해도 이해해줄게.
경민	...
경준	그니깐 젊을 때만 성실하게 견뎌봐.

경민, 경준을 잠깐 노려보다 회장실을 빠져나가려는데

경준	권경민 상무.
경민	(멈춰서 보면)
경준	(눈짓하며) 원상 복구.

경민, 바닥에 떨어진 회장 명패를 주워서

다시 올려놓고 나가는데 경준의 콧노래가 들려 표정을 찡그린다.

S#50   드림즈 외경 / 낮

S#51   단장실 / 낮
승수, 컴퓨터로 업무 보는데 노크 소리 들리고.

승수   네.

힘없이 문 여는 세영.('드림즈 백승수 단장, 연봉 반납' 기사가 박힌 신문)

세영   단장님, 돈 많... 으셨어요? 연봉에 보탠다니요.
승수   (모니터 가리키며) 이거 보세요.

세영, 모니터 보면.
재송그룹의 주식 파란색으로 9%가량 내려간 화면.
아래 기사로는
'야구단 경영난? 소문 흉흉한 재송그룹'
'단장의 연봉 반납, 미담만은 아닌 이유'

세영   (경악하며) 왜 이러셨어요.

이때, 단장실 문이 거칠게 열리며 경민이 들어온다.
세영이 보이지도 않는 듯이 승수를 노려보는 경민.

경민	백승수 씨.
승수	네.
경민	당장 정정보도 요청해.
승수	기사가 왜 이러죠. 선의를 선의로 안 믿어주네요. (차분하게) 이 팀장님, 잠시 자리 비워주세요.
세영	(위축된) 네.

세영, 흠칫 놀라지만 끄덕이고 나간다.

승수	제 연봉의 사용 권한도 모기업한테 있는 겁니까.
경민	당신 하나 장난질에 대기업이 휘청거리는 거 안 보여?
승수	장난질이요? (피식) 휘청거린다...
경민	주주들 손실이 지금 얼만지 아냐고.
승수	30% 넘습니까?
경민	뭐? (화 삼키며) 백승수 단장, 내 앞에서 얘기할 때는... 그... 말에 있는 뼈를 좀 빼. 진짜 그러다 큰일나.
승수	아까 제가 봤을 때는 −9%던데. 선수들 연봉은 30% 깎였죠.
경민	니들은 몇 년 연속을 꼴찌를 했는데.
승수	장난질이라고 했죠?
경민	...?
승수	원래도 낮은 연봉을 깎고 깎으니까 못 살겠다고 난리여서 미미한

제 연봉이라도 한 숟갈씩 떠주면 차라리 나을까 싶어서 한 짓인데요. 자그마치 1년 연봉을 포기했으면 칭찬 한마디라도 해줄 줄 알았는데... 장난질로 봤습니까? 돈 필요 없고 돈 싫어하는 사람이 있나?

경민   (열 받는데 말문이 막히고)

승수   상무님은 돈 한푼 안 받고 1년간 일할 수 있습니까? 당신들이 우습게 아는 단장 하나의 희생정신에 휘청하는 회사의 재무 상태를 반성해야 되는 거 아닙니까.

경민   그럼 처음에 얘기할 때 따지던가!!

승수   계약을 하다보니까 화가 나던데요? 당신들이 터무니없이 깎은 돈에 아랫놈들끼리만 이렇게 진흙탕 싸움을 한다는 게... 그 진흙탕 싸움에서 이기고 나니까 더 화가 나고...

경민   ... 됐고 당신 연봉만큼 내가 선수단 연봉 총액 올려줄 테니까... 정정보도 해. 너 연봉 받고 일하라고.

승수   이렇게 즉흥적으로 줄 수 있는 돈 때문에 우리 협상 과정에서 얼마나 서로 자존심을 건드리고 얼굴을 붉히는지 생각해보시죠.

경민   (꾹 삼키고) 어디까지 까볼래...

승수, 태연히 경민을 보고.

S#52   **회의실 / 낮**

세영, 재희가 서류 확인하면서 긴장된 표정으로 기다리는데.

문 열고 들어오는 승수.

세영	(괜찮냐고 묻진 못하고) ...
승수	계약 거의 정리 됐죠.
재희	네.
승수	(서류에 체크하면서) 최저 연봉 선수들. 이만큼씩 올려서 다시 계약서 수정해주세요. 다 연락 돌리고.

세영, 재희 놀라서 승수 보고.

S#53   사무실 협상 장소 몽타주 / 낮

순박한 얼굴의 선수가 연신 고개 숙여 인사하고.
난처한 듯이 손짓하는 세영.
앳된 얼굴의 선수가 얼빠진 얼굴로 보다가 진짜요?
몇 번이나 되묻고.

S#54   사무실 협상 장소 / 낮

유민호, 앞에 놓인 계약서를 보고 다시 한 번 세영을 본다.

세영	마음에 안 드는 건 아니죠?
유민호	왜 이렇게...
세영	최저 생계 비용이란 말 알죠?
유민호	네?
세영	아마도... 최저 야구 비용이라고 생각하시면 될 거 같아요. 장비

같은 것도 사야 되잖아요.

유민호   (생각하다) 감사합니다.

세영   내년도에는 더 많이 달라고 이 자리에 앉아서 뻐기고 그러세요.

S#55   드림즈 라커룸 / 낮

쓸쓸한 마음으로 라커룸을 둘러보는 장진우.

낡은 글러브를 보면서 옛 생각에 잠기다가.

S#56   기범 가게 / 밤 (회상)

육회에 소주 한 병 놓인 가게 파장 분위기.

기범과 장진우 마주 앉아서 마시는 중.

기범   5천을 준다는 게... 나가라는 뜻은 아닌가봐.

장진우   ...

기범   진짜 구단 상황이 어렵고 그러며는...

장진우   그럼 나보고 어쩌라고.

기범   니가 나중에 나 원망할까봐 내가 어떻게 하라고도 말 못 해, 인마.

장진우   에이. (혀를 차고 한 잔 마시는데)

기범   근데 그건 맞는 말 같고.

장진우   (?)

기범   너 지금 이렇게 그만두면 야구 생각할 때 후회밖에 안 남어.

장진우   (복잡해지는) 근데 형, 내가 은영이한테 가게 차릴 거라고 하는데 은영이가 좋아하던데. 형수님이랑 은영이랑 뭐 다르겠냐고. 내가 강두기도 아닌데 무슨 후회가 남어...

S#57 **드림즈 라커룸 / 낮**
　　　　장진우, 챙겨둔 짐 가방 들고 나서려는데 유민호 들어온다.

유민호　　(반가운) 선배님.

장진우　　(불편할 때 마주쳤다) 어, 야구 잘하고 건강해라.

유민호　　(못 듣고) 저 할머니한테 좀 다녀올게요.

장진우　　어?

유민호　　저 연봉 올랐어요!

장진우　　(벙찌고)

유민호　　글러브랑 러닝화도 주문했어요. 오늘 소고기 사가지고... 할머니 랑 구워 먹을려구요.

　　　　장진우, 유민호의 발을 보면
　　　　새끼발가락 끝이 구멍이 나있는 운동화.

유민호　　선배님이 다녀오라고 신경 써주셨는데 마침 계셔서요. 다녀오겠 습니다. 아, 그리고... 혹시...

장진우　　어.

유민호　　저 슬로우 커브 그립 잡는 법 좀 알려주실 수 있습니까. 아무리 봐도 저는 슬로우 커브는 선배님한테 배우고 싶어서요.

야구공 들고 장진우를 보는 유민호.

장진우, 많은 생각이 스치지만

유민호의 손가락 위치 고쳐주며.

장진우   각을 크게 하려면 엄지를 튕겨줘야 돼.

S#58   사무실 복도 / 낮

성큼성큼 걷는 장진우.

세영, 지나가다 그 모습 보고 긴장해서 따라붙는다.

S#59   단장실 / 낮

신문 기사 보고 있는 승수.

모니터 화면에 '단장의 연봉 반납, 훈훈한 해프닝' 기사 떠있고.

'재송그룹은 백승수 단장의 미담을 칭찬하며 더 큰 지원을 약속'

'재송그룹, 경영 위기 아냐... 연이은 꼴찌 성적에 채찍질이었을 뿐'

문 열리고 승수가 보면 장진우가 서있고

어깨너머로 걱정스럽게 보는 세영.

승수   뭡니까.

장진우   저 계약하려면... 늦었습니까.

세영   (안도의 미소)

승수   아닙니다. 이쪽으로 오시죠.

꾹꾹 눌러 사인하는 장진우.
어떤 다짐이 보인다.

S#60   펠리컨즈 단장실 / 밤
오사훈, 펠리컨즈 배터리 코치와 상담 중.

오사훈   그럼 윤경준 선수가 아마 제일 출혈이 적을 거고. 드림즈가 원하
          는 건 윤경준보다는...
배터리   아무래도 드림즈는 수비형을 더 선호할 거 같아서요.

          오사훈, 전화 걸려오고.
          '김종무 단장' 이름 보고
          배터리 코치에게 손짓하고.

오사훈   왜요.
김종무   (소리만)바빠요? 트레이드 준비 때문에 바쁘죠?
오사훈   ... 왜요?
김종무   (소리만)접으라고요. 백승수가 서영주랑 계약 잘만 했으니깐.

          오사훈, 자리의 컴퓨터로 검색어 입력해서 확인해보고
          표정 굳어지는.

오사훈   코치님.

배터리	네.
오사훈	우리 그냥 이 트레이드 하지 맙시다. 우리가 잘 키워요.
배터리	(의아하지만) 네? 네.
오사훈	그럼 업무 보세요.

배터리 코치, 인사하고 나가면

오사훈	백승수 이 새끼... 진짜 양아치네.

S#61   사장실 / 낮

신문 기사 '드림즈,
초고속 연봉 협상 완료.'
강선, 테이블에 앉아서 신문 내려놓으며.

강선	어떻게 계약은 빨리 잘 마쳤네요. 백 단장 저거, 참... 싸가지가 없는데 일을 잘하네요.
경민	(소리만)싸가지가 없는데 일을 잘 한다... 제 기준에선...

경민이 사장 책상에 앉아서 뉴스 보면서.

아나운서	드림즈의 신임 단장인 백승수 단장의 행보가 무섭습니다. 이번엔 열 개 구단 중 가장 먼저 연봉 협상을 마무리하며 빠르게 새 시즌의 구상을 준비 중이라는 소식, 김재인 기자가 전합니다.

| 경민 | 일은 잘하는데 참... 싸가지가 없네요. |

S#62   방송국 편집실 + 편집 화면 / 낮
김영채, 피디와 편집 중.

(화면 속)

김영채	팔꿈치 부상 때문에 메이저에서 실패를 겪었다고 생각하시는 거죠?
길창주	아니요, 모든 것은 다 제 책임입니다. 제가 몸 관리를 못한 거죠.
///	

| 김영채 | 컷. |

(화면 속)

김영채	청소년 대회 우승은 길창주의 팔꿈치랑 맞바꾼 우승이었다고 얘기하기도 하는데요.
길창주	우승은 다른 선수들이 잘해서 얻은 거죠. 제가 없었어도 우승했을 텐데 제 부주의로 인해서...
///	

| 김영채 | 컷. |

(화면 속)

김영채	다시 그때로 돌아가면 대표팀 소집에 응할까요?
길창주	예, 당연히 응할 겁니다. 몸 관리 제대로 해서요. 그게 아니라면 팀을 위해서도 불참하는 게 맞죠.
///	
김영채	컷.
피디	이렇게 해도 돼요? 이거 좀...
김영채	(오묘한 웃음 지으며) 컷.

S#63　드림즈 회의실 / 낮

승수가 회의 진행하는 가운데
세영, 양원섭, 유경택, 임미선, 변치훈 앉아서 회의 중.

경민	**(소리만)우린 그런 사람 필요 없는데...**
승수	이제 2차 드래프트 준비해주시고요. 운영팀, 전력분석팀하고 상의해서 우리 팀 선수 명단 작성해주시고요.
유경택	(시크하게) 네.
세영	네.
승수	감독님하고 상의해서 다른 구단 예상 선수 중에서 확보할 선수들 명단 작성해주세요.
변치훈	아, 그리고 오늘 방송 나갑니다. 김영채 아나운서 인터뷰한 거 있죠? 길창주 선수. 많은 관심들 부탁드립니다.
승수	네, 오늘 회의는 여기서 마칩니다.

S#64   복도 / 밤

복도 걸어가던 경민과 강선.

지나가던 영수와 마주치는데

영수는 경민을 봤던 기억에 반가운 얼굴로 인사.

경민은 짜증 섞인 표정으로 돌아봤다가

대충 목례하고 지나간다.

민망한 영수.

경민   쟤 뭐예요? 우리 직원이라면서요?

강선   아, 네. 저도 잘은 모르는데 아마 전력분석팀이라고...

경민   일 해요?

강선   일이야 하겠죠?

경민   근데 어디서 많이 본 얼굴 같지 않아요?

강선   ... 글쎄요. 저는...

경민   (생각하다가) 이름이 뭔지 물어보고 와요.

강선, 바로 뒤돌아서 영수 쫓아간다.

강선   어이. 친구.

영수   네?

강선   전력분석팀 신입. 이름이 뭐라고 했지?

영수   백영수입니다.

강선   백영수... 백영수...

영수, 불안한 표정. 느낌이 좋지 않다.

S#65   경민 차 안 / 밤
음악 크게 틀고 흥에 겨운 경민.

S#66   '야구에 산다' 스튜디오 / 밤
김영채 아나운서와 건장한 남자 패널(야구인 출신) 둘 정도가
같이 앉은 스튜디오. 음악이 깔리면서 스탠바이.

김영채   '야구에 산다', 김영채입니다. 이번주는 스토브리그를 달구는 화
제의 팀 드림즈를 다녀왔는데요. 누구를 만났을까요? 네, 바로 돌
아온 탕아 길창주 선수입니다.

S#67   세영 집 / 밤
세영, 미숙 같이 밤 정도 까먹으면서 '야구에 산다' 방송 보는 중.

김영채   **(소리만)입국과 동시에 야구계뿐 아니라, 대한민국 전체를 떠들썩하게
만들었던 장본인이기도 하죠. 제가 조금 전에 눈으로 확인한 바, 정말
위력적인 투구를 확인했습니다.**
미숙   곱다, 고와. 말도 참 똑 부러지게 잘하고. 엄친딸이네, 엄친딸.
세영   쟤가 외할머니 친구 딸이야?

미숙	무슨 복을 타고 나서 저런 딸을 낳았을까. (세영 보고) 아이고...
세영	... 엄마 딸은 엄마 옆에 있어주잖아.

세영, 웃어넘기며 방송을 보다가 표정이 굳는다.

김영채	**(소리만)귀화를 선택하면서까지 메이저리거로 남으셨는데요. 그렇게 까지 큰 결정을 했지만...**

S#68 경기장 홈플레이트 / 낮 ('야구에 산다' 인터뷰 화면)
김영채와 인터뷰하는 길창주.

김영채	팔꿈치 부상 때문에 메이저에서 실패를 겪었다고 생각하시는 거죠?
길창주	그게 직접적인 원인이 된 것 같습니다. 공을 제대로 던질 수가 없었어요.
김영채	청소년 대회 우승은 길창주의 팔꿈치랑 맞바꾼 우승이었다고 얘기하기도 하는데요.
길창주	저희 가족들이 겪은 고통이 컸습니다.
김영채	다시 그때로 돌아가면 대표팀 소집에 응할까요?
길창주	팀을 위해서도 불참하는 게 맞죠.
김영채	그러면 다시 그때로 돌아가도 귀화를 선택할 건가요?
길창주	(망설이다) 네.
김영채	(놀라운) 그 이유를 알 수 있을까요?
길창주	그 이유는 말씀드릴 수 없습니다. 개인 사정이라.

김영채	백승수 단장님에게 고마운 마음이 크다고 들었는데요.
길창주	(밝게 웃으며) 마일스 선수나 허버트 선수들을 보고서도 저같이 불안정한 선수로 결정해주셔서 감사합니다. 제가 더 좋은 투수가 되겠습니다.

S#69   '야구에 산다' 스튜디오 / 밤

김영채와 패널 둘 앉아있는.

패널1	길창주 선수는 아무래도 대표팀의 지나간 영광보다는 현재의 상황에 대한 아쉬움이 더 큰 거 같아요.
패널2	길창주가 아니라 로버트 길이죠. 엄연히 용병 선수예요. 한국 이름 가진 용병이 어디 있습니까.
김영채	네, 하지만 지금은 백승수 단장에 대한 신뢰감으로 희망에 찬 새 시즌을 준비하고 있는 로버트 길. 제가 이번 스토브리그에 본 어떤 용병 투수에게도 결코 밀리지 않는 위력적인 투구였습니다. 드림즈 팬들은 특히 더 궁금해하실 텐데요. 앤디 선수의 공백, 걱정하지 않으셔도 될 것 같습니다.

S#70   세영 집 / 밤

긴장하며 보는 세영.
세영 눈치보는 미숙.

세영	엄마, 방금 저 길창주 선수 인터뷰... 어떻게 보여?
미숙	저 사람이 억울한 게 많은 거 같네. 좀 힘들었는가...
세영	억울해 보여?
미숙	좀 후회가 많은 사람인갑다. 안 됐지. 젊은 사람이 후회하면 뭐 해.
세영	아, 왜 이렇게 찜찜... 하지?

S#71 승수 집, 승수 방 / 밤
승수, 모니터 보면서 신인 1지명 선수들 통계 정리하던 중.
세영의 전화를 받고.

승수	네. (듣다가) 알겠어요.

승수, 인터넷 검색창에 실시간 검색 순위 1위에 길창주,
2위에 로버트 길을 보고. 기사 하나 클릭하고 댓글 창을 본다.
'국가대표한 거 후회된다고 하는 미국인 로버트 길 OUT'
'병역 기피로 국적 바꾸고 저렇게 말해도 되냐'
'마일스를 보고도 길창주 뽑은 단장은 뭐냐. 뒷돈 받았나 확인해라'

승수	... 네, 확인했습니다. (듣다가) 우리가 한 경기를 크게 져도 이정도 악플은 시즌 중에 보지 않습니까. 그냥 우리 하던 일들 잘하면 돼요.

S#72   **경민 사무실 / 밤**

경민, 업무 보다가 휴대폰 진동에 문자 확인하고.

컴퓨터로 기사 검색해서 본다.

길창주 관련한 기사들과 여론 확인하고.

강선에게 전화를 건다.

경민   지금 난리난 거 봤죠?

S#73   **드림즈 외경 / 낮**

S#74   **회의실 / 낮**

세영, 양원섭, 유경택, 임미선, 변치훈 앉아있고.

승수가 회의 진행하는데 전체적으로 침울하고 불편한 분위기.

변치훈   저... 김영채 아나운서한테는 제가 아주 단단히 따졌습니다.

세영   어떻게 한대요?

변치훈   너무 미안하다고 그런 의도는 아니었다고 꼭 전해달랍니다.

세영   아니, 뭐 사과나 해명 같은 건 없대요?

변치훈   그래서 단장님을 한번 모시고 인터뷰해서 오해를 푸는 건 어떨
        까 하던데요. 물론 이번엔 편집본을 단장님 검수 받고 내보내는
        걸로.

임미선   놀아나셨네.

변치훈	어? 뭐가요?
임미선	단장님 인터뷰 하려고 김영채가 수 썼어요.
변치훈	그럴 리가.
세영	단장님이 불편하시면 제가 같이 나가서...
승수	(말 끊고) 저는 드림즈에 오면서 딱 하나 편할 거라고 기대했던 게 있는데요. 욕먹는 건 다 익숙하겠지. 그런 거였는데... 아니네요. 욕먹고 뼈아픈 건 시즌 끝났을 때 아닌가요. 어차피 우리가 성적을 내면 바뀔 여론 같은 거 신경 쓰지 마세요.

팀장들 모두 말문이 막히고.

승수	유 팀장님. 우리 팀 보호 명단 뽑고 있습니까.
유경택	네. 일단 이견이 없을 만한 선수들 34명 정도는 추려졌구요. 공유하겠습니다. 이후에 스카웃팀, 현장 의견 반영해서...
승수	전력분석팀에 인원 보충 없어도 됩니까?
유경택	(속내 눈치채고) 네. 충분히... 잘 돌아갑니다. 현재 인원으로도요.

승수의 얼굴에 스쳐가는 안도의 표정.
계속 차분하게 진행되는 회의 분위기.

S#75   자판기 앞 / 낮

재희, 기지개 켜면서 커피 한 잔 꺼내서 마시는데
다른 직원들 대화 내용이 들린다.

직원1	사장님은 알아?
직원2	(고개 돌리며 눈치보다가 재희 보고) 재희 씨.
재희	네?
직원2	재희 씨는 알지? 휠체어.
재희	(눈치채고) 휠체... 사람을 그렇게 부르는 거 아니죠.
직원2	아무튼 단장 동생이라며.
재희	...
직원1	(직원2 쿡 찌르며) 아냐, 우리도 뭐 그냥 지나가다 들은 얘기야.

재희, 안 좋은 예감이 든다.

S#76 사장실 / 낮

강선이 승수의 보고를 받는 상황.

승수	2차 드래프트 보호 선수 명단은 작성됐습니다.
강선	그래, 준비는 잘했어?
승수	남은 시간 감안하면 급하지 않게 준비될 거 같습니다.
강선	근데 백 단장...
승수	네.
강선	왜 이렇게 백 단장은... 일을 요란하게 하고... 잡음이 많지?
승수	혹시 길창주...
강선	길창주 때문에 지금 구단 직원들이 오늘 전화 수백 통 받은 거... 그거 때문이 아니라...

드림즈 사무실 / 낮

직원들 모두가 가까운 사람과만 속닥이는 분위기.

재희, 그 분위기를 다 둘러보며 컴퓨터에 뜬 뉴스 기사 보고

더욱 인상을 쓴다.

'드림즈 백승수 단장, 동생 부정 취업 의혹'

'면접 과정에도 직접 참여'

S#78 **사장실 / 낮**

사장실 문이 거칠게 열리고.

승수, 강선이 놀라서 보면 경민이다.

경민	백 단장.
승수	(꾸벅 인사하면)
경민	진짜 좋은 소식이 있어요. 들어봐요.
승수	(?)
경민	우리가 백 단장이랑 2년 계약을 했잖아요. 근데 백 단장이 일을 안 해도 2년 기간 동안 약속한 연봉을 지급하기로 했어요.
승수	그게 무슨 말씀이십니까.
경민	나도 브리핑해야 되나? 백승수를 단장에서 잘라야 되는 이유.
승수	…
경민	하나. 국가를 배신하고 병역을 회피한 길 뭐시기를 굳이 그렇게 악을 쓰고 데려와서 안 그래도 욕먹는 구단 이미지를 시궁창으로 만들었다.

승수	우리 상황에서는 최적의 선발이었습니다.
경민	둘!!
승수	...
경민	어디에도 취업 못 할 부족한 동생을...
승수	...!!
경민	우리 구단의 전력분석팀에 취업시키며 정의롭지 못한 결과를 만들어버렸다. 심지어 본인이 면접관으로 관여까지 했다.
승수	제 동생이지만...
경민	셋!! 싸가지가 없다!! 싸가지가 없어도 너~~~무 없다!! 이건 오프 더 레코드? 그럼 앞의 두 가지 이유로 이렇게 결정한다. 백승수 단장의 자진 사퇴.
승수	...
경민	단장실로 가서 짐 싸. 이 새끼야.

자신만만하게 승수를 내려다보는 경민과
경민의 눈빛을 피하지 않는 승수.

출연진 및 만든 사람들

출연   남궁민, 박은빈, 오정세, 조병규, 전국환, 이얼, 손종학, 윤복인, 이준혁, 김수진, 박진우, 김도현, 윤병희, 김기무, 윤선우, 김정화, 박소진, 김민상, 손광업, 황태광, 이태형, 서호철, 김광현, 홍기준, 하도권, 차엽, 이용우, 채종협, 유인혁, 김동원, 장원형, 김봉만, 송민형, 이대연, 송영규, 문원주, 이규호, 이주원, 김강민 그리고 조한선

대본 자문   구현준, 권재우, 김경민, 김선웅, 민호균, 민훈기, 박윤성, 박지훈, 서석기, 석장현, 성승우, 신경식, 신민철, 이강은, 이광환, 이남현, 임성순, 임헌린, 장원영, 정민혁, 한근고

야구 자문   [도곡 아카데미]

만든 사람들

기획	홍성창
극본	이신화
연출	정동윤, 한태섭
제작	박민엽
프로듀서	조은정

A팀

촬영감독   황창인, 정철민
포커스풀러   최중혁, 박유빈
촬영팀   정기훈, 백학빈, 김두하, 길아영, 가다연
촬영 1st   신지훈, 구명준

B팀

촬영감독   엄성탁, 김정기
포커스풀러   김수훈, 김기태
촬영팀   김민하, 유찬인, 오경훈, 김진환, 이년교
촬영 1st   서정연, 오유석

A팀 [스텔라]

조명감독   최종근
조명 1st   권일률
조명팀   문상수, 방현동, 이성원, 정재웅
발전차   하동형

B팀 [2YS]

조명감독   황영식, 이락영
조명 1st   손재윤
조명팀   이성재, 이준수, 김민철, 권준오
발전차   고정익, 이규진

A팀 [믹키]

동시녹음   전명규
동시팀   정승현, 김성재

B팀 [HM SOUND]

동시녹음   박주호
동시팀   양진현, 박용천

A팀 장비   한두성, 정동근, 배남희, 임정민
B팀 장비   김학균, 이규환, 최승제
지미집   정석원, 김종윤

미술감독	이용탁
세트 디자인	김운성, 신나래
스튜디오 세트	김형관, 이영택
야외 세트진행	이상목, 전우진, 민창기
작화	김지영, 김형남, 박준호
전기효과	정기석, 이준희
미술행정	최연현, 김경욱
세트협력	아트원, 신세계기획
스튜디오 조경	성은농원
소도구	[(주) 공간] 윤준모, 문원기, 최동수, 김현정, 박소연
미용	심정화, 박지숙
분장	이치환, 홍찬희, 김영서
의상 디자인	김수안, 탁은주
의상	이두영, 류수진
팀코디	윤민, 구가은
색보정DI	이승훈, 김지연
사운드	[모비 사운드] 박준오, 이승우,
	탁지수, 최형민, 김용배
VFX	성형주, 김한선, 황하늬, 김아름, 박찬혁, 김승아, 유민근, 이정은, 제성경, 조수현, 이진우
편집	[COOL MEDIA] 조인형, 박지현, 임호철
편집보	최효석, 김보경
스틸	송현종
음악감독	박세준
음악작곡	재미난 생각
오퍼레이터	김동혁
종편감독	한광만
종편자막	최호진
종편보조	차영아, 구희정
포스터	[다이버스]
포스터촬영	[스튜디오 차군]
SBS홍보	손영균, 이두리, 정다솔
SBS소셜미디어	박민경, 김현제, 이재영
SBS홍보스틸	김연식, 옥정식
홍보대행사	[3HW] 이현, 이현주, 백은영

[SBS 콘텐츠허브]
메이킹총괄   이미우
메이킹촬영   김승유
메이킹편집   안정아
해외사업 총괄   진해동
해외사업 담당   이한수, 윤상일, 구자명, 이정화, 임미경, 김영환, 박신, 권도진, 권민경, 이세진, 류나은,
                노기석, 이승민, 조수정, 김지상, 고건, 송우리
OST 제작   오은정, 서동욱

[SBS I&M]
웹기획   박형진, 강유진
웹운영   김예슬
웹디자인   김비치
웹콘텐츠   최현정

무술감독   [서울액션스쿨] 강영묵, 류성철
특수효과   [No.1 Crew] 구형만, 이재명

A팀 보조출연   [태양기획] 김성원,김연수, 김성환
B팀 보조출연   [태양기획] 양지훈, 김형욱, 정양호
아역 보조출연   [수엔터테인먼트] 김태범, 고기연, 정동진
캐스팅   [배우 마당] 임나윤, 양혜미, 강경돈
아역캐스팅   [배우 마당] 정수아, 이지은
외국인캐스팅   노지은, 김송이

렌트카   [올댓카] 손병희, 조정기
렉카   [월드렉카] 정원종
연출봉고   박대성, 강학구
카메라봉고   이정호, 김재국, 박민, 권희갑
스태프버스   박주홍, 김윤태
제작봉고   허선일
분장차   권영각
의상차   이재범, 윤통정
소품차   이상모

대본인쇄	[슈퍼북] 김주형

[길픽쳐스]

기획이사	황보상미
기획PD	김다운
제작관리	김유리
보조작가	박세미

[로드미디어]

마케팅총괄	이희영
마케팅PD	정가은

SBS마케팅	장기웅, 이승재
제작PD	이형숙, 박상진
라인PD	정병현, 안영인, 경진수
D.I.T	[D.O] 김도린, 안민정
SCR	김다은, 김채은
섭외	[로케이션어스] 고영두, 윤철환, 고익

FD	[MSG] 이상현, 김지훈, 안홍모, 김민수, 곽귀종, 이용민, 양선정, 우예빈
내부 조연출	김한글
조연출	김문교, 권다솜, 이수민, 황현민

STOVE
LEAGUE